Für Christian
Danke für unsere Freundschaft und
die wunderbare Zusammenarbeit

Ella Janek

Die FRAU *im* PARK

Roman

KNAUR

Besuchen Sie uns im Internet:
www.knaur.de

Aus Verantwortung für die Umwelt hat sich die Verlagsgruppe Droemer Knaur zu einer nachhaltigen Buchproduktion verpflichtet. Der bewusste Umgang mit unseren Ressourcen, der Schutz unseres Klimas und der Natur gehören zu unseren obersten Unternehmenszielen. Gemeinsam mit unseren Partnern und Lieferanten setzen wir uns für eine klimaneutrale Buchproduktion ein, die den Erwerb von Klimazertifikaten zur Kompensation des CO_2-Ausstoßes einschließt. Weitere Informationen finden Sie unter: www.klimaneutralerverlag.de

MIX
Papier aus verantwortungsvollen Quellen
FSC www.fsc.org
FSC® C083411

Originalausgabe Juli 2021
Knaur Taschenbuch

Ein Imprint der Verlagsgruppe
Droemer Knaur GmbH & Co. KG, München

Redaktion: Silvia Kuttny-Walser
Covergestaltung: Guter Punkt, München
Coverabbildung: © Stephanie Gauger, Guter Punkt, unter Verwendung von Motiven von Shutterstock. com und GettyImages
Illustration im Innenteil: Gringoann / Shutterstock.com
Satz: Daniela Schulz
Druck und Bindung: CPI books GmbH, Leck
ISBN 978-3-426-52743-6

2 4 5 3 1

KAPITEL 1

Unglückstag in der Vergangenheit

München, 3. Mai 2006

Ich werde das Geheimnis aus dir herauskitzeln!«, rief Eva mit hoher, verstellter Stimme. »Und dann werde ich den gestohlenen Schatz zurückholen und ihn an all die Wesen im Wald verteilen, die du betrogen hast!«

Durch den schmalen Spalt am Bühnenvorhang des selbst gebauten Marionettentheaters warf Eva einen Blick auf ihre Tochter Alisa. Die Fünfjährige saß auf einem Kissen am Boden und verfolgte mit weit aufgerissenen Augen, wie die dunkelblaue Fee den verhexten Wassermann aus seinem Versteck locken wollte. Aufgeregt zwirbelte die Kleine mit den Fingern in ihren goldbraunen Locken.

»Niemals werde ich dir etwas verraten!«, schwor der Wassermann, der sich hinter einem Felsen verbarg. »Außerdem musst du mich erst einmal finden. Und das wird dir nicht gelingen!«

Eva bewegte das Holzkreuz mit den Fäden und ließ die Figur der Fee suchend herumhuschen. Schließlich ging die Marionette zum Rand der Bühne und wandte sich an das Kind.

»Der Wassermann hat sich so gut versteckt. Kannst du mir vielleicht sagen, wo er ist, Alisa?«, fragte die dunkelblaue Fee verschwörerisch leise.

Alisa stand auf und ging ganz nah zur Bühne.

»Er ist hinter dem großen Stein«, flüsterte das zierliche Mädchen mit den tiefblauen Augen, die denen ihrer Mutter so ähnlich waren.

Eva ließ die Fee sich vor dem Mädchen verbeugen.

»Ich danke dir von Herzen, liebe Alisa. Jetzt kann ich ihn finden.«

Evas Tochter kicherte vergnügt, als die Fee endlich den Wassermann entdeckte und so lange kitzelte, bis er um Gnade flehte und ihr das Geheimnis verriet.

»Entschuldigt, wenn ich euch störe«, unterbrach Johannes die Vorstellung. »Valerie ist am Telefon.«

Eva steckte den Kopf durch den Vorhang. Dass ihre Agentin auch an einem Samstag anrief, war nicht ungewöhnlich. Für die alleinstehende Valerie Beck gab es kein Wochenende.

»Bitte sag ihr, dass ich sie gleich zurückrufe«, bat Eva ihren Mann, der mit dem Telefon in der Hand im Kinderzimmer stand.

»Die dunkelblaue Fee muss doch erst noch den Schatz holen«, protestierte Alisa mit vor Aufregung geröteten Wangen.

Johannes lächelte bedauernd.

»Es tut mir wirklich leid, aber sie meinte, es wäre sehr dringend.«

»Dann lassen wir die Fee und den Wassermann jetzt ein Nickerchen machen«, schlug Eva vor. »Nach dem Kitzeln ist man ganz besonders müde.«

Eva befestigte die beiden Marionetten an einem der speziellen Haken an der Wand neben mehr als einem Dutzend weiterer Puppen. Die meisten stammten noch von Evas Vater Robert, der die Marionetten mit viel Liebe zum Detail selbst angefertigt hatte. Stundenlang hatte Eva ihm als Kind dabei zugesehen und sich Geschichten über die Figuren ausgedacht, die ihr Vater gerade zum Leben erweckte.

»Aber Mama, so müde sind die doch gar nicht!«, warf Alisa enttäuscht ein.

Natürlich wusste das Kind ganz genau, dass es nur Puppen waren, die in Wirklichkeit gar nicht schlafen konnten. Aber in ihrer Fantasie ging das Spiel der Marionetten auch über das Ende eines Stückes hinaus.

»Ich fürchte doch, meine Süße. Aber später, nach deiner Reitstunde, geht es ganz bestimmt weiter, ja?«, versprach Eva.

Alisa schien einen Moment zu überlegen. Dann nickte sie seufzend.

»Na gut.«

»Komm, Schätzchen, wir beide gehen ein wenig in den Garten. Dann kann Mami in Ruhe telefonieren«, sagte Johannes und reichte Eva das Telefon.

»Danke«, flüsterte Eva mit der Andeutung eines Kusses, dann nahm sie das Gespräch an.

»Hallo, Valerie«, begrüßte sie ihre Agentin, während sie ihrem Mann und Alisa noch lächelnd hinterhersah, die Hand in Hand das Zimmer verließen.

»Eva, meine Liebe, es gibt Neuigkeiten«, legte Valerie gleich ohne Begrüßung los.

»Hat es etwa mit der Rolle geklappt?«, fragte Eva hoffnungsvoll.

Nach der Geburt ihrer Tochter hatte sie sich für eine Weile ganz aus ihrem Beruf als Schauspielerin zurückgezogen. Erst vor einem Dreivierteljahr war sie, durch intensives Coaching gut vorbereitet, auf ihre Agentin zugegangen, um sie zu bitten, sie bei den Filmleuten wieder ins Gespräch zu bringen. Seither hatte sie zwei kleine Jobs in TV-Produktionen ergattern können. Nicht viel, aber immerhin ein Neuanfang.

»Die Produzentin hat mich gerade angerufen. Die Rolle wurde

mit einer anderen Schauspielerin besetzt«, informierte Valerie ihre Klientin.

»Ach, wie schade«, sagte Eva enttäuscht. »Ich hatte diesmal echt ein gutes Gefühl.«

Vor drei Tagen war sie beim Casting gewesen. Die Rolle für eine neu entwickelte Serie wäre zwar nicht sonderlich groß, aber als wiederkehrende Figur in mehreren Folgen im Einsatz gewesen.

Für einen Moment herrschte Stille am anderen Ende der Leitung, und Eva dachte schon, die Verbindung wäre abgebrochen, bis die Agentin sich übertrieben räusperte.

»Ja … es ist schade. Allerdings vor allem für die Schauspielerin, die ursprünglich für die Hauptrolle vorgesehen war«, sagte sie schließlich mit ihrer unverwechselbar rauchigen Stimme.

»Hat es für sie auch nicht geklappt?«, fragte Eva überrascht.

»Für sie nicht, nein«, bestätigte Valerie bedeutungsschwanger.

Was deutete ihre Agentin da an? Eva spürte plötzlich ein eigenartiges Gefühl im Magen.

»Meine liebe Eva. Bitte setz dich doch mal hin, falls du es noch nicht tust.«

»Warum?«

»Mach es einfach.«

Inzwischen doch etwas nervös, ließ Eva sich auf das kunterbunte Kindersofa sinken.

»Bitte spann mich nicht so auf die Folter!«, bat sie mit klopfendem Herzen.

»Hach … das macht aber so viel Spaß!«, meinte die Agentin vergnügt.

»Valerie!«

»Schon gut. Also … stell dir vor: Gleich nach deinem Casting haben die Redakteurin und der Regisseur angefragt, ob es noch mehr Demomaterial von dir gibt. Alle finden, du bist perfekt und genau das, was sie sich vorgestellt haben. Sie sind begeistert. So begeistert, dass die Produzentin auf keinen Fall mehr bis Montag warten wollte, um …«, sie legte eine kurze Pause ein, um die Spannung zu erhöhen, »… um dir die Hauptrolle anzubieten!«

»Die … die Hauptrolle?«, stotterte Eva perplex. »Aber dafür habe ich mich doch gar nicht beworben. Und die Figur sollte doch auch ein paar Jahre jünger sein.«

»Das passen sie in den Drehbüchern noch ein wenig an. Außerdem siehst du sowieso viel jünger aus als deine vierunddreißig. Sie brauchen jedenfalls eine rasche Antwort. Die Dreharbeiten sollen bereits im Juni beginnen und dauern bis Ende Oktober.«

Langsam wurde ihr die Tragweite dieser Nachricht bewusst. Sie, Eva Rosenberg, sollte die vielschichtige Hauptrolle in einer neuen Primetime-Serie spielen. Genau das, was sie sich früher immer erträumt hatte.

»Hast du den Ton abgestellt, oder warum höre ich dich nicht jubeln?«, fragte Valerie.

»Das … das kommt einfach so total überraschend. Ich kann es noch gar nicht fassen! Damit hätte ich niemals gerechnet.«

»Ich dafür umso mehr. Es war nur eine Frage der Zeit. Eine sehr gute Schauspielerin warst du schon, bevor du deine Tochter bekommen hast. Aber jetzt gibt es da neben deinem großen Talent einen eigentümlichen Zauber, eine Art Charisma, das man vorher noch nicht so ausgeprägt wahrgenommen hat. Das waren übrigens auch ziemlich genau die Worte des Regisseurs, der sich fast überschlagen hat vor Begeisterung. Und du hast sicher mitbekommen, dass das normalerweise so gar nicht sein Art ist.«

Eva schluckte.

»Ich weiß gar nicht so recht, was ich sagen soll«, murmelte sie überwältigt. »Hoffentlich kann ich die Erwartungen überhaupt erfüllen.«

»Darüber mache ich mir überhaupt keine Gedanken, meine Liebe. Du wirst großartig sein! Also weg mit den Selbstzweifeln! Ich schlage vor, du lässt das alles jetzt in Ruhe sacken und freust dich einfach. Und gleich am Montagfrüh kommst du zu mir in die Agentur, damit wir alles Weitere besprechen können.«

»Ja … ja, so machen wir es«, sagte Eva.

»Wunderbar. Du wirst mit den Ohren schlackern, wenn du siehst, was für einen Vertrag ich für dich aushandeln werde.«

Eva sah bildlich vor sich, wie ihre Agentin am anderen Ende der Leitung zufrieden grinste.

»Ich danke dir sehr, Valerie, dass du mir nach der langen Auszeit wieder dein Vertrauen geschenkt hast.«

»Du hast es mir sehr leicht gemacht, meine Liebe. Ich kann mich noch so gut an den Tag erinnern, als du vor elf Jahren in mein Büro kamst, um deine Bewerbungsmappe persönlich abzugeben. Weißt du, im Lauf der Zeit haben sich Hunderte Schauspielerinnen und Schauspieler bei mir vorgestellt. Und nur bei einigen wenigen spürte ich dieses besondere Kribbeln im Nacken. Bei dir hatte ich es sofort. Ich bin mir sicher, dass deine Reise mit dieser Serienrolle erst so richtig beginnt. Man wird noch viel von dir hören, Eva. Bis bald.«

Bevor Eva noch etwas darauf erwidern konnte, hatte Valerie bereits aufgelegt.

Eva starrte auf den Telefonhörer und atmete tief durch. Ihr schwirrte der Kopf. Eine Weile saß sie einfach nur da und ließ die Neuigkeit auf sich wirken.

»Schlechte Nachrichten?«, fragte Johannes besorgt.

Eva hatte weder bemerkt, dass ihr Mann wieder ins Zimmer gekommen war, noch dass es draußen inzwischen heftig regnete. Sie schüttelt den Kopf und lächelte.

»Nein. Im Gegenteil … Wo ist Alisa?«

»Sie hört im Wohnzimmer eine Märchen-CD … Also, können wir heute darauf anstoßen, dass du die Rolle bekommen hast?«, fragte Johannes und sah sie mit seinen hellgrauen Augen gespannt an, die in auffallendem Kontrast zu seinem lockigen schwarzen Haar standen.

Eva stand auf und ging auf ihren groß gewachsenen Mann zu, der gerade mal ein Jahr älter war als sie. Sie schlang die Arme um seinen Nacken.

»Es gibt noch mehr zu feiern, als du ahnst«, sagte sie geheimnisvoll lächelnd.

»Jetzt bin ich aber sehr gespannt.«

Er legte die Hände um ihre Hüften und zog sie näher zu sich heran.

»Stell dir vor: Sie wollen mich für die Hauptrolle haben!«, platzte sie heraus.

Johannes sah sie irritiert an.

»Welche Hauptrolle? Hattest du noch ein zweites Casting, von dem ich nichts weiß?«

Eva schüttelte den Kopf.

»Es geht um die Serie. Ich habe den Regisseur und die Redaktion des Senders beim Vorstellungsgespräch so überzeugt, dass sie mir die Hauptrolle anbieten«, sagte sie aufgeregt.

»Eine Serienhauptrolle?«, fragte Johannes mit einem Stirnrunzeln.

»Valerie meint, dass ich sie total beeindruckt habe. Ist das nicht Wahnsinn?«

»Doch. Aber …«

»Aber was?«

Sie spürte, dass er mitnichten so begeistert war, wie sie erwartet hatte, und ihre Freude bekam einen Dämpfer. Eva löste sich von ihm und trat einen Schritt zurück.

»Ich dachte, du wolltest es langsam angehen lassen und dich erst einmal nur für kleinere Rollen bewerben«, erinnerte er sie.

»Das hab ich ja auch! Ich hätte mir doch nie im Leben träumen lassen, dass sie mir gleich die Hauptrolle anbieten, obwohl ich mich gar nicht dafür vorgestellt habe«, entgegnete Eva.

»Und … wann soll das losgehen?«

»Gedreht wird von Juni bis Ende Oktober.«

»So lange? Für Alisa geht im September die Schule los. Bis dahin wird mein Vater sich auch aus der Geschäftsführung weitgehend zurückgezogen haben, und du weißt genau, dass die Arbeit in der Firma mich dann zeitlich viel mehr beanspruchen wird. Wir haben das doch alles besprochen. Eva! Die Hauptrolle in einer Serie? Wie soll das denn gehen?«

»Ich weiß es doch auch erst seit ein paar Minuten, Johannes. Mich hat das völlig überrumpelt. Und ich habe mir noch keine Gedanken machen können, wie es genau funktionieren soll.«

Ihr war natürlich selbst klar, dass das Angebot kurz vor Alisas Einschulung nicht gerade zum optimalen Zeitpunkt kam. Auch ihr erster großer Familienurlaub im Juli bei Johannes' Verwandten in Kalifornien würde damit ins Wasser fallen, wurde ihr gerade bewusst.

»Johannes … Ja, es wird alles ein wenig schwierig werden. Aber irgendwie kriegen wir das sicher hin! Ich kann mir doch so eine Chance nicht entgehen lassen«, warb sie um sein Verständnis.

»Und was ist mit Alisa?« Johannes' Stimme war jetzt scharf, was sehr ungewöhnlich für ihn war.

»Denkst du wirklich, ich würde nicht nach der besten Lösung für unsere Tochter suchen?«, fragte Eva und klang nun ebenfalls etwas gereizt.

Johannes griff nach ihren Händen.

»Eva, das weiß ich doch. Du bist die beste Mutter, die man sich nur vorstellen kann«, lenkte er ein. »Aber überleg doch mal. Von Anfang an wolltest du so viel Zeit wie möglich mit Alisa verbringen. Das war dein Wunsch. Noch nicht einmal ein Au-pair-Mädchen, geschweige denn eine Kinderfrau wolltest du haben, und deswegen verstehe ich gar nicht, warum du …«

»Aber im letzten Jahr haben wir uns darauf geeinigt, dass ich wieder anfange zu arbeiten«, unterbrach sie ihn. »Und du hast mir versprochen, voll hinter mir zu stehen.«

»Das tue ich auch. Bei deinen bisherigen Jobs habe ich mir freigenommen, damit du spielen kannst. Oder meine Schwester ist eingesprungen. Für eine Hauptrolle musst du aber Tag für Tag ganz früh am Set sein und kommst erst spät zurück. Und das nur im besten Fall, falls ihr wirklich die meiste Zeit hier in München dreht, was vermutlich gar nicht immer möglich sein wird. Du könnest Alisa weder einen guten Morgen wünschen noch sie am Abend selbst zu Bett bringen und wärst meistens nur am Wochenende mit ihr zusammen. Monatelang. Klar, ich kann mir die Zeit so einteilen, dass ich jeden Tag mit ihr aufstehe und abends bei ihr bin, wenn ich keine dringenden Geschäftstermine habe. Aber keiner von uns kann sie nach der Schule bei den Hausaufgaben betreuen oder mit ihr nachmittags etwas unternehmen. Wir bräuchten täglich eine Kinderfrau. Willst du das denn wirklich?«

Er sah sie eindringlich an.

Eva schob fahrig eine Strähne ihres langen blonden Haars hinters Ohr. Mit jedem Wort, das er sagte, hatte er natürlich völlig recht. Und die Vorstellung, ihre Tochter für eine längere Zeit kaum zu sehen und die Erziehung weitgehend einer Angestellten zu überlassen, war jetzt schon kaum erträglich. Trotzdem konnte es doch nicht sein, dass sie diese Chance einfach so ausschlagen musste.

»Und wenn du deinen Vater bittest, dass er die Geschäftsführung noch bis Ende des Jahres behält?« Eva griff nach einem Strohhalm. »Es fällt Daniel doch ohnehin so schwer, sich zurückzuziehen. Dann wärst du ein wenig flexibler und könntest mich mit Alisa ab und zu in den Pausen besuchen, wenn wir im Studio drehen.«

Schon als sie ihre Bitte aussprach, war ihr klar, dass dies alles nur ein Tropfen auf dem heißen Stein sein konnte. Außerdem war es ihren Schwiegereltern gegenüber unfair, da Daniel vor allem deswegen kürzertreten wollte, weil Johannes' Mutter Elisa nach mehreren Herzoperationen gesundheitlich angeschlagen war und Daniel seine Frau stärker unterstützen und mehr Zeit mit ihr verbringen wollte.

»Du weißt, dass ich meinen Vater nicht darum bitten kann«, sagte Johannes ruhig, und Eva nickte bedrückt.

»Ja … ja, natürlich nicht.«

»Eva, wenn es um die Hauptrolle in einem Spielfilm ginge, dann würde ich sofort sagen: *Mach es!* Das ließe sich irgendwie regeln, und einen Monat Dreharbeiten könnten wir mithilfe meiner Schwester überbrücken. Aber eine Serie? Wenn sie erfolgreich ist, werden weitere Staffeln gedreht. Das kann sich über mehrere Jahre hinziehen. Von den zusätzlichen Terminen für die Promotion will ich gar nicht erst anfangen. Oder dass unser lang geplanter Urlaub deswegen nicht stattfinden könnte.«

Eva spürte, wie Tränen in ihren Augen brannten. Sie fühlte sich hin- und hergerissen zwischen der Liebe zu ihrer Tochter und der

Leidenschaft für ihren Beruf als Schauspielerin. Und doch war ihr klar, dass Alisa immer an erster Stelle stehen würde.

»Also muss ich meine Agentin anrufen und ihr sagen, dass ich dieses unglaubliche Angebot nicht annehmen kann?«, resümierte sie bitter.

Johannes versuchte, sie tröstend an sich zu ziehen, doch sie konnte diese Nähe im Moment nicht ertragen. Auch wenn er natürlich keine Schuld an der Situation trug, nahm sie es ihm dennoch übel, dass er seiner Arbeit problemlos nachgehen konnte, während sie Rücksicht auf die Familie nehmen musste.

»Schatz, ich weiß, wie viel dir dein Beruf bedeutet. Und ich möchte dir das auf keinen Fall nehmen. Aber die Umstände sind nun einmal so, dass …«

»Spar dir das bitte!«, unterbrach sie ihn barsch und ging zur Tür.

»Wo willst du denn hin? Du kannst doch jetzt nicht einfach so gehen!«

Eva blieb stehen und drehte sich zu ihm um.

»Mich umziehen. Und dann bringe ich Alisa zum Pferdehof«, erklärte sie kühl.

»Aber ich wollte sie doch heute fahren.«

»Nicht nötig, Johannes. Ich hab ja ohnehin sonst nichts zu tun!«

»Das ist nicht fair!«

»Ach ja? Es ist auch nicht fair, dass ich eine so große Chance nicht wahrnehmen kann, nur weil ich Mutter bin!«, fuhr sie ihn an.

»Bitte, Eva. Ich verstehe völlig, dass du enttäuscht bist. Aber es wird ganz bestimmt noch andere Chancen für dich geben. Und bis dahin kannst du ja kleinere Rollen spielen, damit du ein wenig Abwechslung hast.«

»Abwechslung?«

Sie spürte, wie ihr Gesicht vor Wut rot anlief.

»Sag mal, spinnst du? Denkst du, die Schauspielerei ist nur ein Hobby für mich, damit ich mich nicht langweile?«

Johannes' Brauen zogen sich zusammen.

»Du weißt genau, dass ich das nicht denke! Deinen Beruf habe ich von Anfang an ernst genommen. Aber immerhin bist du nicht wie andere auf eine Gage angewiesen und genießt den finanziellen Luxus, sorglos deine Zeit mit Alisa verbringen zu können.«

Sein letzter Satz traf sie wie eine Ohrfeige. Deutlicher hätte er nicht sagen können, dass sie auf seine Kosten lebte. Bisher war das nie ein Thema gewesen, denn Eva hatte mit ihrer Arbeit einigermaßen gut verdient und nach dem frühen Tod ihrer Eltern ein kleines Erbe mit in die Ehe gebracht. Doch das war natürlich kein Vergleich zum Vermögen ihres Mannes, der bald das Familienunternehmen in der vierten Generation führen würde. Anfang des zwanzigsten Jahrhunderts hatte Johannes' Urgroßvater Josef Holter etwas außerhalb von München eine kleine Fabrik für Lampenschirme gegründet, die wie durch ein Wunder beide Weltkriege überstand. Josef selbst fiel im Januar 1943 bei Stalingrad, doch seine Frau Inge führte das Geschäft zusammen mit ihrer Tochter Katharina weiter. Katharina heiratete in den 1950er-Jahren den jungen Ingenieur Michael Rosenberg, und von da an spezialisierte sich das Familienunternehmen auf die Herstellung von Leuchten für Hotels, Bürogebäude und Krankenhäuser. Längst gehörte Holter-Rosenberg zu den Marktführern weltweit mit Fabriken in achtzehn Ländern. Geld spielte in dieser Familie tatsächlich keine Rolle. Doch Johannes wusste genau, dass sein reiches Elternhaus nie wichtig für sie gewesen war. Sie hatten sich auf einer Party kennengelernt. Eva jobbte dort neben dem Schauspielunterricht für einen Catering-

Betrieb, und die beiden kamen ins Gespräch. Eva wusste damals nur, dass Johannes an seiner Diplomarbeit für ein betriebswirtschaftliches Studium arbeitete und nur ein paar Häuserblocks von ihr entfernt in einer Wohnung lebte, die er sich mit einem australischen Studenten teilte.

Nach dem erfolgreichen Abschluss der Schauspielschule hatte Eva ein Engagement am Residenztheater angenommen und war längst in Johannes verliebt gewesen, als er sie zum ersten Kennenlernen in die Villa seiner Eltern einlud.

»Eva! Bitte lass uns später noch mal in Ruhe über alles reden«, riss Johannes sie aus ihren Gedanken.

Um nicht etwas zu sagen, das sie hinterher womöglich bereute, verließ sie ohne ein weiteres Wort das Kinderzimmer.

Zwanzig Minuten später fuhr Eva mit Alisa aus der Garage. Dicke Regentropfen klatschten aus tief hängenden dunklen Wolken gegen die Windschutzscheibe. Trotz der frühen Nachmittagsstunde war der Tag so düster wie ihre Stimmung, wovon sie sich jedoch vor Alisa nichts anmerken lassen wollte. Noch immer war sie aufgewühlt. Dieses zunächst so wundervoll scheinende Rollenangebot hatte sich inzwischen als Dilemma entpuppt und zum ersten richtig großen Streit zwischen ihr und Johannes geführt.

Er hatte vor der Abfahrt ein weiteres Mal versucht, mit ihr zu reden, doch sie hatte ihn nur angefahren, sie wolle in Ruhe gelassen werden.

»Mami, spielt später auch der kleine Drache mit, wenn die dunkelblaue Fee den Schatz holt?«, fragte Alisa von der rechten Seite der Rückbank. Sie saß im Kindersitz und hielt ihren lilafarbenen Rucksack auf dem Schoß.

»Klar«, antwortete Eva, doch ihre Gedanken kreisten immer noch um die Auseinandersetzung mit ihrem Mann. Sicher würde er heute Abend noch einmal darüber sprechen wollen, um die Sache endgültig zu klären. Auch ihr war zwar an einer Versöhnung gelegen, trotzdem hätte sie sich mehr Verständnis von Johannes erwartet. Und zumindest den Versuch, eine gemeinsame Lösung zu finden.

»Mami?«

»Ja?«

Eva sah im Rückspiegel das zauberhafte Gesicht ihrer kleinen Tochter. Wenn sie die Serienhauptrolle annahm, würde Alisa eine ganze Weile nur noch eine Nebenrolle in ihrem Leben spielen. Natürlich nicht emotional, aber auf jeden Fall zeitlich, da Eva nur noch wenig Zeit für sie erübrigen könnte. Diesen Preis wollte und konnte sie nicht bezahlen.

Eva hatte keine Ahnung, wie sie das Valerie begreiflich machen sollte. Natürlich hatte sie ihrer Agentin nach dem Wiedereinstieg im letzten Jahr nahegelegt, dass für sie vorerst nur kleinere Rollen in Betracht kämen, aber damals hatte sie ohnehin nicht mit so einem Angebot rechnen können.

Es werden sich neue Chancen ergeben, sagte sie sich. Chancen, die sie mit besserem Gewissen ergreifen konnte. Dennoch schmerzte es, dass sie die Hauptrolle ablehnen musste.

»Und? Mami? Tust du das?«, hakte Alisa ein wenig ungeduldig nach.

Eva hatte sich zu sehr in ihren Gedanken verloren und dabei die Frage ihrer Tochter überhört.

»Entschuldige, Mäuschen, was soll ich noch mal tun?«, fragte sie nach.

»Mir zuschauen, wenn ich auf Carlos reite!«

»Aber natürlich schaue ich dir zu. So wie immer«, versicherte Eva.

»Und essen wir hinterher noch ein Eis?«

»Ja, das tun wir. Und außerdem werde ich …«

Weiter kam sie nicht, denn in diesem Moment krachte ein Wagen in die Beifahrerseite. Sie hörte noch kurz den Schrei ihrer Tochter, der jedoch sofort von den ohrenbetäubend lauten Explosionen der Airbags verschluckt wurde. Gleichzeitig drehte sich ihr Auto unter der Wucht des Aufpralls und kam quer zur Fahrbahn zum Stehen. Wie in Zeitlupe sah Eva feine Staubteilchen und Glassplitter und den lila Kinderrucksack durch das Wageninnere fliegen. Sie wollte sich zu Alisa umdrehen, doch sie hatte völlig die Orientierung verloren. Regen fiel durch die kaputte Windschutzscheibe, und Blut rann ihr aus der Nase über die Lippen.

Langsam durchdrangen die Schreie ihrer Tochter wieder das Klingeln in ihren Ohren, das die Druckwelle der platzenden Airbags verursacht hatte.

»Alisa«, murmelte sie und spürte plötzlich einen scharfen Schmerz auf der Zunge. Waren das Glassplitter in ihrem Mund? Der metallische Geschmack von Blut verursachte einen Brechreiz, den sie zu unterdrücken versuchte. Gleichzeitig meinte sie in die Tiefe zu stürzen. Sie wollte sich dagegen wehren. Wollte unbedingt wach bleiben.

Alisa!, dachte sie noch. Dann wurde es dunkel um sie.

KAPITEL 2

Abschied nehmen

München, Anfang Juni 2021

Eva öffnete den riesigen alten Eichenholzschrank, den Johannes' Großvater Michael eigens nach Maß hatte anfertigen lassen.

»All die kostbaren Erinnerungsstücke an vergangene Zeiten, die man auf dem Dachboden aufbewahrt, muss man besonders schützen«, hatte er ihr erklärt, als Johannes und sie kurz nach ihrer Hochzeit in die imposante Villa in Schwabing eingezogen waren. Michael lebte damals schon seit Jahren mit seiner zweiten Frau in Hamburg und hatte die Geschäfte längst Johannes' Eltern Daniel und Elisa überlassen, kam jedoch regelmäßig zu Besuch und logierte dann in dem kleinen Gästehaus im Garten. Auch jetzt noch, mit fast fünfundneunzig Jahren, ließ er es sich nicht nehmen, zumindest in der Weihnachtszeit nach München zu reisen, um die Feiertage mit seiner Familie zu verbringen, so weit der Gesundheitszustand es ihm erlaubte.

Und tatsächlich war der Schrank inzwischen voll mit all den Dingen, die Eva besonders am Herzen lagen und eine Bedeutung für sie hatten, auch wenn sie schon länger nicht mehr in Gebrauch waren. Wie zum Beispiel die Marionetten. Geschützt von weißen Stoffhüllen, die sie für diesen Zweck hatte anfertigen lassen, hingen sie an ihren durchsichtigen Schnüren an einer messingfarbenen Kleiderstange nebeneinander, wie kleine Gespenster.

»Mama! Hast du dich dort oben etwa verlaufen?«, hörte Eva ihre Tochter von unten rufen.

Eva lächelte. Tatsächlich hielt sie sich schon eine Weile hier auf dem Dachboden auf, versunken in Erinnerungen an die mehr als dreiundzwanzig Jahre, die sie schon in diesem Haus lebte und die wie im Flug vergangen waren. Wo war die Zeit nur geblieben? Es kam ihr vor, als wäre es erst gestern gewesen, als Alisa zum ersten Mal alleine und ohne Stützräder auf ihrem kleinen roten Fahrrad die Auffahrt entlangsauste. Nun stand es, längst vergessen, hier in der Ecke. Daneben das hellblaue Kinderschlagzeug, das Alisa sich zu ihrem fünften Geburtstag von den Großeltern gewünscht hatte.

»Ich komme gleich«, rief Eva, machte jedoch keine Anstalten, nach unten zu gehen. Sie öffnete eine weitere Tür im Schrank, hinter der sie in Kartons, fein säuberlich nach Jahrgängen sortiert und beschriftet, alle Hefte, Bücher, Zeichnungen und Bastelarbeiten aus der Schulzeit ihrer Tochter aufbewahrte.

Doch sie suchte einen anderen Karton, der ganz unten verstaut war. Darin hob sie Dinge auf, die noch aus der Zeit stammten, bevor sie mit Johannes zusammengekommen war. Sie zog die umfangreiche Kiste heraus und öffnete den Deckel. Unter zahlreichen Erinnerungsstücken an ihre Eltern lag in einer schützenden Plastikumhüllung eine große lederne Mappe, in der ihr Vater früher seine Bilder und Skizzen gesammelt hatte.

Robert war Lehrer für Kunsterziehung am Gymnasium gewesen und hatte nebenbei selbst gemalt. Seine Bilder zierten einige Wände in verschiedenen Räumen des Hauses.

Und nun würde Alisa in die Fußstapfen ihres Großvaters treten, den sie nie kennengelernt hatte.

Vor einer Woche hatte die Zwanzigjährige ihre Eltern beim Abendessen mit der Nachricht überrumpelt, dass sie sich an der Universität der Künste in Berlin beworben hatte und bereits in die engere Auswahl gekommen war.

»Du hast *was?*«

Eva hatte ihre Tochter nur fassungslos angestarrt und nicht glauben wollen, was sie ihr und Johannes da gerade eröffnete. Alisa wollte zusammen mit ihrem alten Schulfreund Mika in eine WG nach Berlin ziehen.

»Wann?«, hatte Johannes erstaunlich gelassen gefragt, was Eva noch mehr in Rage versetzt hatte.

»Nächste Woche!«

»Obwohl du noch gar nicht weißt, ob du aufgenommen wirst? Das Studium beginnt doch erst im Herbst«, hatte Johannes gemeint.

»Ich will mich einfach schon in Berlin eingewöhnen. Und wenn sie mich dieses Jahr an der Uni nicht nehmen, versuche ich es im nächsten Jahr noch mal und suche mir bis dahin einen Job.«

Eva war außer sich gewesen.

»Du wirst hier in München studieren! Das haben wir doch alles schon besprochen!«

»Berlin ist für mich gesetzt, Mama. Mika und ich haben den Mietvertrag schon unterschrieben.«

»Das kann man wieder rückgängig machen.«

»Kommt gar nicht infrage. Ich werde auf jeden Fall nach Berlin gehen!«, hatte Alisa immer noch höflich, aber deutlich klargestellt. »Und du wirst mich nicht davon abbringen können.«

Eva war aus dem Esszimmer gestürmt. Aufgeregt war sie in ihrem geräumigen Schlafzimmer, das sie eher als Boudoir nutzte, auf und ab getigert. Der Gedanke, dass ihre Tochter in eine andere Stadt ziehen würde, war für sie nur schwer auszuhalten.

Nur ein paar Minuten später hatte es an ihrer Zimmertür geklopft.

»Mama? Können wir reden?«

Obwohl Eva nicht antwortete, hatte Alisa die Tür geöffnet und war mit ihrem Rollstuhl ins Zimmer gefahren.

»Bitte, Mama, mach es mir doch nicht so schwer.«

»Wie willst du denn dort klarkommen?«

Eigentlich hätte Eva die Frage anders formulieren wollen: Wie willst du denn *ohne mich* in Berlin klarkommen?

Bei dem schrecklichen Unfall vor fünfzehn Jahren hatten Mutter und Tochter schwere Verletzungen davongetragen. Doch während Eva sich rasch erholt hatte, schwebte Alisa tagelang in Lebensgefahr und hatte wegen diverser innerer Verletzungen und Schädigungen an der Wirbelsäule mehrfach operiert und ins künstliche Koma gelegt werden müssen. Eva war nicht von ihrer Seite gewichen, auch dann nicht, als es Alisa nach und nach etwas besser ging. Doch die Verletzung am Rückenmark in Höhe der Lendenwirbel hatte irreparable Schäden hinterlassen. Die Diagnose war niederschmetternd – vollständige Querschnittslähmung unterhalb des Bauchnabels. Alisa würde niemals mehr laufen können.

»Es tut mir leid, dass ich das alles heimlich gemacht habe, Mama. Aber du hättest es mir sonst ganz bestimmt ausgeredet«, hatte Alisa erklärt.

»Das tue ich auch jetzt noch!«

»Die Wohnung in Berlin liegt im Erdgeschoss. Wir haben eine eigene Garage, und Mika wird mich bei allem unterstützen, was ich nicht alleine bewältigen kann. Ich habe sogar schon einen guten Physiotherapeuten gefunden, der regelmäßig mit mir arbeiten wird. Du musst dir wirklich keine Sorgen um mich machen.«

»Das mag ja sein, aber …«

»Außerdem können Tante Judith und ich uns dann wieder viel öfter sehen.« Judith war Johannes' jüngere Schwester, die früher ab und zu auf Alisa aufgepasst hatte, seit ein paar Jahren in Berlin lebte und als promovierte Psychologin eine private Suchtklinik leitete.

Alisa hatte so lange auf ihre Mutter eingeredet, bis Eva schließlich, wenn auch schweren Herzens, ihren Segen gab.

Eva hatte die Plastikhülle inzwischen abgezogen und strich gedankenverloren über das mit den Initialen ihres Vaters geprägte Leder der Mappe. Sie seufzte. Die Sorgen um Alisa waren nicht weniger geworden. Alisa versuchte, trotz ihrer Beeinträchtigung ein weitgehend normales Leben zu führen. Eva hatte sie dabei nach Kräften unterstützt. Und insgeheim war sie auch stolz auf ihre Tochter, dass sie den Umzug nach Berlin eigenständig und nur mithilfe ihres besten Kumpels geregelt hatte. Trotzdem war es etwas völlig anderes, am Telefon oder per Videochat die nötigen Gespräche zu führen, als real in einer neuen Stadt zurechtzukommen. Und ausgerechnet Berlin musste es sein!

Seit dem Tag des Unfalls hatte Eva sich ausschließlich um Alisas Bedürfnisse gekümmert und sich völlig aus ihrem Beruf zurückgezogen. Über die Serienhauptrolle hatten weder ihre Agentin noch Johannes oder gar sie selbst jemals wieder ein Wort verloren. Nichts anderes hatte all die Jahre für sie gezählt, als Tag und Nacht für ihre Tochter da zu sein und ihr trotz der körperlichen Beeinträchtigung ein wundervolles Leben zu ermöglichen.

Obwohl Eva keinerlei Schuld an dem Unfall trug – eine dreiundfünfzigjährige Geschäftsfrau hatte am Steuer einen Herzinfarkt erlitten und war ungebremst in Evas Wagen gekracht –, fühlte sie sich trotzdem verantwortlich. Wäre der Streit nicht gewesen und hätte, wie eigentlich vorgesehen, Johannes an diesem Tag ihre Tochter zum Reitunterricht gebracht, wäre das alles nicht passiert, und Alisa müsste nicht dieses schwere Schicksal tragen. Dann müsste sie sich jetzt auch nicht so viele Gedanken machen.

Eva stellte den Karton wieder zurück in den Schrank und schloss die Tür. Dann ging sie mit der Ledermappe unter dem Arm nach unten.

In der Diele neben der Eingangstür standen bereits mehrere Taschen und Koffer mit Alisas Sachen. Ein Anblick, der Eva die Tränen in die Augen trieb. Sie blieb stehen und atmete ein paarmal tief durch.

Du musst dich zusammenreißen!, beschwor sie sich.

Natürlich war es wichtig für Alisa, sich weiterzuentwickeln und ein selbstständiges Leben zu führen. Eva war seinerzeit sogar noch jünger gewesen, als sie aus dem Haus ihrer Eltern ausgezogen war, um für ein Jahr in Costa Rica für eine Hilfsorganisation zu arbeiten. Ihr Verstand wusste, dass Alisa genau das Richtige tat. Doch ihr Herz wünschte sich, die Tochter noch länger hierzubehalten, um sicherzustellen, dass es ihr gut ging.

Aus dem Wintergarten waren die Stimmen ihres Mannes und ihrer Tochter und dazwischen immer wieder fröhliches Lachen zu hören.

Eva räusperte sich und strich sich eine Haarsträhne aus der Stirn, bevor sie das Zimmer betrat.

»Da bist du ja endlich!«, rief Alisa. »Ich wollte schon Papa losschicken, damit er dich vom Dachboden rettet.«

»Nicht nötig. Ich habe nur etwas gesucht. Das hat ein wenig länger gedauert«, erklärte Eva.

»Was ist das denn?«, wollte Alisa wissen und deutete auf die Mappe, die ihre Mutter in der Hand hielt.

»Was bin ich froh, dass ich keine neugierige Tochter habe«, bemerkte Eva trocken.

»Und ich erst.« Alisa grinste.

»Lässt du mich bitte mal kurz mit Alisa allein?«, bat Eva ihren Mann.

Johannes sah sie mit einem Blick an, den sie nicht deuten konnte. Er war im letzten Herbst fünfzig geworden und hatte nichts von seiner Attraktivität verloren. Im Gegenteil. Die nur leicht ergrauten Schläfen und seine immer noch sportliche Figur ließen ihn zudem deutlich jünger wirken.

»Papa geht nur, wenn du versprichst, mir keine schrecklich theatralische Abschiedsszene zu machen«, feixte Alisa, doch Eva konnte aus ihren Worten eine gewisse Besorgnis heraushören.

»Ich versuche mein Bestes«, versprach Eva und lächelte.

»Na gut. Wenn ihr mich also loswerden wollt …«, sagte Johannes mit einem Schulterzucken. »Ich trage schon mal das Gepäck vor die Haustür, dann können Mika und ich gleich den Wagen beladen, wenn er kommt.«

»Danke dir, Papa. Mika müsste sowieso jeden Moment da sein«, meinte Alisa.

Johannes nickte und verließ den Wintergarten.

Eva zog einen Stuhl heran und setzte sich ihrer Tochter gegenüber.

»Ich weiß, dass ich mich nicht sonderlich vernünftig benommen habe in den letzten Tagen. Das tut mir wirklich leid, Alisa.« Sie räusperte sich kurz. »Du darfst bitte nicht glauben, dass ich es dir nicht grundsätzlich zutraue, in Berlin allein zurechtzukommen. Es ist nur …«

Eva konnte nicht weitersprechen und deutete mit einem leichten Kopfschütteln an, was sie eigentlich sagen wollte. Alisa verstand sie auch ohne Worte.

Mutter und Tochter hatten sich schon immer sehr nahegestanden, umso mehr, als Eva sich nach dem Unfall hauptsächlich alleine um Alisa gekümmert hatte.

»Mama, ich weiß doch, dass du es mir zutraust, auf eigenen Beinen zu stehen«, überspielte Alisa den Moment mit ihrer gewohnt flapsigen Art.

»Du warst auch schon mal witziger«, gab Eva trocken zurück.

»Ach komm. Gib's doch zu, Mama, du stehst total auf meine Scherze!«

Eva nickte lächelnd und strich über das lockige Haar ihrer Tochter. Ihr Mädchen war zu einer wunderschönen jungen Frau herangewachsen.

»Ich bin unheimlich stolz auf dich und hoffe so sehr, dass die Verantwortlichen an der Uni dein großes Talent erkennen und dich aufnehmen. Aber noch viel stolzer wäre heute mein Vater gewesen. Schau mal, die hier …«

Eva reichte Alisa die Mappe.

»Die hier gehörte deinem Großvater Robert. Es sind sogar noch einige Skizzen und Entwürfe darin. Ich bin mir sicher, er würde sich sehr freuen, wenn du sie bekämst.«

»Die ist für mich?«

Eva nickte.

Alisa nahm die Ledermappe fast ehrfürchtig in die Hand.

»Wow, ist die schön! Vielen Dank. Du weißt gar nicht, welche Freude du mir damit machst.«

Eva spürte einen dicken Kloß im Hals.

Alisa legte die Mappe auf ihren Oberschenkeln ab und griff nach Evas Händen.

»Du warst immer für mich da, Mama. Hast mir gezeigt, wie schön und voller Wunder das Leben sein kann, auch wenn die Voraussetzungen nicht perfekt sind. Alles, was ich brauche, um in Berlin klarzukommen, hast du mir beigebracht. Ich verspreche dir, ich werde immer gut auf mich aufpassen.«

Nun konnte Eva die Tränen nicht mehr länger unterdrücken. Und auch über Alisas Wange kullerte eine Träne, die sie sofort mit dem Ärmel wegwischte.

Die beiden umarmten sich fest, bis Eva sich langsam löste.

»Versprich mir, dass du regelmäßig deine Übungen machst und dich richtig ernährst und …«, Eva lachte kurz und schüttelte über sich selbst den Kopf.

»Jetzt mache ich es schon wieder. Dabei bist du ja nicht aus der Welt. Und wir können ganz oft skypen.«

»Stimmt. Und du und Papa könnt mich ja auch ab und zu besuchen kommen.«

»Das werden wir ganz sicher«, sagte Johannes.

Er war zurück in den Wintergarten gekommen und hielt sein Smartphone in der Hand.

»Hast du uns eben fotografiert?«, fragte Alisa.

Johannes zuckte mit den Schultern und lächelte verschmitzt.

»Wer weiß … Mika ist schon da. Wir haben die meisten Sachen ins Auto geräumt. Kommst du, Alisa?«

Eine Viertelstunde später standen Johannes und Eva vor dem Haus und winkten dem Wagen hinterher, der die Auffahrt entlangfuhr. Mika hupte noch einmal kurz zum Abschied, und Alisa winkte aus dem offenen Beifahrerfenster, bevor das Auto rechts auf die Straße bog und nicht mehr zu sehen war.

»Alles gut bei dir?«, fragte Johannes.

»Ja«, log Eva. Ihr war, als hätte man sie gerade in zwei Hälften gerissen.

»Sie wird zurechtkommen, Eva.«

»Natürlich wird sie das«, murmelte sie.

»Und Judith ist auch in ihrer Nähe. Die beiden hatten immer schon einen guten Draht zueinander.«

»Ich weiß.«

»Mir fällt es auch sehr schwer, sie ziehen zu lassen. Aber das ist der Lauf der Welt. Da müssen alle Eltern irgendwann durch. Wobei einige es vielleicht kaum erwarten können und sogar wilde Partys feiern, sobald der Nachwuchs endlich das Nest verlassen hat«, versuchte Johannes, sie ein wenig aufzumuntern.

Eva hatte keine Ahnung, was sie darauf antworten sollte. Natürlich wusste sie, dass sie nicht die einzige Mutter war, der es schwerfiel, ihr Kind seinen eigenen Weg gehen zu lassen. Dafür gab es sogar einen Begriff: Empty-Nest-Syndrom. Doch das war ihr in diesem Moment auch kein Trost. Johannes sah auf seine Armbanduhr.

»Ich muss gleich noch mal ins Büro. Möchtest du vielleicht heute Abend mit mir zum Essen gehen? Im Lehel hat ein neues spanisches Restaurant aufgemacht, das soll super sein.«

Eva war überrascht. Dachte er wirklich, ihr wäre heute nach Ausgehen zumute? Tatsächlich konnte sich kaum mehr daran erinnern, wann sie und Johannes das letzte Mal alleine in einem Restaurant gewesen waren. Oft war das in den letzten Jahren jedenfalls nicht vorgekommen.

»Ich habe die letzten Nächte nicht viel geschlafen und möchte lieber warten, bis Alisa sich gemeldet hat, dass sie gut angekommen sind, und dann früh ins Bett gehen«, ließ sie ihn wissen und fühlte sich tatsächlich plötzlich total erschöpft.

Das Lächeln verschwand von seinem Gesicht.

»Na gut. Wie du meinst.«

Er machte sich ohne Abschiedsgruß auf den Weg in Richtung Garage.

Eva drehte sich um und ging langsam zurück ins Haus.

KAPITEL 3

Alles ist anders

Als Eva am nächsten Morgen erwachte, war für den Bruchteil einer Sekunde die Welt noch in Ordnung. Bis ihr einfiel, dass Alisa nun in einer anderen Stadt lebte. Sofort überfiel sie dasselbe Gefühl von Traurigkeit, mit dem sie am Abend zuvor eingeschlafen war.

Es würde ab heute kein gemeinsames Frühstück mehr geben oder abendliche Fernsehserienmarathons auf dem Sofa. Und sie würde ihre Tochter später auch nicht zur Physiotherapie, zum Schwimmen, zu Freunden oder in die Werkstatt eines befreundeten Bildhauers fahren, bei dem Alisa seit dem letzten Herbst mehrmals die Woche hospitiert hatte.

Nach einem bestens bestandenen Abitur hatte Alisa das vergangene Jahr genutzt, um mehrere Optionen für ein späteres Studium durch verschiedene Praktika auszukundschaften.

Für ihre Eltern und Freunde war es jedoch keine Überraschung gewesen, als Alisa ihnen schon nach wenigen Wochen mitteilte, dass sie ein Kunststudium anstrebe.

Das Interesse an der Malerei hatte sie hauptsächlich ihrer Mutter zu verdanken, die mit Alisa von klein auf Museen, Ausstellungen und Galerien besucht hatte und ihr bereits erkennbares Talent förderte. Die beiden hatten viel Zeit in dem kleinen Atelier verbracht, das Johannes in dem Raum neben dem Wintergarten eingerichtet hatte, als Alisa gerade mal zwölf Jahre alt gewesen war. Das Mädchen hatte es geliebt, mit verschiedenen Materialien und Farben zu experimentieren, während im Hintergrund laute Musik lief, die durchs ganze Haus tönte.

Eva seufzte wehmütig bei diesen Erinnerungen. Sie sah auf die Uhr, es war kurz nach sieben. Um diese Zeit war Johannes schon im Büro. Eigentlich könnte sie im Bett liegen bleiben und einfach weiterschlafen. Es wartete nichts und niemand auf sie. Doch sie sehnte sich nach einer Tasse Kaffee, die sie auf der Terrasse in der Morgensonne trinken wollte. Schließlich stand sie auf und schlüpfte in ihren seidenen Kimono.

Als sie nach unten in die Küche ging, fühlte das Haus sich leer an und von einer Einsamkeit beseelt, die Eva noch nie zuvor wahrgenommen hatte. Mit Alisas Auszug schien auch ihre besondere Energie verschwunden zu sein, die in den letzten zwanzig Jahren so selbstverständlich die Räume erfüllt hatte.

Reiß dich zusammen! Sie ist ja nicht für immer weg! Sie wird uns oft besuchen kommen! Eva sagte es sich wie ein Mantra vor, um die bedrückenden Gedanken zu vertreiben. Doch es gelang ihr nicht. Ein Lebensabschnitt war unwiderruflich zu Ende gegangen. Außerdem würde es hier zukünftig auch aus einem anderen Grund viel stiller sein, denn normalerweise war das Haus fast täglich von irgendwelchen Freunden von Alisa bevölkert. Einige von ihnen, wie zum Beispiel Mika, hatten hier mehr Zeit verbracht als im eigenen Zuhause.

Eva hatte die Gesellschaft der jungen Leute immer sehr genossen und es geliebt, für die ganze Bande zu kochen. Manchmal sogar mitten in der Nacht, wenn sie nach einer Party hungrig zu Hause eingefallen waren. Mit dem Auszug ihrer Tochter waren gewissermaßen auch ihre Freunde ausgezogen, und Eva würde sie ebenfalls vermissen.

Sie fragte sich, ob sie besser klarkäme, wenn Alisas Umzug nach Berlin nicht so völlig überraschend gekommen wäre. Dann hätte sie sich emotional schon viel eher darauf vorbereiten und sich an den Gedanken gewöhnen können. Doch alles war rasend schnell gegangen, und sie war in den letzten Tagen mit Packen und Organisieren so beschäftigt gewesen, dass sie manchmal nicht mehr wusste, wo ihr der Kopf stand. Das hatte sie glücklicherweise abgelenkt, ihr jedoch gleichzeitig auch die Gelegenheit genommen, sich in Ruhe mit dem Ganzen auseinanderzusetzen.

»Ich dachte, ich hätte noch viel mehr Zeit«, murmelte sie, während sie sich in der gemütlichen großen Wohnküche ihren Kaffee zubereitete. Auf ihr übliches Frühstück – Joghurt mit Haferkleie, Nüssen und frischen Früchten – verzichtete sie. Sie würde gewiss keinen Bissen hinunterbringen.

Wenig später saß sie auf der Terrasse und nippte vorsichtig an der Tasse. Das Aroma frisch gemahlener Kaffeebohnen belebte sie immerhin ein wenig.

Am Tisch lag noch die Tageszeitung, die Johannes schon gelesen und für sie bereitgelegt hatte. Sie griff danach, schob sie jedoch gleich wieder weg. Warum sollte sie sich für die neuesten Meldungen interessieren, wenn sie sich mit niemandem darüber austauschen konnte? Und im Moment war ihr ohnehin egal, was sonst noch auf der Welt passierte.

Gedankenverloren sah sie einer Amsel zu, die ein Bad in der Vogeltränke nahm, als das Handy klingelte. Eine unbekannte Nummer!

»Ja, hallo?«, meldete sie sich, verwundert, wer sie schon so früh am Morgen sprechen wollte.

»Hey, Nicki, kannst du mir mal die Carola geben?«, bat eine männliche Stimme in fränkischem Dialekt ziemlich salopp.

»Wie bitte?«, fragte Eva irritiert.

»Ähm … Moment. Du bist gar nicht die Nicki, oder?«, sagte die Stimme, fast ein wenig vorwurfsvoll.

»Nein. Bin ich nicht. Sie haben sich verwählt. Schönen Tag noch.«

Sie legte auf und lachte freudlos. Irgendwie verstärkte dieser versehentliche Anruf das Gefühl der Einsamkeit.

Als es gleich darauf erneut klingelte, wollte sie das Gespräch schon wegdrücken, weil sie dachte, der Mann hätte wieder die falsche Nummer gewählt. Doch diesmal war es Johannes.

»Ja?«

»Guten Morgen, Eva. Ich kam gestern ziemlich spät nach Hause, vermutlich hast du da schon geschlafen«, sagte er.

Da sie seit dem Unfall getrennte Schlafzimmer hatten, bekam sie meistens gar nicht mit, wann er heimkam.

»Deswegen konnte ich dir nicht sagen, dass ich heute in unser Werk nach Mailand fliegen muss«, fuhr er fort. »Es gibt dort Probleme mit der Produktion der neuen Leuchtenkollektion für das Hotel in Dubai. Vermutlich ein Materialfehler. Mein Flug geht in einer halben Stunde.«

»Okay.«

Es war nicht ungewöhnlich, dass Johannes spontan auf Geschäftsreisen ging.

»Ich komme voraussichtlich morgen Nachmittag zurück. Bis dahin dürfte alles geregelt sein … Hat Alisa sich heute schon bei dir gemeldet?«, wollte er wissen.

»Nein. Hat sie noch nicht.« Eva spielte mit dem Henkel ihrer Tasse. »Bei dir?«

»Auch nicht. Sie wird von der Fahrt gestern erschöpft sein und noch schlafen. Die letzten Tage waren ja doch ziemlich anstrengend für sie.«

»Vermutlich.«

Für ein paar Sekunden herrschte Stille.

»Wie geht es dir?«

»Ich komme klar. Guten Flug, Johannes.«

»Danke … und – Eva?«

»Ja?«

»Ich bin morgen Abend zu Hause. Vielleicht könnten wir ja gemeinsam essen?«

»Okay. Ich koche uns was.«

»Musst du nicht. Lassen wir uns doch etwas liefern.«

»Nein, schon gut. Es macht mir nichts aus«, beteuerte Eva, obwohl sie sich im Moment ein gemeinsames Abendessen nicht vorstellen konnte.

»Schön … Und was hast du heute vor?«

»Keine Ahnung«, antwortete sie mit einem Schulterzucken und bemühte sich, nicht gereizt zu klingen. Sie wusste tatsächlich noch nicht, was sie mit dem Tag anfangen sollte, der sich schon seit dem Aufwachen so anders anfühlte als alle Tage, die sie bisher erlebt hatte.

»Warum besuchst du nicht Ricarda?«, schlug er vor.

Ricarda war Evas älteste Freundin. Die beiden Frauen kannten sich seit dem Gymnasium.

»Vielleicht«, sagte sie, damit er keine weiteren Vorschläge mehr machte.

»Gut. Bis morgen, Eva.«

Sie legte auf und trank den letzten Schluck Kaffee, der inzwischen schon kalt war. Eva lehnte sich im Stuhl zurück und schloss die Augen. Doch sie fand keine Ruhe. Ihr Körper fühlte sich an, als ob er innerlich vibrierte. Auch ihre Atemübungen, die sie sich nach dem Unfall auf Anraten des Therapeuten antrainiert hatte, um ihre Angstattacken in Schach zu halten, halfen diesmal nicht. Plötzlich hatte sie das Gefühl, sich dringend bewegen zu müssen. Sie brachte den Becher zurück in die Küche und stellte ihn in die Spüle. Dann duschte sie kurz, zog sich an und verließ das Haus.

Ihr war nicht klar, wo sie eigentlich hinwollte, doch etwa zwanzig Minuten später ging sie einen Weg entlang in der Nähe des Tivoli-Kraftwerks, einem alten Backsteingebäude, das sich wie aus der Zeit gefallen im nördlichen Teil des Englischen Gartens befand.

Eva liebte diesen weitläufigen Park inmitten der Stadt, der zu den größeren der Welt zählte und zu jeder Jahreszeit seinen ganz eigenen Zauber hatte. Hier gab es auch abseits der Sehenswürdigkeiten immer etwas zu entdecken.

Eva und Johannes waren früher oft mit dem Kinderwagen durch den Park spaziert und hatten meist in einem der Biergärten eine Pause eingelegt. Und es war ganz in der Nähe des Chinesischen Turms gewesen, als die noch nicht einmal einjährige Alisa sie mit ihren ersten Schritten überrascht hatte.

Später dann, nach dem Unfall, war Eva oft alleine mit der Kleinen in den Park gekommen und hatte sie im Rollstuhl die Wege entlanggeschoben. Jedes Mal hatten sie sich eine andere Bank ausgesucht, um dort ein kleines Picknick zu machen. Dabei dachten sie sich Geschichten aus über die Menschen, die an ihnen vorbeiliefen. Oder über Tiere, die sie im Park entdeckten. Sie markierten die Bänke mit kleinen Kerben, damit sie niemals zweimal auf derselben Bank landeten. So hatten sie nach und nach den Park erkundet.

Irgendwann waren die Besuche seltener geworden, bis sie schließlich ganz aufhörten, weil Alisa mit Schule, Hobbys und Freunden viel zu viel um die Ohren hatte. Und auch alleine war Eva schon eine ganze Weile nicht mehr hier gewesen.

Watteweiße dicke Wolken schoben sich vor die Sonne. Sie war schon über eine Stunde unterwegs und spazierte inzwischen wieder zurück in Richtung des Tivoli-Kraftwerks.

Eine abseits gelegene, etwas verwittert aussehende Bank lud sie zum Verweilen ein. Als sie sie nach Kerben absuchte, stellte sie mit einem sentimentalen Lächeln fest, dass sie tatsächlich mit Alisa damals auch hier gewesen war. Sie holte ihr Handy aus der Handtasche und machte ein Foto, das sie Alisa schickte.

Eine unserer Picknickbänke im Englischen Garten, schrieb sie darunter.

Kaum eine halbe Minute später schickte Alisa ihr einen Herz-Smiley mit der Nachricht, dass sie sich über das Foto freue und sich am Mittag zum Videochat melden würde.

Eva setzte sich und schloss die Augen. Die Bewegung hatte ihr geholfen, die innere Unruhe loszuwerden. Sie versuchte, an nichts zu denken, spürte den sanften Wind auf ihrer Haut und lauschte dem Zwitschern der Vögel.

Lautes Lachen und aufgeregtes Schnattern von Kindern unterbrachen die Stille. Eva öffnete die Augen und sah eine Gruppe etwa zehnjähriger Schulkinder, die in Sportbekleidung mit raschen Schritten in ihre Richtung marschierten. Ihnen voran ein sehr großer Mann in einem Trainingsanzug und auffallenden grünen Sportschuhen, bei dem es sich offensichtlich um den Lehrer handelte.

Etwa zwanzig Meter von ihr entfernt drehte er sich mit dem Rücken zu Eva und wandte sich an die Kinder.

»Teilt euch doch bitte mal in eure Gruppen auf«, rief er und machte eine ordnende Armbewegung.

Offenbar wussten die Schüler bereits, was jetzt auf sie zukam, denn sie befolgten ziemlich rasch seine Anweisungen und stellten sich in einem gewissen Abstand zueinander in zwei Gruppen auf.

»Ihr macht jeweils zwanzig Sekunden lang einen Hampelmann, dann Kniebeugen, dann wieder Hampelmann und wieder Kniebeugen und so weiter … Die Gruppe, die als letzte noch einen Schüler im Match hat, hat gewonnen! Jeder aus der Siegergruppe bekommt einen Stern, der zu den Sternen hinzugezählt wird, die wir am Jahresende abrechnen. Also gebt euch Mühe«, erklärte der Lehrer und zog eine Stoppuhr aus der Hosentasche.

»Drei, zwei, eins – und los!«, rief er, und die Kinder fingen mit der Hampelmann-Übung an.

Eva sah interessiert zu und lächelte, als ein ziemlich blasser dünner Junge aus der rechten Gruppe schon aufgab, als die zwanzig Sekunden noch gar nicht vorbei waren.

Sie rechnete es den Kindern hoch an, dass keiner deswegen einen dummen Kommentar abgab. Womöglich sparten sie sich aber auch nur ihren Atem, um so lange wie möglich durchzuhalten.

»Und jetzt Kniebeugen!«, rief der Lehrer.

Die Kinder wechselten in die nächste Übung.

Nach dem dritten Wechsel gab ein Mädchen aus der linken Gruppe auf.

»Super macht ihr das! … Dranbleiben! … Nur weiter so!«, motivierte der Lehrer die übrigen Schüler.

Eva war beeindruckt von ihrem Durchhaltevermögen.

Gleichzeitig wanderte ihr Blick über den dunkelblonden Lehrer mit der durchtrainierten Figur, die er sicherlich seinem Beruf verdankte. Als er sich einmal kurz zur Seite drehte, erhaschte sie auch einen Blick auf sein attraktives Gesicht.

Anfang vierzig, schätzte sie ihn in Gedanken. Etwa zehn Jahre jünger als sie es – wenige Wochen vor ihrem fünfzigsten Geburtstag – war.

Inzwischen wurden die Bewegungen der Schüler langsamer, und immer wieder gab einer auf. Keuchend ließen sie sich ins Gras fallen und schauten ihren Mitschülern zu, die tapfer weitermachten.

Nach einigen weiteren Übungswechseln kämpften nur noch ein Mädchen auf der rechten und zwei Jungs auf der linken Seite um den Sieg. Die anderen feuerten sie lautstark an.

Obwohl sie es natürlich auch den Buben gegönnt hätte, freute Eva sich insgeheim, als sich am Ende das Mädchen durchsetzte und dafür von ihren Mitstreitern lautstark gefeiert wurde.

Der Lehrer klopfte der Siegerin anerkennend auf die Schultern.

»Super gemacht, Emma!«, lobte er sie.

Dann wandte er sich an die beiden Jungs, die vor dem Mädchen ziemlich zeitgleich aufgegeben hatten.

»Ihr wart auch toll, Tim und Kenan. Wirklich. Und wenn ihr das nächste Mal die Zähne noch ein wenig mehr zusammenbeißt, dann könnt ihr es auch schaffen. Das gilt übrigens für euch alle!«, sagte er in die Runde.

»Ach, gegen Emma gewinnt doch eh niemand, Herr Lose!«, maulte ein Mädchen aus der Gruppe der Verlierer.

Einige nickten zustimmend.

»Tja, Lilly«, warf der Lehrer ein. »Sie treibt halt auch in ihrer Freizeit sehr viel Sport. Deswegen ist sie auch so fit. Nicht wahr, Emma?«

Das Mädchen, immer noch außer Atem und mit rotfleckigem Gesicht, nickte nur.

Herr Lose, wie die Kinder ihn nannten, warf einen Blick auf seine Armbanduhr.

»So Leute, höchste Zeit. Wir müssen zurück. Nicht, dass ihr meinetwegen noch Mathe versäumt.«

An den Reaktionen der Schüler erkannte Eva, dass die meisten absolut nichts dagegen gehabt hätten, zu spät zum Unterricht zu kommen. Was sie gut nachvollziehen konnte, denn sie selbst hatte Mathe auch nie gemocht. Bei der Erinnerung an ihre Schulzeit lächelte sie.

In diesem Moment drehte der Sportlehrer sich um, und ihre Blicke trafen sich für einen Augenblick. Er nickte freundlich grüßend in ihre Richtung. Gleich darauf wandte er sich wieder den Kindern zu und trat gemeinsam mit ihnen in einem moderaten Trab den Rückweg an.

Eva sah ihnen so lange hinterher, bis sie hinter einer Kurve verschwunden waren. Ihr wurde bewusst, dass der attraktive Lehrer und seine Schüler sie für eine Weile abgelenkt hatten.

KAPITEL 4

Zukunftsgedanken

Nach dem ausgedehnten Spaziergang und einem längeren Videochat mit Alisa fühlte Eva sich deutlich besser als am Morgen. Ihre Tochter sprühte nur so vor Energie und hatte vor, am Nachmittag zusammen mit Mika die Gegend um ihre Wohnung in Berlin-Mitte nahe dem Tiergarten genauer zu erkunden. Es schien ihr richtig gut zu gehen, und einzig das war Eva wichtig.

Endlich meldete sich auch Evas Appetit zurück. Weil sie jedoch keine Lust hatte, für sich alleine zu kochen, bereitete sie sich nur ein Sandwich mit Frischkäse und Tomaten zu, das sie mit auf die Terrasse nahm.

Während sie aß, überlegte sie, was sie mit dem Rest des Tages anfangen sollte. Vielleicht wäre es tatsächlich keine schlechte Idee, ihre Freundin Ricarda am Abend zu besuchen. Sie telefonierten zwar mehrmals in der Woche, es war jedoch schon eine Weile her, seit sie sich das letzte Mal getroffen hatten.

Sie schickte ihr gleich eine Nachricht.

> Was machst du heute Abend? Soll ich mit einer Flasche Crémant bei dir vorbeikommen?

Wenige Sekunden später klingelte das Handy. Eva, die gerade vom Sandwich abgebissen hatte, schluckte rasch und meldete sich.

»Hallo, Ricarda!«

»Bevor ich lang und breit eine Nachricht tippe, rufe ich lieber an«, sagte ihre Freundin gleich.

»Klappt es heute bei dir? Ich fände es schön, wenn wir uns sehen könnten.«

Eva legte das restliche Sandwich auf den Teller.

»Du, eigentlich wahnsinnig gern. Aber ich muss bis morgen noch einige Unterlagen durcharbeiten«, erklärte Ricarda, die als Anwältin in der Kanzlei ihres Onkels arbeitete.

»Und am Abend ist auch noch das Schulkonzert. Wenn ich diesmal wieder nicht dabei bin, lässt Max sich von mir scheiden«, meinte sie trocken.

»Stimmt. Ich hab völlig vergessen, dass das heute ist«, sagte Eva.

Ricardas vierzehnjährige Zwillinge gingen auf dasselbe Gymnasium, auf dem auch Alisa das Abitur gemacht hatte. Eva war dort viele Jahre ein engagiertes Mitglied im Elternbeirat gewesen und hatte solche Termine immer wahrgenommen.

»Ich dachte eigentlich, dass du auch kommst«, meinte Ricarda verwundert.

Ursprünglich hatte Eva es tatsächlich auch vorgehabt, zusammen mit Alisa den Konzertabend zu besuchen. Doch nachdem sich inzwischen alles geändert hatte, war ihr absolut nicht danach zumute, nun alleine hinzugehen.

»Nein, eher nicht. Ich hab ja jetzt kein Kind mehr an der Schule«, erklärte sie.

»Du weißt gar nicht, wie sehr ich dich darum beneide«, sagte Ricarda und seufzte.

Eva hingegen beneidete Ricarda, dass sie noch Kinder im Schulalter hatte und zudem einen Beruf, der sie ausfüllte. Auch wenn es eine Herausforderung war, immer alles unter einen Hut zu bekommen.

»Diese Schulveranstaltungen sind für mich eine Qual!«, gestand Ricarda. »Es gibt natürlich Schüler, die sind gut an ihren Instrumenten. Aber die Anfänger, vor allem die an den Violinen – gruselig. Ich frag mich echt, warum man das den Eltern antun muss.«

Eva musste lachen. Einige Darbietungen grenzten tatsächlich an Körperverletzung.

»Aber Mia und Emilio sind doch super am Klavier«, meinte Eva. »Den beiden konnte man schon zuhören, da waren sie noch im Kindergartenalter.«

»Keine Ahnung, woher sie das haben«, sagte Ricarda und meinte es auch so. Tatsächlich war sie einer der unmusikalischsten Menschen, die Eva kannte. Und passte damit perfekt zu ihrem Mann.

»Sicher von Max«, scherzte Eva.

Ricarda lachte hellauf. »Genau. Bei dem hört sich sogar das Schnarchen falsch an … Manchmal mache ich mir da schon so meine Gedanken. Entweder sind die Kinder doch nicht von ihm, oder die beiden haben mehrere Generationen übersprungen«, feixte sie.

»So wie sie aussehen, können sie nur von Max sein. Emilio ist ja echt eine Miniausgabe seines Vaters.«

»Das stimmt«, bestätigte Ricarda.

»Am besten freust du dich einfach über ihr überraschendes Talent«, riet Eva.

»Das tu ich doch. Auch wenn sie mich zurzeit fast in den Wahnsinn treiben. Pubertät mit einem Kind ist ja schon schlimm genug – aber Pubertät im Doppelpack und noch dazu einmal in der weiblichen und einmal in der männlichen Variante! Frag besser nicht!«

»Ich kann es mir lebhaft vorstellen.«

»Sei froh, dass Alisa jetzt ihr eigenes Leben in Berlin führt. Ich gäbe meine Louis-Vuitton-Handtaschen dafür, wenn die Zwillinge auch schon so weit wären.«

»Nie im Leben würdest du auf deine Handtaschen verzichten!«, erwiderte Eva amüsiert.

»Du hast recht. Also muss ich einfach noch ein wenig durchhalten.«

»Du schaffst das, da bin ich mir sicher!«

»Wenn du meinst … Aber hör mal, wir müssen tatsächlich auf deine Freiheit anstoßen! Was hältst du von morgen Abend? Da könnte ich es gut einrichten«, schlug Ricarda vor.

»Morgen?« Eva überlegte kurz. Eigentlich hatte sie Johannes versprochen, zu kochen. Allerdings hatte sie ohnehin keine besondere Lust, den Abend mit ihm alleine zu verbringen.

»Morgen passt wunderbar. Dann allerdings bei mir. Johannes ist auch da. Ich koche uns was, und du bringst den Wein mit. Okay?«

»Perfekt! Das ist sowieso meine bevorzugte Variante«, sagte Ricarda, und Eva meinte ein Lächeln in ihrer Stimme zu hören.

»Max kann natürlich auch mitkommen, wenn er Lust hat«, bot Eva an.

»Der hat morgen Nachtdienst«, erklärte Ricarda. Ihr Mann arbeitete als Intensivmediziner in einer Unfallklinik. »Ich komme alleine.«

»Okay. Sagen wir um halb acht?«

»Passt! Dann bis morgen, Eva.«

»Bis morgen, Ricarda!«

Eva legte auf und griff nach ihrem Sandwich, dabei überlegte sie, was sie am nächsten Tag kochen würde. Sie begann, im Handy eine Einkaufsliste anzulegen. Es tat gut, etwas zu planen.

Nachdem sie vom Einkaufen zurück war, machte Eva sich daran, ihren Kleiderschrank auszumisten. Alles, was sie nicht mehr anziehen wollte, würde sie in den nächsten Tagen zur Kleiderkammer bringen. Auch Alisa hatte vor ihrem Auszug einige Sachen aussortiert, um sie zu verschenken.

Eva legte die Kleidungsstücke sorgfältig zusammen und packte sie in Kartons.

»Den will sie auch weggeben?«, murmelte sie, als sie einen Pullover entdeckte, den Alisa bis vor Kurzem noch regelmäßig getragen hatte. Die kräftige rote Farbe hatte ihre blauen Augen immer besonders schön hervorgehoben.

Eva hob ihn an ihr Gesicht und atmete tief ein. Der Pullover roch nach ihrer Tochter. Unvermittelt schossen ihr Tränen in die Augen, die sie vergeblich wegzublinzeln versuchte. Plötzlich fühlte sie sich total erschöpft und legte sich auf Alisas Bett, das Kleidungsstück fest an sich gedrückt. Tausend Erinnerungen liefen wie ein Film in ihrem Kopf ab. Sie hatten sehr schwere Zeiten überstanden, und doch überwogen die unendlich vielen schönen, besonderen Momente.

Ihre Tränen waren längst versiegt, als sie schließlich aufstand und die restlichen Sachen in die Kartons packte. Den roten Pullover aber verstaute sie in ihrer Kommode im Schlafzimmer.

Nach einer schlaflosen Nacht, in der sie sich von einer Seite auf die andere gewälzt hatte, saß Eva etwas zerschlagen schon um sechs Uhr früh mit einer Tasse Kaffee in der Küche. Seit gestern Abend hatte es bis in die frühen Morgenstunden ohne Unterbrechung geregnet, und auch jetzt noch zogen dunkle Wolken über den Münchner Himmel. Trotzdem trieb es Eva hinaus. Sie schlüpfte in einen leichten Sommermantel, griff nach dem Regenschirm und machte sich auf den Weg in den Englischen Garten. Um diese Zeit und bedingt durch das schlechte Wetter waren noch kaum Menschen unterwegs. Das war Eva gerade recht.

Mit flotten Schritten marschierte sie durch den Park und hing den Gedanken nach, die sie schon letzte Nacht nicht zur Ruhe hatten kommen lassen. Nachdem Alisa nun ausgezogen war, brauchte sie unbedingt eine neue Herausforderung, sonst würde sie irgendwann durchdrehen. Ihr war bewusst, dass sie sich mit dieser Frage schon längst hätte befassen müssen. Aber um uneingeschränkt für ihre Tochter da zu sein, war sie nach dem Unfall überhaupt keine berufliche Verpflichtung mehr eingegangen.

Tatsächlich war ihr in der Nacht der verrückte Gedanke gekommen, ihre frühere Agentin Valerie Beck zu kontaktieren, um sie um eine Einschätzung zu bitten, wie ihre Chancen wohl stünden, nach so langer Zeit einen neuen Versuch als Schauspielerin zu starten. Natürlich würde sie sich gut vorbereiten und Schauspielstunden bei einem Coach nehmen, mit dem seit vielen Jahren in lockerem Kontakt stand.

Beim Gedanken daran, womöglich wieder auf der Bühne oder vor einer Kamera zu stehen, verspürte sie eine Art von Aufregung, die sie schon lange nicht mehr empfunden hatte. Fast wie das Flattern von Schmetterlingen im Bauch, wenn man sich verliebte.

Aber war es tatsächlich eine gute Idee, wieder als Schauspielerin arbeiten zu wollen? Die Glut der Leidenschaft für den Beruf war niemals ganz erloschen, doch würde sie dieses Feuer erneut so sehr entfachen können, um den Anforderungen, die dieser schwierige Job einem abverlangte, zu genügen?

Oder sollte sie sich etwas völlig anderes überlegen? Nur was?

Während sie über ihre Zukunft nachdachte, fiel ihr ein Jogger auf, der ihr in hohem Tempo entgegenkam. Er war groß und trug auffallende grüne Sportschuhe …

Das ist dieser Lehrer von gestern!, schoss es ihr überrascht durch den Kopf. *Herr Lose,* hatten die Schüler ihn genannt, wenn sie sich recht erinnerte. Er war es zweifellos. Was für ein Zufall, ihn heute schon wieder zu sehen!

Entweder war er um diese Zeit schon vor dem Unterricht sportlich unterwegs, was bei seiner gut trainierten Figur nicht überraschte, oder er hatte einen freien Tag, den er nutzte.

In dem Moment, als er an ihr vorbeilief, warf er ihr einen kurzen Blick zu. Er schien sie jedoch nicht zu erkennen.

Wie denn auch? Ihr Blickwechsel gestern hatte gerade mal Sekunden gedauert.

Eva war versucht, sich noch mal nach ihm umzudrehen. Was sie jedoch nicht tat. Doch diese eigentlich so unbedeutende Begegnung zauberte ein Lächeln auf ihr Gesicht.

Ricarda kam eine halbe Stunde zu früh – was für Eva jedoch keine Überraschung war. Ihre Freundin war immer zu früh dran. Für die Anwältin war es eine schlimme Vorstellung, zu einem Termin oder einer Verabredung zu spät zu kommen. Das lag sicher daran, dass Ricarda am Tag ihrer schriftlichen Abiturprüfung in Mathematik verschlafen hatte. Es hatte ziemlichen Ärger gegeben, weil sie eine halbe Stunde zu spät gekommen war. Irgendwie hatte sie es mit ihrer Überredungskunst trotzdem geschafft, noch an der Prüfung teilnehmen zu dürfen, aber ihr war deutlich weniger Zeit für die Aufgaben geblieben als ihren Mitschülern. Damit hatte sie sich ihren eigentlich hervorragenden Notenschnitt etwas verdorben.

»Mir wird es nie mehr wieder im Leben passieren, dass ich zu spät komme«, hatte die zierliche Rothaarige damals geschworen und es bis heute gehalten.

»Hm. Hier duftet es ja schon sehr lecker«, sagte Ricarda, während sie den mitgebrachten Grauburgunder öffnete.

»Danke.«

»Was gibt es denn?«

»Auberginen-Feta-Auflauf mit Gnocchi«, verriet Eva, die den grünen Salat putzte.

»Hach, du hast wirklich ein Herz für uns Vegetarier!«, schwärmte Ricarda, die Evas abwechslungsreiche Küche liebte.

Sie schenkte den Wein in zwei Gläser und reichte eines davon Eva.

»Auf deine neue Freiheit!«, rief sie mit einem breiten Grinsen und hob das Glas.

Eva seufzte.

»Hey«, sagte Ricarda, die den Blick ihrer Freundin bemerkte. Als Anwältin konnte sie in den Gesichtern anderer Leute lesen wie in einem Buch. »Ich weiß, dass es für dich nicht einfach ist, Alisa loszulassen, Eva. Dann stoßen wir eben darauf an, dass sie in Berlin gut zurechtkommt und glücklich ist. Was meinst du?«

»Ja, das tun wir«, stimmte Eva zu und bemühte sich um ein Lächeln.

Kaum hatten sie einen Schluck getrunken, klingelte Evas Handy.

»Johannes?«

»Es tut mir schrecklich leid, Eva, aber ich hänge immer noch im Büro fest. Ich dachte, ich schaffe es pünktlich, aber jetzt müssen wir doch noch eine Videoschaltung mit dem Werk in Seattle machen«, erklärte ihr Mann mit Bedauern in der Stimme.

»Das ist schon okay«, sagte Eva. »Sollen wir mit dem Essen auf dich warten?«

»Wir?«, fragte Johannes überrascht. »Wer ist denn noch da?«

»Ricarda. Gestern hatte sie keine Zeit für ein Treffen, deswegen habe ich sie für heute eingeladen.«

»Okay … Sag liebe Grüße. Ich weiß nicht, wie lange das hier noch dauern wird. Fangt bitte schon mal an.«

»Machen wir.«

»Danke. Bis dann!«

»Bis dann!«

Eva legte auf und nahm noch einen Schluck Wein.

»Hast du ihm gar nicht gesagt, dass ich eingeladen bin?«, fragte Ricarda.

»Nein. Er war auf Geschäftsreise und hatte den ganzen Tag viel zu tun. Ich wollte ihn nicht stören«, antwortete Eva ausweichend.

»Meinst du nicht, dass jetzt vielleicht ein guter Zeitpunkt wäre, mit deinem Mann die Zweisamkeit neu zu entdecken?«, meinte Ricarda vorsichtig.

Natürlich wusste Evas beste Freundin, dass die Beziehung zwischen Eva und Johannes schon seit Jahren distanziert war. Nach außen hin waren sie zwar nach wie vor das perfekte Paar und für die Tochter liebevolle Eltern, doch sie hatten sich schon längst auseinandergelebt. Genauer gesagt: seit dem Tag des Unfalls. Eva war im Krankenhaus ununterbrochen an der Seite ihrer Tochter gewesen. Nichts anderes hatte damals für sie eine Bedeutung gehabt. Doch auch als Alisa nach vier Monaten endlich wieder nach Hause durfte, hatte Eva das Mädchen keine Minute aus den Augen lassen wollen. Vorgeblich um die Nachtruhe ihres Mannes nicht zu stören, hatte Eva sich ein eigenes Schlafzimmer eingerichtet, in dem auch Alisa schlief.

Johannes hielt das zunächst für eine gute Idee. Doch selbst als das Kind mit neun Jahren vehement auf ein eigenes Zimmer bestand, behielt Eva weiterhin ihr Schlafzimmer.

Die wenigen Male, die sie und ihr Mann seither miteinander geschlafen hatten, konnte Eva an beiden Händen abzählen.

»Eva?«, riss Ricarda sie aus ihren Gedanken.

»Entschuldige … Ehrlich gesagt, ich weiß es nicht, wo Johannes und ich gerade stehen«, gab sie zu. »Aber können wir bitte jetzt einfach über irgendein anderes Thema reden?«

»Natürlich.«

»Macht es dir was aus, wenn wir hier in der Küche essen, oder ist es dir im Esszimmer lieber?«, fragte Eva.

»Hier ist es doch gemütlich«, sagte Ricarda und half dabei, den Tisch zu decken.

Wenig später schob Ricarda sich eine Gabel mit Auflauf in den Mund.

»Hmm … einfach unglaublich«, schwärmte sie. »Wieso kannst du nur so gut kochen? Ich bin schon froh, wenn die Fischstäbchen für die Kinder nicht anbrennen.«

Eva lächelte.

»Tja, wenigstens etwas, das ich richtig gut kann«, sagte sie.

»Blödsinn. Du kannst noch so viel mehr, und das weißt du auch. Aber mit diesem Talent solltest du echt mal darüber nachdenken, ein eigenes kleines Restaurant zu eröffnen«, schlug Ricarda vor und nahm einen Schluck Wein.

»Ein Restaurant? Ich?«, fragte Eva verblüfft.

»Warum nicht? Jetzt, wo Alisa nicht mehr hier wohnt, wirst du doch vermutlich irgendwas arbeiten wollen, nehme ich an.«

»Eigentlich habe ich darüber nachgedacht, ob ich nicht versuchen sollte, wieder in meinen Beruf einzusteigen«, wagte sich Eva vor.

Ricarda ließ die Gabel sinken und sah Eva verdutzt an.

»Du meinst, als Schauspielerin? Echt?«, fragte sie ungläubig.

»Na ja. Das ist schließlich mein Beruf«, betonte Eva.

»Klar. Aber du bist doch schon ewig draußen«, gab Ricarda zu bedenken.

»Das bedeutet nicht, dass ich es nicht versuchen sollte. Ich werde meine frühere Agentin kontaktieren und mit ihr einmal darüber reden.«

Ricarda tupfte sich mit der Serviette den Mund ab, so als wollte sie ein wenig Zeit gewinnen.

»Eva«, begann sie schließlich. »Bitte sei mir nicht böse, wenn ich so offen bin, aber du weißt doch ganz genau, wie schwierig das in unserem Alter ist. Mit fast fünfzig! Überleg doch mal!«

»Entschuldige, aber bist nicht du es, die stets betont, dass fünfzig heutzutage das neue vierzig ist?«

»Klar. Optisch und von der Einstellung her stimmt das natürlich. Und du siehst ohnehin aus, als wärst du irgendwann in einen Jungbrunnen gefallen, und kannst locker mit deutlich jüngeren Frauen mithalten, aber …«

»Na also! Danke«, unterbrach Eva sie.

Doch Ricarda schüttelte den Kopf.

»Aber es ist etwas völlig anderes, wenn man nach so langer Zeit wieder ins Berufsleben einsteigt! Noch dazu in deinen Beruf. Wir haben in der Kanzlei einige Mandanten aus der Filmbranche, und gerade über dieses Thema reden wir oft. Eben weil es so schwierig ist. Das weißt du doch selbst. Richtig bekannte Schauspielerinnen, die keine Auszeit hatten so wie du, haben Probleme, in diesem Alter Rollen zu bekommen. Geschweige denn richtig gute Hauptrollen.«

Während Ricarda sprach, spürte Eva, wie langsam Verärgerung in ihr hochkam.

»Ach, und du meinst, ich soll es deswegen erst gar nicht versuchen?«, fragte Eva und versuchte, das Zittern in ihrer Stimme zu unterdrücken.

»Ja. Genau das meine ich. Auch wenn es hart klingt. Aber du

wirst nur frustriert sein, wenn du eine Absage nach der anderen kassierst. Tu dir das bitte nicht an!«

Eva bebte innerlich. Natürlich wusste sie selbst, dass es nicht einfach werden würde. Es war nie einfach, sich in diesem Beruf zu behaupten. Vor allem nicht als Frau. Trotzdem tat es ihr weh, aus dem Mund ihrer besten Freundin zu hören, dass sie inzwischen zu alt und daher chancenlos sei. Der Gedanke, womöglich wieder als Schauspielerin zu arbeiten, wenn auch nur in kleinen Rollen, hatte ihr in den letzten Stunden Zuversicht gegeben, die sich nun ziemlich unsanft in Luft aufgelöst hatte.

»Eva, bitte schau nicht so frustriert. Ich meine es doch nur gut!«, beteuerte Ricarda.

Sie wollte nach Evas Hand greifen, doch Eva zog sie zurück und stand auf.

»Möchtest du auch noch Wasser?«, fragte sie, während sie zum Kühlschrank ging.

»Ja, gerne«, antwortete Ricarda.

Den restlichen Abend vermieden es beide, das Thema erneut anzusprechen. Ricarda erzählte vom Konzert am Abend zuvor, das teilweise genauso schrecklich gewesen war, wie sie es befürchtet hatte. Und von ihren Urlaubsplänen, mit der kompletten Familie in den Sommerferien eine zweiwöchige Fahrradtour durch Schottland zu machen.

»Fährst du auch weg?«, fragte Ricarda.

»Bis jetzt habe ich noch nichts geplant«, antwortete Eva mit einem Schulterzucken.

»Vielleicht solltest du mal einen richtig schönen langen Urlaub machen«, schlug Ricarda vor. »Das würde dir sicher guttun.«

»Ja. Vielleicht«, meinte Eva, die jedoch keinerlei Bedürfnis verspürte, zu verreisen. Es gab kein Ziel, das sie momentan reizte.

»Oder besser noch: Du begleitest Johannes auf einer seiner Geschäftsreisen!« Sie ließ nicht locker.

»Damit ich abends alleine in einem Hotelzimmer hocke, während er sich verspätet, weil irgendein Termin wieder länger dauert und die Arbeit wichtiger ist als ein gemeinsames Abendessen?«

Ricarda hielt dem Blick ihrer Freundin stand.

»Ich hatte vorhin nicht den Eindruck, dass du unglücklich über die Verspätung warst, Eva«, sagte sie ruhig.

Man konnte Ricarda nichts vormachen.

Eva wusste nicht, was sie darauf antworten sollte. In den letzten Jahren hatte sie sich kaum Gedanken über ihre Ehe gemacht. Der Mittelpunkt der Familie war Alisa. Bis vor Kurzem hatte die Elternschaft sie und Johannes verbunden, doch jetzt, nachdem ihre Tochter ausgezogen war, waren sie nur noch zwei Menschen, die im selben Haus lebten. Ihre Ehe war eigentlich eine Farce, wie ihr in diesem Moment bewusst wurde.

»Vielleicht ist ein neuer Job nicht das Dringendste, über das du dir momentan Gedanken machen solltest«, gab Ricarda zu bedenken.

Eva schätzte normalerweise die Offenheit ihrer Freundin, doch jetzt fühlte sie sich davon überfordert. Auch das schien Ricarda sofort zu bemerken.

»Was bin ich nur für ein unsensibler Trampel … Es tut mir leid, Eva. Wirklich! Du hast es im Moment nicht leicht. Aber weißt du, eigentlich möchte ich dich nur dazu ermuntern, diese Zeit der Veränderung als Chance zu sehen. Für dich und für deine Ehe. Du bist so eine tolle Frau und meine beste Freundin. Aber auch Johannes liegt mir am Herzen. Für mich wart ihr damals das Traumpaar schlechthin, und vielleicht …« Ricarda zögerte.

»Vielleicht was?«, hakte Eva nach, die eigentümlich berührt war von Ricardas Worten.

»Na ja. Manchmal hilft da eine Paartherapie … Denk einfach mal darüber nach. Ich kann dir gute Adressen geben, wenn du möchtest … So, aber jetzt Themenwechsel!«, sagte sie mit einem versöhnlichen Lächeln. »Ich verschwinde mal kurz für kleine Anwältinnen, und wenn ich zurück bin, hätte ich gerne noch einen Klecks von dieser verboten leckeren Haselnussmousse.«

Johannes war kurz vor Mitternacht immer noch nicht zurück. Ricarda suchte in ihrer Handtasche nach dem Handy.

»Ich ruf mal ein Taxi«, sagte sie und unterdrückte ein Gähnen. »Gut, dass morgen Samstag ist und ich nicht so früh raus muss. Am Wochenende sind Teenagerkinder einfach super. Sie schlafen bis Mittag, und dann sind sie den ganzen Tag mit Freunden unterwegs …«

Eva stand auf und holte aus dem Kühlschrank eine kleine Schüssel.

»Hier, ich habe eine zusätzliche Ladung Haselnussmousse für Max und die Zwillinge gemacht.«

»Du bist ein Schatz. Danke, Eva. Mal sehen, wie viel ich ihnen morgen davon abgebe.«

Eva lächelte.

»Du kannst dich echt glücklich schätzen, dass bei dir nichts anschlägt«, sagte Eva und warf einen Blick auf Ricardas fast mädchenhafte Figur.

Sie selbst war weit davon entfernt, dick zu sein, aber unübersehbar hatte sich in den letzten Jahren das eine oder andere zusätzliche Pfund an ihren Hüften festgesetzt.

»Dafür bin ich aber flach wie ein Brett. Wenn ich nicht viel zu oft Mandanten vertreten müsste, die wegen verpfuschter

Schönheitsoperationen klagen, hätte ich mir schon längst meine nicht vorhandene Oberweite ein wenig aufpolstern lassen«, gestand Ricarda.

»Tja, wie sagte unsere Biologielehrerin immer so schön: Niemand ist perfekt …«, begann Eva, und Ricarda fuhr lächelnd fort: »… und alles hat seinen Preis.«

»Danke für den schönen Abend und das tolle Essen, Eva. Und bitte nimm mir meine offenen Worte nicht übel«, meinte Ricarda, als sie sich wenig später zum Abschied kurz umarmten. »Auch was deine Arbeit betrifft. Ich bin mir sicher, du findest etwas, das genau zu dir passt!«

»Schon gut«, meinte Eva, die Ricarda für ihre Direktheit nicht böse sein konnte. Im Grunde schätzte sie genau diese Eigenschaft an ihr so sehr. Dennoch war sie über Ricardas Einschätzung etwas frustriert.

»Und vielleicht setzen wir beide uns mal für ein Wochenende in irgendein Wellnesshotel in den Bergen ab«, schlug Ricarda vor. »So eine kleine Auszeit würde mir auch nicht schaden. Dann legen wir uns dort mit leckeren Cocktails in einen Whirlpool und überlegen gemeinsam, was für berufliche Möglichkeiten dir offenstehen. Was meinst du dazu?«

»Klar, warum nicht?«, stimmte Eva zu. »Schön, dass du da warst. Sag Max und den Kindern morgen einen lieben Gruß.«

»Mache ich.«

»Gute Nacht, Ricarda!«

»Gute Nacht, Eva!«

Eva sah Ricarda noch kurz nach, als sie ins Taxi stieg, und verschwand dann ins Haus, um die Küche aufzuräumen.

KAPITEL 5

Eine Ehe in der Krise

Eva ging zum Kühlschrank, um die angebrochene Flasche Weißwein hineinzustellen, doch dann überlegte sie es sich plötzlich anders. Nachdem sie sich den ganzen Abend mit Alkohol zurückgehalten und nur zwei kleine Gläser Wein und viel Wasser getrunken hatte, schenkte sie sich nun den Rest aus der Flasche ein.

Sie öffnete die Tür zur Terrasse und lehnte sich an den Holzrahmen, um ein wenig frische Luft zu schnappen. Der Regen hatte längst aufgehört, doch in der samtenen Dunkelheit der Nacht konnte sie die Feuchtigkeit spüren, die mit dem würzigen Duft von nasser Erde über dem weitläufigen Garten lag.

Gedankenverloren nippte sie am Wein. Die Worte ihrer Freundin hatten sie sehr nachdenklich gestimmt. Vielleicht sollte sie sich tatsächlich erst einmal mit dem Zustand ihrer Ehe beschäftigen und sich dann erst der Frage einer neuen beruflichen Herausforderung widmen?

Oder doch besser umgekehrt? Immerhin hatte sie zugunsten der Familie ihre Karriere aufgegeben. Dafür hatte es gute Gründe gegeben, und sie bereute es nicht. Doch jetzt musste sie etwas für sich finden. Am liebsten würde sie natürlich in ihren alten Beruf zurückkehren. Allerdings hatten der fehlende Zuspruch und die Warnungen ihrer Freundin sie tatsächlich sehr verunsichert. Und vermutlich hatte Ricarda recht. Sie war zu alt, um nach den langen Jahren des Pausierens als Schauspielerin noch eine realistische Chance zu haben. Eine bittere Erkenntnis. Doch galt dies nicht auch für die meisten anderen Jobs?

»Ein Stück Schokolade für deine Gedanken!«, riss eine Stimme sie aus ihrem Grübeln, und sie drehte sich um. Johannes war nach Hause gekommen, ohne dass sie es bemerkt hatte.

Ein Stück Schokolade für deine Gedanken! Eine Redewendung, die er erstmals am Morgen nach ihrer ersten gemeinsamen Nacht benutzt hatte.

»Woher weißt du, dass ich Schokolade zum Frühstück mag?«, hatte sie ihn damals gefragt.

»Meinst du jetzt die Süßigkeit oder den Roman von Helen Fielding?«

»Wow – du kennst dich ja echt gut aus!«

»Na klar! Also, was magst du lieber?«

»Eigentlich beides, aber noch lieber hätte ich jetzt einen Kuss von dir«, hatte sie gemurmelt und ihre Arme um seinen Nacken geschlungen.

»Das ist mir auch am liebsten«, hatte er mit diesem unwiderstehlichen Lächeln gesagt, mit dem er sie schon bei ihrer ersten Begegnung verzaubert hatte. »Na, dann kommen wir doch mal zur Sache, Schätzchen.«

»Zur Sache, Schätzchen? Das ist doch ein Filmtitel.«

»Stimmt. Ein Film mit Uschi Glas. Wenn ich schon was mit einer Schauspielerin anfange, muss ich meine Konversation dementsprechend anpassen«, hatte er mit einem frechen Zwinkern erklärt.

Von diesem Tag an hatten sie sich einen Spaß daraus gemacht, bekannte Film- und Buchtitel oder auch berühmte Zitate in ihre Gespräche einzubauen.

Wann haben wir damit aufgehört?, fragte Eva sich nachdenklich.

»Ich seh schon, du bist wohl sauer auf mich«, meinte Johannes mit einer gewissen Resignation und öffnete den Kühlschrank, um eine Flasche Mineralwasser herauszuholen.

»Aber nein, das bin ich nicht«, beteuerte Eva.

»Es tut mir leid, dass ich so lange aufgehalten wurde, aber du hattest ja ohnehin Gesellschaft und hast mich vermutlich gar nicht weiter vermisst.«

In seinen Worten schwang ein Vorwurf mit. Nahm er es ihr etwa übel, dass sie Ricarda zum Essen eingeladen hatte?

»Die Arbeit geht eben vor«, sagte Eva nur, ohne weiter darauf einzugehen, und schloss die Terrassentür.

Er nahm ein Glas und schenkte sich ein.

»Möchtest du noch was essen? Es ist noch reichlich da. Ich kann es dir aufwärmen«, bot sie an.

»Nein, danke. Ich habe mir eine Pizza ins Büro liefern lassen.« Johannes setzte sich an den Tisch. Er sah erschöpft aus. Sein hellgraues Hemd war zerknittert.

Eva wusste nicht, was sie sagen sollte. Sie nahm einen Schluck Wein.

»Magst du dich noch ein wenig zu mir setzen?«, fragte er.

»Eigentlich wollte ich gerade ins Bett gehen. Aber ich leiste dir gern noch Gesellschaft, wenn du das möchtest«, sagte sie und nahm auf dem Stuhl ihm gegenüber Platz.

»Nur wenn ich das möchte?« Er lachte humorlos.

»So habe ich das nicht gemeint, Johannes.«

»Schon gut. Meinetwegen musst du nicht bleiben. Wenn du müde bist, dann geh ruhig schlafen«, sagte er.

Doch sie blieb sitzen.

»Konntet ihr die Probleme lösen?«, erkundigte Eva sich.

»Interessiert dich das wirklich? Oder fragst du nur, um irgendwas zu sagen?«, erwiderte er angriffslustig.

Eva sah ihn betroffen an. Auch wenn sie sich als Paar auseinandergelebt hatten – so kannte sie ihn nicht. Johannes verhielt sich heute anders als sonst.

Sie stand auf.

»Ich gehe doch lieber schlafen«, sagte sie, kippte den restlichen Wein in den Ausguss und stellte das Glas in den Geschirrspüler.

Als sie an Johannes vorbeiging, griff er nach ihrer Hand.

»Warte …«

Sie blieb stehen.

»Tut mir leid, Eva«, sagte er und wirkte tatsächlich zerknirscht. »Und nein: Wir konnten das Problem noch nicht lösen. Aber inzwischen arbeiten viele Leute daran, um es in den Griff zu kriegen.«

Es gab also größere Schwierigkeiten im Betrieb. Lag darin die Erklärung für sein Verhalten? Immerhin hatte er auch einen sehr langen anstrengenden Arbeitstag und einen Flug hinter sich.

»Ich hoffe, es funktioniert bald alles so, wie es soll«, sagte sie und setzte sich nun doch wieder neben ihn.

»Das hoffe ich auch, sonst verliert unser Kunde womöglich die Geduld und unsere Firma ziemlich viel Geld … Es geht nicht nur um den Hotelkomplex in Dubai, sondern auch um die Folgeaufträge des Kunden. Ich muss deswegen morgen Mittag nach Seattle fliegen, Eva.«

»Morgen schon?«

Er nickte.

Das Werk im Bundesstaat Washington war das größte der Firma Holter-Rosenberg, da ein bedeutender Teil der Kunden und auch Zulieferer in den USA ansässig waren. Von dort aus wurde auch der gesamte asiatische Raum beliefert.

»Bleibst du länger?«, fragte Eva.

»Geplant sind vorerst acht Tage.«

»Okay.«

Für einen kurzen Moment ging Eva Ricardas Vorschlag durch den Kopf, Johannes zukünftig öfter auf Geschäftsreisen zu begleiten. In Downtown Seattle gab es eine großzügig geschnittene Firmenwohnung, die Johannes bei längeren Aufenthalten nutzte. Sie könnte sich ein paar schöne Tage machen und die Stadt erkunden, während Johannes die Termine in der Firma wahrnahm.

Doch so schnell dieser Gedanke ihr gekommen war, verwarf sie ihn auch wieder. Sie hatte weder ein Flugticket noch eine gültige ESTA-Registrierung. Außerdem war ihr Reisepass im letzten Winter abgelaufen. Und überhaupt – was für ein alberner Gedanke. Johannes würde sie gewiss nicht dabeihaben wollen. Sein proppenvoller Terminkalender war nicht auf die Begleitung seiner Ehefrau ausgerichtet.

Trotzdem – es konnte nicht schaden, in der nächsten Zeit einen neuen Reisepass zu beantragen.

»Kommt Markus auch mit?«, fragte sie. Markus Müller war schon jahrelang technischer Betriebsleiter gewesen, als Johannes ein paar Monate nach dem Unfall die Geschäftsführung der Firma übernommen hatte.

Johannes schüttelte den Kopf.

»Nein. Er hat am Dienstag einen Termin für eine Bandscheibenoperation, die er schon mehrmals verschoben hat. Aber jetzt muss es sein, und er wird wohl für mehrere Wochen komplett ausfallen.«

»Ach je. Der arme Markus. Das wusste ich gar nicht.«

»Woher auch? Normalerweise interessiert es dich wenig, was in der Firma los ist«, sagte er ohne Vorwurf.

Obwohl er damit nur eine Tatsache aussprach, ärgerte sie sich über seine Worte. Doch sie wollte keinen Streit anfangen.

»Dann fliegst du also alleine?«

Er zögerte einen Moment, dann schüttelte er den Kopf.

»Nein. Die neue Vertretung kommt mit. Da Markus ohnehin im nächsten Jahr in Rente gehen wird, haben wir vor Kurzem für seine Aufgaben jemanden eingestellt.«

Auch das hatte Eva nicht mitbekommen.

»Und wie heißt der Neue?«

»*Die* Neue. Sie heißt Miriam. Miriam Orlov.«

Eva wollte nicht überrascht sein, dass die Vertretung des technischen Leiters eine Frau war. Doch sie hatte tatsächlich nicht damit gerechnet.

»Okay«, sagte sie nur, weil ihr sonst nichts einfiel.

Eine unangenehme Stille entstand, in der das Ticken der Wanduhr auffallend laut zu hören war.

Johannes griff nach seinem Handy und überflog einige neue Nachrichten.

»Johannes, ich werde mir einen Job suchen«, sagte sie unvermittelt.

Er zog überrascht die Augenbrauen hoch.

»Okay. Was genau willst du denn machen? Hast du dir schon was überlegt?«, fragte er, und es ärgerte sie, dass er eine Rückkehr in ihren erlernten Beruf offenbar gar nicht in Betracht zog.

»Ich schwanke noch zwischen Tatortreiniger und Glückskeksautor«, zählte sie kühl die ersten beiden ungewöhnlichen Berufe auf, die ihr in den Sinn kamen.

Sie entdeckte ein Lächeln auf seinem Gesicht. Zum ersten Mal an diesem Abend.

»Der Tatortreiniger ist ein Filmtitel«, sagte er in Anlehnung an ihr früheres Spiel. Doch Eva antwortete nicht darauf. Dass er sie offenbar nicht ernst nahm, machte sie nur noch ärgerlicher.

»Okay. Also falls du ein Empfehlungsschreiben brauchst, sag einfach Bescheid«, sagte er.

»Du meinst, weil ich im Dreckwegmachen und im Gute-Laune-Sprüche-Erfinden, damit es immer allen gut geht, so versiert bin?«, fuhr sie ihn an. Doch kaum hatte sie die Worte ausgesprochen, taten sie ihr auch schon leid.

Das Lächeln auf seinem Gesicht verschwand.

»Wenn es nötig ist, dann lass einfach die Putzhilfe einen zusätzlichen Tag kommen. Es macht mir nichts aus, dafür zu zahlen. Und deine Gute-Laune-Sprüche erzählst du besser dem Spiegelbild in deinem Schlafzimmer«, sagte er kühl und hatte bewusst Worte gewählt, die sie verletzen sollten. Was ihm auch gelang. Einmal mehr rieb er ihr unter die Nase, dass sie von seinem Geld lebte. Und er musste es auch nicht aussprechen, dass er ihr das Beharren auf getrennte Schlafzimmer offenbar immer noch übel nahm.

Ohne ein weiteres Wort stand er auf und verließ die Küche.

Eva schloss für einen Moment die Augen und fragte sich, wie es so weit hatte kommen können. Sie war ehrlich genug, sich einzugestehen, dass auch sie ihren Anteil daran trug. Doch noch nie hatte sie Johannes so erlebt wie heute. War Alisa tatsächlich das Band gewesen, das ihre Ehe all die Jahre zusammengehalten hatte? Und jetzt war ihre Tochter noch keine drei Tage ausgezogen, und schon schien das Band gerissen zu sein oder zumindest nur noch an einem Faden zu hängen. Wie hatte sich nur alles so schnell verändern können?

Eva hatte das Gefühl, dass ihr Leben vor weniger als zwei Wochen ungefragt die Spur gewechselt hatte und sie zwar dieselbe Strecke fuhr, jedoch in einer völlig anderen Geschwindigkeit und alleine in einem Fahrzeug, das sie bisher nicht unter Kontrolle bekommen hatte.

Vielleicht war es gut, dass Johannes eine Weile auf Geschäftsreise ging. Das gab ihr Zeit, in Ruhe über alles nachzudenken. Sie wollte eben aufstehen und ins Bett gehen, da meldete ihr Handy eine Nachricht in der Familiengruppe. Alisa!

Hi, Mama und Papa, vermutlich schlaft ihr schon längst. Oder vielleicht auch nicht? – ☺ – Es ist alles sehr aufregend und toll hier in Berlin, und es geht mir echt gut. Aber ein klein wenig vermisse ich euch schon – 😍 – können wir vielleicht morgen mal einen gemeinsamen Videochat machen? Das wär echt super! Hab euch lieb! – ❤❤❤

Gleich nach dem Text schickte sie ein Selfie, das sie offenbar gerade aufgenommen hatte und auf dem sie von ihrem Bett in die Kamera winkte.

Eva spürte, wie Tränen über ihre Wangen kullerten, und wischte sie energisch weg. Sie vermisste Alisa in diesem Moment so sehr, dass es fast wehtat. Sie war nicht nur ihre Tochter, sondern fast so etwas wie eine Freundin, die ihr schrecklich fehlte. Das konnten auch Telefonate nicht lindern.

Auf dem Display war zu sehen, dass Johannes gerade etwas schrieb, und gleich darauf war seine Nachricht zu lesen.

Aber klar, meine Süße! Ich kann morgen bis ca. 9.30 Uhr, dann muss ich zum Flughafen. Vorschlag: 9.00 Uhr? Passt das? Hab dich auch lieb!

Nun tippte Eva.

9.00 Uhr passt. Ich freue mich sehr, Alisa! Hab dich lieb. Schlaf gut! 😍

Alisa schickte einen erhobenen Daumen und schrieb dazu.

Wow, ihr seid ja beide noch wach! ☺ Bis morgen!

Eva wollte noch etwas schreiben, ließ es dann aber bleiben und betrachtete stattdessen das Foto. Sie seufzte.

Ihre wunderbare Tochter – das Band, das sie und Johannes zusammenhielt. Nur, wie lange noch?

KAPITEL 6

Ein Band, das noch alles zusammenhält

Als Eva am nächsten Morgen in die Küche kam, saß Johannes am gedeckten Tisch vor der aufgeschlagenen Tageszeitung. Er trug dunkelgraue Joggpants und ein schwarzes T-Shirt – legere, bequeme Kleidung für den bevorstehenden langen Flug. Erst nach der Ankunft in Seattle würde er sich wieder in einen Geschäftsmann mit Anzug und Krawatte verwandeln.

»Guten Morgen, Eva.«

»Guten Morgen, Johannes.«

Er schlug die Zeitung zu und legte sie zur Seite.

»Hör mal … es tut mir leid wegen letzter Nacht …«, begann er.

»Ja, mir auch«, sagte sie.

»Es war gestern ein echt anstrengender Tag für mich, und ich wollte eigentlich …«

»Du brauchst dich nicht zu erklären, Johannes«, unterbrach sie ihn. »Wir waren offenbar beide in einer eigenartigen Stimmung.«

»Vermutlich«, sagte er und nickte mit einem erleichterten Lächeln.

Sie ging zum Kaffeeautomaten. Heute war ihr nach einem großen Cappuccino zumute. Sie schäumte Milch in einem Kännchen auf und goss sie vorsichtig in den Kaffeebecher mit dem doppelten Espresso.

»Möchtest du auch noch welchen?«

Er winkte ab.

»Danke. Ich habe schon die zweite Tasse. Noch mehr Koffein, und ich kann im Flugzeug nicht schlafen.«

Auf ihrem Platz stand bereits eine Schale mit Joghurt, Haferkleie, Nüssen und Erdbeeren.

»Das sieht toll aus, danke«, sagte sie, als sie nach dem Löffel griff.

»Eine kleine Wiedergutmachung für das Essen, das du gestern extra gekocht hast und das ich verpasst habe.«

»Vielleicht schaffen wir ja ein gemeinsames Abendessen, wenn du wieder zurück bist aus Seattle«, schlug sie vor.

Nachdem sie in der vergangenen Nacht lange nicht hatte einschlafen können, war sie zu der Erkenntnis gelangt, dass sie und Johannes unbedingt über ihre Situation reden mussten. So konnte es jedenfalls auf die Dauer nicht weitergehen.

»Und diesmal ohne Besuch«, fügte sie hinzu und lächelte nun ebenfalls.

»Auch wenn ich Ricardas Gesellschaft sehr schätze – das würde ich sehr begrüßen …«, sagte er.

In diesem Moment klingelte sein Handy.

Eva las auf dem Display den Namen *Miri*. Miri? Etwa Miriam Orlov, die neue Mitarbeiterin? Aber wieso speicherte er sie unter dem abgekürzten Vornamen ein, wenn es ein betrieblicher Kontakt war?

»Entschuldige bitte, da muss ich rangehen«, sagte Johannes zu Eva und griff nach dem Handy.

»Ja, klar.«

»Guten Morgen, Miriam«, begrüßte er die Anruferin und stand auf. »Auch schon ausgeschlafen?« Er öffnete die Terrassentür und ging hinaus in den Garten.

Eva konnte nur noch einige Wortfetzen verstehen, die für sie keinen Sinn ergaben. Doch das entspannte Lächeln auf dem Gesicht ihres Mannes war nicht zu übersehen. Johannes schien sich offenbar sehr gut mit der zukünftigen technischen Leiterin zu verstehen. Dies löste in Eva ein Gefühl aus, über das sie lieber nicht nachdenken wollte.

Das Gespräch dauerte keine zwei Minuten, dann kam er zurück in die Küche. Er sah Eva mit einem bedauernden Schulterzucken an.

»Es tut mir leid. Das war Miriam. Eigentlich wollte ihr Bruder sie heute zum Flughafen bringen, aber sein Auto springt nicht an. Deswegen hat sie mich gebeten, sie abzuholen.«

Er warf einen kurzen Blick auf die Uhr. Es war zehn nach acht.

»Allerdings müsste ich dann gleich los, weil es doch ein größerer Umweg ist. Gut, dass ich schon fertig gepackt habe.«

»Kann sie denn nicht mit der S-Bahn fahren?«, fragte Eva verwundert.

»Sie müsste erst zur Bushaltestelle gehen und von dort aus zur S-Bahnstation fahren. Das ist mit dem Gepäck alles ein wenig umständlich«, erklärte er und nahm im Stehen noch einen letzten Schluck Orangensaft.

Eva verkniff sich einen Hinweis darauf, dass es auch Taxis gab.

»Okay … dann klappt also unser gemeinsamer Videochat heute nicht«, schlussfolgerte sie.

»Leider … aber ich habe gesehen, dass Alisa schon online ist, und rufe sie gleich von unterwegs an. Sie versteht das sicher. Und ihr habt dann später viel Zeit, um richtig schön in Ruhe zu plaudern.«

»Wie du meinst«, sagte Eva und versuchte, den aufsteigenden Ärger hinunterzuschlucken. Mal wieder war seine Arbeit wichtiger als die Familie.

Keine zehn Minuten später fuhr Johannes die Auffahrt entlang und winkte kurz aus dem Fenster, bevor er auf die Straße abbog und das elektrische Tor sich hinter ihm schloss.

Eva ging nachdenklich zurück ins Haus. Der Cappuccino war inzwischen kalt geworden. Doch sie hatte keine Lust, sich einen neuen zu machen. Auch ihr Frühstück schob sie nach wenigen Löffeln zur Seite.

Stattdessen griff sie nach dem Handy und rief die Firmenhomepage von Holter-Rosenberg auf. Dort gab es Fotos der Geschäftsführung und aller leitenden Angestellten aus sämtlichen Werken. Sie drückte auf den Button mit dem Namen *Dr. Miriam Orlov – stellvertretende technische Leitung* und überflog den Lebenslauf. Die neue Mitarbeiterin hatte in Physik promoviert und zudem einen Masterabschluss in Maschinenbau. In den letzten fünf Jahren hatte sie bei einem Hersteller von Lichtquellen für Mikroskope gearbeitet, und es gab verschiedene Veröffentlichungen von ihr in Fachzeitschriften. Eine beeindruckende Karriere, die sie da vorweisen konnte.

»Doch noch beeindruckender ist dein Foto«, murmelte Eva. Die dreiundvierzigjährige Miriam Orlov, mit streng nach hinten gebundenen schwarzen Haaren, war zwar auf den ersten Blick keine umwerfende Schönheit, doch Eva erkannte sofort, dass sich hinter dem grauen Businesslook samt dunkel gerahmter Nerd-Brille eine Frau verbarg, die nicht nur klug war, sondern auch eine besondere Wirkung auf Männer hatte.

Johannes und sie würden viel Zeit miteinander verbringen, und Eva fragte sich, wie verlockend diese Miriam für einen Mann sein musste, der seit Jahren eine mehr oder weniger platonische Ehe führte. Im Grunde könnte Eva es ihm noch nicht einmal verdenken, wenn er mit dieser Frau das erleben wollte, was sie ihm schon lange nicht mehr schenkte.

Obwohl es nie ein Thema zwischen ihnen gewesen war, ging Eva nicht davon aus, dass Johannes ihr in all den Jahren treu geblieben war. Falls er Affären hatte, war er dabei so diskret, dass niemand etwas davon mitbekam. Bisher hatte sie diese Vermutung stets erfolgreich verdrängt, doch nun war der Zeitpunkt gekommen, sich auch damit auseinanderzusetzen. Der überraschende Weggang ihrer Tochter hatte viel mehr in ihrem Leben in Bewegung gebracht, als sie es sich hätte ausmalen können.

Wie eine Seiltänzerin, die erst nach der Hälfte der Strecke bemerkte, dass es kein Sicherheitsnetz gab, versuchte sie, nicht die Balance zu verlieren und sich auf das Ziel zu konzentrieren. Doch wie sollte ihr das gelingen, wenn sie keine Ahnung hatte, was das Ziel überhaupt war?

Eva klickte das Foto von Miriam Orlov weg und wünschte sich, sie hätte es niemals angeschaut. Ihr war nicht klar, was sie in diesem Moment mehr beschäftigte: die Möglichkeit, dass ihr Mann eine Affäre mit ihr haben könnte, oder dass sie diese Frau um ihren beruflichen Erfolg beneidete, während sie selbst nichts vorweisen konnte.

Bis zum Videochat mit Alisa vertrieb Eva sich die Zeit damit, die Stellenanzeigen in der Tageszeitung zu lesen. Doch es war – wenig überraschend – kein Job dabei, der ernsthaft für sie infrage kam.

Endlich war es neun Uhr, und ihr Laptop baute eine Verbindung nach Berlin auf.

»Hallo, Mama!«, rief ihre Tochter vergnügt ins Telefon.

»Hallo, Alisa!«, sagte Eva. »Geht es dir gut?«

»Klar. Mika und ich stellen ganz Berlin auf den Kopf. Und wir haben schon jede Menge Leute kennengelernt. Und morgen treffe ich mich mit Tante Judith.«

»Das freut mich! Sag ihr einen lieben Gruß von mir.«

»Mach ich. Und wie geht's dir?«

»Mir? Natürlich vermisse ich dich«, gab Eva zu. »Aber ansonsten geht es mir bestens«, beteuerte sie mit einem breiten Lächeln und war froh, dass sie gelernt hatte, zu schauspielern.

»Super! Papa scheint es auch einigermaßen zu verkraften, dass ich nicht mehr daheim wohne«, scherzte Alisa.

»Ja, er heult nur noch nachts heimlich in sein Kissen«, stieg Eva darauf ein, und beide lachten.

»Gut, dass er in einem anderen Zimmer schläft und du es nicht hörst«, sagte Alisa.

»Allerdings.«

Die getrennten Schlafzimmer ihrer Eltern sah Alisa offenbar als gegeben an. Eva hatte sich immer wieder gefragt, warum ihre Tochter diesen doch etwas ungewöhnlichen Umstand nie angesprochen hatte, und war gleichzeitig froh darüber gewesen, dass sie es nicht getan hatte.

»Sag mal, Mama, hast du zufällig meinen roten Pullover irgendwo gesehen? Ich dachte, ich hätte ihn eingepackt, aber ich finde ihn nirgends.«

Diesmal war Evas Lächeln echt.

»Ganz zufällig hab ich ihn bei den Sachen gefunden, die du für die Kleiderkammer beiseitegelegt hast. Ich habe ihn vorsichtshalber gerettet, weil ich weiß, wie gern du ihn getragen hast«, sagte sie. »Soll ich ihn dir schicken?«

»Das wäre super! Ach Mama, du bist mega!«

»Wenigstens eine, die es erkennt«, sagte Eva.

»Von wegen! Ich weiß das schon ganz lange! ... Hallo, Eva!«

Mikas Kopf erschien neben Alisas auf dem Bildschirm.

»Hallo, Mika! Wie ich höre, geht es euch beiden ziemlich gut in Berlin.«

»Na ja. Es ist schon toll hier. Nur dein leckeres Essen fehlt uns! Alisa ist als Köchin eine echte Null! Ihr brennt alles an.«

Eva lachte, als sie sah, wie Alisa ihn in die Seite boxte und Mika theatralisch zusammenzuckte.

»Hey, sag mal, geht's noch? Das war ein einziges Mal, dass was angebrannt ist!«

»Einmal in nur drei Tagen!«, korrigierte Mika.

»Das nächste Mal kannst du ja versuchen, Milchreis zu machen. Das ist echt nicht so einfach, wie es sich anhört«, beteuerte Alisa.

Mika hob beschwichtigend die Hände.

»Ist ja schon gut. Heute koche ich. Da gibt es Nudeln mit Tomatensoße, ich denke, das kriege ich hin! Und jetzt lass ich euch wieder allein … ciao, Eva.«

»Ciao, Mika!«

Der schlaksige Blondschopf verschwand aus dem Bild, und gleich darauf hörte Eva, wie eine Tür ins Schloss fiel.

»Ihr ernährt euch aber nicht nur von Nudeln und Süßspeisen?«, hakte Eva nach.

»Natürlich nicht!«, beteuerte Alisa. »Aber so eine abwechslungsreiche Küche wie deine wird es hier erst mal nicht geben!«

»Hauptsache, du bekommst genügend Vitamine und Ballaststoffe, damit …«

»Mama! Ich krieg das schon hin! Und so wie ich Tante Judith kenne, wird es bei ihr morgen auch nur irgendwas super Gesundes geben. Du brauchst dir echt keine Gedanken zu machen«, unterbrach Alisa sie.

»Ich sag ja schon nichts mehr … Aber jetzt erzähl doch mal, hast du denn schon einen Termin für ein Gespräch an der Uni?«

Über eine Stunde lang plauderte Eva noch mit Alisa, die ihr sprudelnd wie ein Wasserfall von ihrem neuen aufregenden

Leben erzählte. Als sie das Gespräch beendet hatten, fühlte Eva sich, als wäre einiges von der Energie ihrer Tochter auf sie übergesprungen. Und in einem spontanen Entschluss öffnete sie das E-Mail-Programm in ihrem Computer und schrieb an ihre frühere Agentin.

KAPITEL 7

Der Mann im Park

Nachdem sie die E-Mail an Valerie Beck abgeschickt hatte, kontrollierte Eva halbstündlich den Posteingang. Doch offenbar gehörten die Zeiten, in denen die Agentin auch an den Wochenenden arbeitete, der Vergangenheit an. Oder sie hatte Evas Nachricht gelesen und suchte noch nach den richtigen Worten, um ihr klarzumachen, dass sie nach so langer Zeit keine Chance sah, Eva als Schauspielerin zu vermitteln.

Eva ärgerte sich, dass sie dem spontanen Impuls nachgegeben hatte. Es gab ja noch nicht einmal aktuelle Fotos, die sie schicken könnte, falls Valerie wider Erwarten danach fragen sollte. Ihr Verhalten war völlig unprofessionell.

Um sich nicht weiter zu quälen, schaltete sie den Rechner aus und verließ das Haus, um ein paar Einkäufe zu erledigen.

Auch am Sonntag hörte sie nichts von Valerie, und inzwischen wusste sie auch gar nicht mehr, ob sie darüber erleichtert oder enttäuscht sein sollte.

Ansonsten verlief das Wochenende ereignislos. Sie telefonierte eine Weile mit Ricarda, zupfte Unkraut im Garten, sortierte ihr Gewürzfach neu und zappte abends lustlos durch die Fernsehkanäle.

Eva langweilte sich. Ein Gefühl, das sie eigentlich nicht kannte. Normalerweise wusste sie immer etwas mit sich anzufangen, und der Tag konnte kaum genug Stunden für sie haben, um all das zu erledigen, was sie sich vorgenommen hatte. Doch heute gelang es nicht einmal dem Roman, den sie sich erst vor Kurzem gekauft hatte, sie zu fesseln. Seufzend klappte sie das Buch zu und legte es auf den Nachttisch. Sie dachte darüber nach, warum alles, was sie normalerweise gerne tat und auf das sie sich sonst freute, sie jetzt so gleichgültig ließ oder gar langweilte. Als Mutter eines Kindes im Rollstuhl hatte sie stets so viel um die Ohren gehabt, dass Auszeiten, in denen sie nur etwas für sich allein getan hatte, selten waren. Wurde etwas erst deshalb interessant, weil man nur begrenzte Zeit zur Verfügung hatte? Bedeutete ein *Zuviel* von Zeit ein *Zuwenig* von Freude und Genuss? Oder schlitterte sie gerade in eine depressive Verstimmung, in der sie nur alles negativ sah?

Ihre Überlegungen wurden von einer Nachricht von Johannes unterbrochen.

Ich hole dich in einer halben Stunde zum Essen ab!

Eva rutschte im Bett hoch.

Wie bitte?

Gleich darauf war die Nachricht verschwunden, und es war nur noch der Hinweis zu lesen: *Diese Nachricht wurde gelöscht.*

Sie musste keine Hellseherin sein, um zu ahnen, wem die Nachricht gegolten hatte: Miriam Orlov!

Immerhin war ihre depressive Stimmung von einem Moment auf den anderen umgeschlagen in ein Gefühl, das fast an Eifersucht grenzte. Auch wenn es ihr nicht zustand, sich darüber zu ärgern. Vermutlich handelte es sich ohnehin nur um ein Geschäftsessen. Doch auch diese plausible Erklärung konnte ihr Misstrauen nicht mildern. Johannes hatte sich in den letzten Tagen anders verhalten, und vielleicht lag es tatsächlich an dieser

Miriam. War es ihm deswegen auch so wichtig gewesen, alleine mit Eva zu Abend zu essen, um ihr beizubringen, dass es eine andere Frau in seinem Leben gab? Oder gaukelte die Einsamkeit ihr auf perfide Weise etwas vor, um sie von dem abzulenken, was sie eigentlich beschäftigte? Nämlich die Frage, wie ihr zukünftiges Leben aussehen sollte. *Wo sehe ich mich in drei Jahren?*, fragte Eva sich. Sie hatte keine Antwort darauf.

Am Montagmorgen war Eva schon kurz nach Sonnenaufgang im Englischen Garten unterwegs. Wenn sie in Bewegung war, ging es ihr deutlich besser. Sie spazierte vorbei am Japanischen Teehaus, das etwas versteckt hinter dem Haus der Kunst an einem kleinen See lag. Dort blieb sie eine Weile stehen und bestaunte das Licht der Morgensonne, das sich auf den leicht kräuselnden Wellen in allen Regenbogenfarben brach. Auf dem Rückweg kam sie am Stauwehr vorbei und suchte sich ein sonniges Plätzchen unter einem Baum an der Isar, um eine kleine Pause zu machen.

Noch waren nur wenige Leute unterwegs. Die meisten von ihnen gingen mit ihren Hunden Gassi oder drehten ihre Joggingrunden im Park. Obwohl sie sich deswegen albern fand, wünschte sie sich doch, noch einmal diesem Lehrer zu begegnen. Ihr Wunsch sollte tatsächlich in Erfüllung gehen, jedoch erst einen Tag später und fast genau an demselben Platz in der Nähe der verwitterten Bank, wo sie ihn zum ersten Mal mit seinen Schülern gesehen hatte.

Eva war mitten auf dem Weg stehen geblieben und starrte fast ungläubig – weil sie gar nicht mehr damit gerechnet hatte – auf die Nachricht von Valerie Beck auf ihrem Handy. Die Agentin hatte geschrieben, dass sie sich nach einer Hüftoperation momentan in einer Reha-Klinik in Niederbayern befände. Nach ihrer Rückkehr an den Schreibtisch in etwa zwei Wochen würde sie sich über ein Treffen mit Eva freuen, bei dem sie sich ausgiebig unterhalten konnten.

»Ist das jetzt ein gutes oder ein schlechtes Zeichen?«, sprach Eva ihre Gedanken laut aus, als gerade jemand sie von hinten überholte.

»Wie bitte? Reden Sie mit mir?«

Erst jetzt bemerkte Eva, dass es sich bei dem Jogger um diesen Lehrer Lose handelte, der wenige Meter vor ihr stehen geblieben war und sie fragend aus seinen graugrünen Augen ansah.

Sie spürte, wie ihre Wangen mit einem Schlag heiß wurden.

»Ich? Nein, ich … », begann sie zu stottern, was völlig untypisch für sie war. »Ich habe wohl ein Selbstgespräch geführt.«

Wie peinlich! Vermutlich hielt er sie jetzt für eine schrullige ältere Frau, die bereits ein wenig wunderlich war.

Doch ein herzliches Lächeln erschien auf seinem Gesicht. Er war auf eine unaufdringliche Weise noch attraktiver, als er von Weitem ausgesehen hatte.

»Kein Problem«, sagte er. »Ich bin ja froh, dass es nicht nur mir so geht. Mit Selbstgesprächen kenne ich mich bestens aus.«

Nun lächelte auch Eva. Er hatte eine so erfrischende Art, dass ihre Verlegenheit sich in Luft auflöste.

»Meistens merkt man es selbst gar nicht«, sagte sie. »Oder erst dann, wenn Leute einen plötzlich fragend anschauen.«

»Ja, im Supermarkt, wenn ich überlege, was ich kochen soll, oder ich mich laut frage, wo verdammt noch mal das Personal die Haferflocken diesmal wieder eingeräumt hat.«

Eva lachte.

»So geht es mir auch.«

»Kann es sein, dass ich Sie schon öfter hier im Park gesehen habe?«, fragte er. »Letzte Woche zum Beispiel, als ich mit meinen Schülern hier war, um Übungen zu machen?«

Eva war verblüfft, dass er sich tatsächlich an sie erinnern konnte, obwohl ihre Blicke sich nur ganz kurz gestreift hatten.

»Ja … da war ich zufällig auch hier«, bestätigte sie. »Sie haben ja eine ganz schön sportliche Klasse.«

»Schon, aber sie könnten noch besser sein. Deswegen versuche ich, der Bande Sport auch jenseits des Unterrichts schmackhaft zu machen. Wenigstens bei einigen hilft es. Die Kinder sitzen heutzutage viel zu viele Stunden vor ihren Computern. Das tut ihnen nicht gut.«

»Da haben Sie recht … Unterrichten Sie auch noch andere Fächer?«

Er schüttelte den Kopf.

»Nur Sport, glücklicherweise«, sagte er mit einem fröhlichen Grinsen. »Den Kindern den Satz des Pythagoras oder die Bildung des Futur II einzutrichtern, da fehlt mir leider die Geduld.«

Eva lachte.

»Das kann ich irgendwie nachvollziehen«, meinte sie.

Er warf einen Blick auf seine Armbanduhr und sah sie dann bedauernd an.

»Leider muss ich jetzt los, damit ich rechtzeitig zum Unterricht komme.«

»Natürlich. Tut mir leid, dass ich Sie aufgehalten habe«, sagte Eva.

»Mir tut es nicht leid«, entgegnete er mit einem schelmischen Grinsen.

»Mir eigentlich auch nicht«, gab sie zu.

»Ich heiße übrigens Ben.«

»Und ich Eva.«

»Freut mich, Eva.«

»Freut mich, Ben.«

»Vielleicht sieht man sich hier ja mal wieder?«

»Vielleicht …«

»Ich bin zum Beispiel morgen Nachmittag wieder hier. So gegen sechzehn Uhr. Du vielleicht auch?«, fragte er zu ihrer Überraschung und ging wie selbstverständlich zum Du über.

»Könnte sein«, sagte sie.

»Ich würde mich freuen. Mach's gut, Eva!«

»Du auch!«

Er lief los und drehte sich gleich noch mal kurz um, um ihr vergnügt zuzuwinken.

Sie winkte zurück.

Was war das denn jetzt?, fragte sie sich. War das jetzt tatsächlich eine lockere Verabredung für morgen gewesen? Offenbar. Lächelnd machte sie sich auf den Heimweg.

Vermutlich war dieser Ben Lose einfach nur ein freundlicher Mensch, und sie durfte nichts in diese zufällige Begegnung hineininterpretieren. Doch bei der Aussicht darauf, ihn morgen wiederzusehen, schlug ihr Herz plötzlich ein wenig schneller.

Obwohl Eva davon ausging, wieder ewig kein Auge zuzubekommen, schlief sie ein, kaum dass sie das Licht im Schlafzimmer gelöscht hatte. Es war die erste Nacht seit Langem, in der sie bis zum nächsten Morgen ohne Unterbrechung durchschlief. Ausgeruht und voller Elan gönnte sie sich auf der Sonnenterrasse des *Cadu* – des Cafés an der Uni – ein ausgiebiges Frühstück, brachte dann Alisas Pullover zur Post und bummelte gemütlich durch die Fußgängerzone. Im Schaufenster einer kleinen Boutique in einer Seitenstraße entdeckte sie ein hellrotes, luftiges Sommerkleid, in das sie sich sofort verliebte.

»Es steht Ihnen perfekt«, sagte die junge Verkäuferin wenig später, als sie sich von allen Seiten im Spiegel betrachtete.

»Danke!«, sagte Eva. »Ich nehme es.«

Am liebsten hätte sie das Kleid schon am Nachmittag bei ihrem Spaziergang im Park getragen. Doch dann sähe es so aus, als hätte sie sich extra für ihre Begegnung mit Ben so chic angezogen. Und das wäre doch etwas zu viel des Guten.

Also hängte sie es in ihren Kleiderschrank in der Hoffnung, es bald zu einer besonderen Gelegenheit wieder herauszuholen. Vielleicht zur Besprechung mit Valerie Beck? Sie wusste zwar nicht, was bei diesem Gespräch herauskommen würde, aber sicherheitshalber würde sie bis dahin neue Fotos von sich machen lassen.

Kurz vor sechzehn Uhr spazierte Eva zum vereinbarten Treffpunkt. Sie hatte sich für eine legere Jeans und eine kornblumenblaue Bluse entschieden, die fast die Farbe ihrer Augen hatte und sie noch intensiver strahlen ließ. Dazu trug sie helle Sneakers. Ein Outfit, in dem sie sich wohlfühlte und das nicht übertrieben chic war.

Interpretiere bloß nichts in dieses Treffen hinein!, ermahnte sie sich streng. Doch wenn sie ehrlich zu sich selbst war, musste sie sich eingestehen, dass dieser Ben ihr kaum aus dem Kopf ging.

»Eva?«

Sie drehte sich um. Er war da! Und bei seinem Anblick begann ihr Herz schneller zu schlagen, auch wenn sie das gar nicht wollte. Er trug ebenfalls Jeans und darüber ein einfaches schwarzes T-Shirt. Seine durchtrainierte Figur kam in den Sachen besonders zur Geltung.

»Hallo, Ben!«

»Schön, dass du ganz zufällig auch hier bist!«, sagte er mit einem Lächeln.

»Tja … ganz zufällig. Aber ich hätte dich fast nicht erkannt ohne deine Sportsachen und die grünen Laufschuhe«, feixte sie mit einem Zwinkern, um davon abzulenken, wie stark seine Attraktivität auf sie wirkte.

»Na ja. Ich wollte vermeiden, dass du mich wieder total verschwitzt siehst«, entgegnete er.

Eva wusste nicht, was sie darauf sagen sollte. Es entstand eine kurze Pause, bis Ben vorschlug, doch ein Stück zu gehen.

»Gern. Wie war dein Schultag heute?«, begann sie, um mit einem unverfänglichen Thema anzufangen.

»Das hat meine Mutter mich früher auch immer gefragt«, sagte er und lachte kurz. Gleich darauf sah er sie verlegen an. »Also … nicht, dass du mich irgendwie an meine Mutter erinnern würdest!«, sagte er rasch. »Wirklich nicht!«

Eva musste ebenfalls lachen.

»Oje … unsere Unterhaltung fängt ja schon gut an«, bemerkte sie.

»Schrecklich … aber da du nun mal gefragt hast: Mein Schultag war etwas nervenaufreibend, weil eine Neuntklässlerin bei einer verunglückten Übung am Stufenbarren abgerutscht ist und sich verletzt hat. Zunächst sah es sogar so aus, als hätte sie sich einen Wirbel gebrochen.«

»Du meine Güte, das ist ja furchtbar«, sagte Eva aufrichtig bestürzt, da sie sofort an die schweren Rückenverletzungen ihrer Tochter und die katastrophalen Folgen denken musste.

»Aber das war glücklicherweise nicht der Fall. Sie hat nur …«, er setzte das letzte Wort in Anführungszeichen, »schwere Prellungen davongetragen und eine leichte Gehirnerschütterung. Und da ich die Eltern des Mädchens nicht gleich erreichen konnte, habe ich die meiste Zeit des Tages in Wartezimmern verbracht und gefühlt tausend Formulare ausgefüllt. Kein Tag also, den ich ähnlich wieder erleben möchte.«

»Verstehe ich. Aber wenigstens ist es gut ausgegangen«, sagte

Eva, während sie den Weg entlanggingen. Um diese Zeit war bei dem schönen Wetter deutlich mehr los als frühmorgens.

»Und wie war dein Tag heute?«, fragte nun Ben.

»Ich trau es mich ja fast gar nicht zu sagen, aber mein Tag war ziemlich entspannt. Ich war viel unterwegs, hab ein paar Erledigungen gemacht und …« Eva stockte. Plötzlich war es ihr peinlich, ihm zu erzählen, dass sie keinem Beruf nachging und zurzeit mehr oder weniger in den Tag hineinlebte. Mehr noch. Sie wollte noch nicht einmal, dass er wusste, welches Leben sie außerhalb dieses Parks führte. Und schon gar nicht sollte er wissen, dass sie verheiratet war und eine Tochter hatte.

Unvermittelt blieb sie stehen. Er verharrte ebenfalls und sah sie fragend an.

»Nimmst du es mir übel, wenn ich nicht darüber rede, was ich so den ganzen Tag mache?«, fragte sie ihn direkt.

»Äh, nein. Natürlich nicht«, antwortete er etwas irritiert. »Außer, du wärst in irgendwas Illegales verwickelt und würdest mich damit in Schwierigkeiten bringen. Meinen Job möchte ich nämlich nicht verlieren.«

Nun sah sie ihn verdutzt an.

»Etwas Illegales? Du denkst, ich könnte eine … eine Verbrecherin sein?«, fragte sie amüsiert.

»Nicht wirklich. Ich wollte es nur gesagt haben«, meinte er und grinste schelmisch.

»Du kannst dich darauf verlassen. Ich bin in nichts Illegales verwickelt und habe es auch in Zukunft nicht vor«, beteuerte sie.

»Okay … ich glaube dir«, sagte er, und sie gingen wieder weiter.

Sie hatte das Gefühl, ihm eine Erklärung schuldig zu sein, und suchte nach den richtigen Worten. Doch er kam ihr zuvor.

»Du möchtest also nicht sagen, was du so den ganzen Tag machst«, begann er.

»Zumindest nicht alles. Wenn das für dich okay ist?«

»Ist es. Aber vielleicht möchtest du mir ja verraten, was du am liebsten machen würdest«, schlug er vor.

»Was ich am liebsten machen würde?«, wiederholte sie.

»Ja. Eine einfache Frage, oder?«

Sie nickte.

»Na gut. In diesem Moment mache ich genau das, was ich jetzt am liebsten machen würde.«

»Gute Antwort. Und das nehme ich dir sogar ab«, sagte er und warf ihr ein Lächeln zu, das ihr bereits eigenartig vertraut vorkam. Sie hatten sich nur wenige Male kurz gesehen, doch es war, als würde sie ihn schon viel länger kennen.

»Aber verrätst du mir auch, was du generell gerne machen würdest?«, ließ er nicht locker.

»Wieder in meinem Beruf arbeiten«, erklärte sie spontan und hätte sich gleich darauf am liebsten auf die Zunge gebissen. Natürlich würde er nun wissen wollen, was sie von Beruf war. Dabei wollte sie doch eigentlich solche Dinge gar nicht über sich erzählen.

»Also machst du zurzeit etwas anderes«, resümierte er nachdenklich. »Jetzt muss ich nur noch herausfinden, was dein Beruf ist.«

In diesem Moment klingelte sein Handy, und Eva war fast ein wenig erleichtert darüber. Er holte es aus der Tasche seiner Jeans und meldete sich.

»Hallo? … Heute? Ja, klar … Moment …«

Er sah auf die Uhr an seinem Handgelenk.

»Ich kann es etwa in einer halben Stunde schaffen. Passt das? … Gut, dann bis gleich!«

Er legte auf.

»Tut mir leid, aber ich muss unseren interessanten Spaziergang leider vorzeitig abbrechen.«

»Ist etwas passiert?«

»Nein. Aber ein Freund von mir hat eine Kneipe, und da muss ich aushelfen. Einer der Kellner hat sich vorhin krankgemeldet und fällt offenbar länger aus. Toni hat zu wenige Leute und heute Abend eine größere Veranstaltung. Tut mir leid, Eva.«

»Kein Problem. Toll, dass du das für deinen Freund machst«, sagte sie.

Er zuckte mit den Schultern.

»Ist ja nichts Besonderes. Hör mal, ich weiß ja nicht, ob du das auch möchtest, aber ich würde unser Gespräch gerne fortsetzen.«

Eva fragte sich, ob das wirklich eine so gute Idee war, auch wenn sie ihn tatsächlich gerne wiedersehen wollte.

Offenbar sah Ben ihr die Zweifel an.

»Ich verspreche dir auch, dich nicht nach dem Leben zu fragen, das du führst. Wir reden nur über das, was du gerne preisgeben möchtest. Du bist für mich einfach Eva, die Frau im Park, mit der ich mich gerne noch ausführlicher unterhalten möchte. Du kannst es dir ja überlegen. Am Samstagfrüh werde ich wieder hier sein beim Joggen … Wenn du möchtest, laufen wir uns sicher über den Weg. Aber jetzt muss ich los. Mach's gut, Eva.«

»Du auch, Ben.«

Er drehte sich um und ging den Weg zurück, den sie gekommen waren.

Eva atmete tief ein und aus. Sie wusste schon jetzt, dass sie am Samstag wiederkommen würde. Und gleichzeitig war ihr klar, dass dies ein Spiel mit dem Feuer war.

KAPITEL 8

Geheime Träume

Zusammen mit ihrer langjährigen Zugehfrau Gerti räumte Eva die riesige Bücherwand im Wohnzimmer aus, reinigte die Regale gründlich und sortierte die Bücher anschließend wieder ein. Dann nahm sie sich die Speisekammer vor. Sie suchte ständig Beschäftigungen, um sich abzulenken. Trotzdem zogen sich die Tage bis Samstag wie Gummi. Sie war hin- und hergerissen zwischen Vorfreude und schlechtem Gewissen, eben weil sie sich auf diese Begegnung so freute. Doch vor allem war sie erfüllt von einer Neugierde auf diesen Mann, von dem sie gerne noch mehr erfahren wollte. Dabei war ihr selbst nicht klar, was genau sie sich davon versprach.

Eva fragte sich, wie sie sich wohl fühlen würde, wenn es nichts gäbe, dem sie erwartungsvoll entgegenblickte. Konnte es sein, dass ein Mann, der ihr zufällig im Park begegnet war, momentan die einzige Abwechslung darstellte, die sie aus ihren grüblerischen Gedanken riss?

Johannes hatte sich zweimal kurz aus Seattle gemeldet und dabei diese Miriam mit keinem Wort erwähnt. Doch damit war auch nicht zu rechnen gewesen. Die Besprechungen in der Firma und mit dem wichtigen Kunden waren gut verlaufen, eine Lösung für das Problem war offenbar gefunden worden, und Johannes würde planmäßig am Sonntagvormittag wieder zurück sein. Und dann würden sie ein Gespräch über ihre Ehe nicht mehr allzu lange hinausschieben können. Doch Eva konnte sich nicht wirklich darauf konzentrieren, weil der Sportlehrer ihr dauernd im Kopf herumspukte. Einzig die Videochats mit ihrer Tochter lenkten sie ein wenig ab. Das Päckchen mit dem roten Pullover war in der Zwischenzeit in Berlin eingetroffen, und Alisa freute sich über die Dose mit Zitronenbonbons, die Eva selbst gemacht und mitgeschickt hatte.

Sie hatten für den Samstagmorgen weder eine feste Zeit noch einen genauen Treffpunkt vereinbart, doch Eva zweifelte nicht daran, dass sie und Ben sich begegnen würden.

Es war kurz vor sieben Uhr, als sie aus dem Haus ging und die Richtung zum Englischen Garten einschlug. Die Sonne hatte schon jetzt erstaunlich viel Kraft, und laut Wettervorhersage würde die Temperatur im Lauf des Tages auf knapp dreißig Grad steigen. Der erste richtig heiße Tag in diesem Jahr.

Eva spazierte die Wege in den Bereichen des Parks entlang, auf denen sie Ben bisher angetroffen hatte, und hielt dabei Ausschau nach ihm. Würde er etwa doch nicht kommen? War sie sich zu sicher gewesen, dass er sie wiedersehen wollte? Oder war sie einfach nur zu früh dran? Immerhin war Wochenende, und der Lehrer wollte vielleicht ausschlafen. Eva verlangsamte ihre Schritte und suchte sich ein schönes Plätzchen an der Isar unter einem Baum. Sie holte aus ihrer Umhängetasche ein Handtuch und nahm darauf Platz.

Ein Stück weiter unten am Ufer stand eine junge Frau und jonglierte mit drei bunten Bällen, was sie allerdings nicht sonderlich gut beherrschte. Doch das hinderte sie nicht daran, es immer weiter zu versuchen, egal, wie oft sie die Bälle aufheben musste.

Eva sah ihr eine Weile zu und fragte sich, was für ein Leben sie wohl führen mochte. Auf jeden Fall schien sie hartnäckig ihr

Ziel zu verfolgen. In Gedanken begann Eva, für diese Frau eine Legende zu erfinden, so wie sie es immer schon gern gemacht hatte, früher oft auch zusammen mit Alisa, wenn ihnen im Park Leute begegnet waren, die ihnen besonders aufgefallen waren. Diese Frau hier könnte eine junge Ärztin sein, die auf einer Kinderstation im Krankenhaus arbeitete. Um die kleinen Patienten aufzumuntern, übte sie in ihrer knapp bemessenen Freizeit das Jonglieren. Oder sie war heimlich in einen Zirkusartisten verliebt und wollte ihn mit dem Jonglieren beeindrucken. Eva musste über ihre albernen Ideen lächeln. Inzwischen interessierte es sie tatsächlich, warum die Frau mit den Bällen übte, und sie hätte sie am liebsten angesprochen, um sie danach zu fragen. Doch sie wollte nicht neugierig oder gar aufdringlich wirken.

Schließlich schloss Eva die Augen und genoss die warmen Sonnenstrahlen auf dem Gesicht, das sanfte Rauschen des Wassers und das beruhigende Zwitschern der Vögel. Dabei dachte sie darüber nach, was sie mit dem Tag heute noch anstellen könnte. Da sie bei den erwarteten Temperaturen weder Lust auf einen Bummel durch die Stadt hatte geschweige denn auf eines der garantiert überfüllten Schwimmbäder, könnte sie es sich am Nachmittag unter dem Sonnenschirm auf der Terrasse mit selbst gemachtem Eistee gemütlich machen und ein wenig lesen. Mit ihrer Tochter zusammen hatte sie solche Nachmittage immer besonders genossen. Manchmal hatte sich auch Johannes dazugesellt, wenn er nicht gerade etwas für die Firma erledigen musste.

»Guten Morgen, Eva«, riss eine Stimme sie aus ihren Gedanken.

Sie öffnete die Augen. Ben stand neben ihr und lächelte sie an. Er trug eine kurze schwarze Sporthose und ein hellgraues

T-Shirt. Und die auffallenden grünen Laufschuhe. Allerdings sah er nicht so aus, als hätte er sich schon ausgepowert. Vermutlich würde er sein Lauftraining erst nach ihrem Treffen beginnen.

»Guten Morgen, Ben.«

In ihre Nase stieg der würzig feine Duft eines Rasierwassers, das sie nicht kannte, und löste ein Kribbeln in ihrem Bauch aus. Ihr Herz begann schneller zu schlagen, und sie kam sich fast ein wenig albern vor. Wie ein Teenager. Doch es war auch ein belebendes Gefühl, das sie genoss.

»Du hast dir echt einen schönen Platz ausgesucht«, sagte er, als er sich neben sie ins Gras setzte. »Hier am Wasser bin ich auch oft. Zumindest wenn noch nicht viel los ist. Ab dem Vormittag wird es bei dem Wetter nur so von Leuten wimmeln.«

»Dann sollten wir die Zeit genießen, solange es noch einigermaßen ruhig ist«, meinte Eva.

Ben nickte.

»Ich freue mich, unser Gespräch vom Mittwoch fortzusetzen«, sagte er mit einem Lächeln. »Das letzte Mal waren wir bei deinem Beruf stehen geblieben, nicht wahr?« Er wartete keine Antwort ab. »Dem Beruf, an dem dir so viel liegt, aber den du momentan offenbar nicht ausführen kannst.«

»Du kommst aber schnell zur Sache«, meinte Eva ein wenig überrumpelt und strich sich eine lose Haarsträhne hinters Ohr.

»Wenn ich neugierig bin, durchaus«, erwiderte er. »Du musst es mir aber nicht sagen, wenn du nicht möchtest«, fügte er hinzu. »Dann werde ich allerdings versuchen, es selbst herauszufinden.«

»Ach ja?« Eva fragte sich kurz, ob er darauf kommen könnte. Doch sofort verwarf sie den Gedanken wieder. Es war schon ewig her, seit sie an Theaterhäusern oder im Fernsehen kleine

Rollen gespielt hatte. Damals war sie eine junge Frau gewesen, die dachte, die ganze Welt stünde ihr offen. Nun befand sie sich an der Schwelle zu den Wechseljahren, die sich bereits mit kleinen Hitzewallungen bemerkbar machten, und hatte vor allem in der letzten Zeit das Gefühl, dass die Türen zur Welt sich für sie schon längst geschlossen hatten.

»Vielleicht brauche ich ein wenig, um deinen Beruf herauszufinden. Aber ich werde nicht lockerlassen«, versprach Ben frech.

»Wenn du unbedingt meinst …«, sagte sie nur, weil sie nicht wusste, was sie darauf antworten sollte.

»Oder du sagst es mir doch ganz einfach selbst«, schlug er vor.

»Vielleicht«, lenkte Eva ein. »Aber nicht heute.«

Sobald er ihren Beruf wusste, wäre es nicht mehr schwierig, zusammen mit ihrem Vornamen herauszufinden, wer sie war. Dann würde er auch die Berichterstattung über den Unfall entdecken und wissen, dass sie verheiratet war und eine Tochter hatte. Falls es noch zu weiteren Begegnungen käme, konnte sie das sicher nicht auf die Dauer verheimlichen. Doch zuerst wollte sie ihn näher kennenlernen.

»Nicht heute? Das bedeutet dann also, dass wir uns noch öfter sehen müssen«, schlussfolgerte er lächelnd. »Dann werde ich mich gedulden.«

Sie lächelte nun ebenfalls, erleichtert darüber, dass er sie nicht drängte.

»Du bist also ein geduldiger Mensch?«

Sie wollte das Gespräch auf ihn lenken.

Er griff nach einem kleinen Stein und warf ihn in die Isar.

»Hm. Nicht wirklich. Aber ich bin dann geduldig, wenn es einen Sinn ergibt.«

»Warum wolltest du mich heute wiedersehen?«, fragte sie ihn plötzlich ganz direkt.

»Weil ich das Gefühl hatte, du möchtest es auch«, antwortete er ebenso direkt und mit einem Blick, der ihr die Kehle zuschnürte. Sie schluckte.

Natürlich hatte er recht. Sie hatte es auch gewollt.

Dies war der Moment, in dem sie eigentlich aufstehen und nach Hause gehen sollte. Was machte sie überhaupt hier? War sie verrückt geworden? Sie kannte diesen Mann doch so gut wie gar nicht! Und auch wenn man ihre Ehe kaum noch so bezeichnen konnte, war sie doch immerhin noch mit Johannes verheiratet, und ein Ehebruch war für sie immer unvorstellbar gewesen.

»Es tut mir leid …«, begann sie und war schon im Begriff, aufzustehen, doch Ben berührte leicht ihren Unterarm, was ihr sofort eine Gänsehaut bescherte.

»Du musst nicht gehen. Wir unterhalten uns doch nur«, sagte er mit einem entwaffnenden Lächeln. »Weißt du, meine Freundin und ich haben uns nach neun Jahren Beziehung vor ein paar Wochen getrennt, und diese Begegnungen mit dir … sie lenken mich ab.«

Offenbar wollte er genau wie sie irgendwelchen bedrückenden Gedanken entgehen.

»Das tut mir leid. Ich meine, das mit deiner Trennung«, sagte Eva. »Bei mir gab es kürzlich auch eine große Veränderung, die mich sehr beschäftigt«, gab sie zu.

»Über die du wahrscheinlich nicht weiterreden möchtest?«, vermutete er.

»Ja … es wäre mir lieber, wenn ich jetzt einfach nicht darüber nachdenken müsste.«

»Okay. Das lässt sich machen.«

»Danke.«

Er legte den Kopf ein wenig schief und sah sie an.

»Also, damit ich mehr über dich erfahre, muss ich wohl ganz andere Fragen stellen.« Plötzlich lächelte er verschmitzt, griff nach dem kleinen Rucksack, der neben ihm lag, und holte zwei Bäckertüten heraus. »Breze oder Zimtschnecke?«

»Das ist deine Frage?«

Sie sah ihn amüsiert an.

Er nickte.

»Eine von vielen … Wart's nur ab. Ich dachte, vielleicht hast du ja auch noch nicht gefrühstückt. Also? Was möchtest du?«

Da sie heute früh nur eine Tasse Kaffee getrunken hatte, war sie inzwischen tatsächlich schon ein wenig hungrig.

»Eine Breze … oder nein, vielleicht doch lieber die Zimtschnecke.«

»Gute Wahl«, sagte er. »Die waren noch warm, als ich sie vorhin gekauft habe.«

Er öffnete die Tüte mit zwei Schnecken und hielt sie ihr hin. Sofort stieg ihr das verlockende Aroma von Zimt in die Nase. Das Wasser lief ihr im Mund zusammen.

»Normalerweise esse ich Joghurt mit Obst oder Müsli zum Frühstück«, sagte Eva, bevor sie das Gebäck aus der Tüte nahm und genüsslich in das süße Teilchen biss.

Auch er hatte sich für die Zimtschnecke entschieden.

»Süßes zum Frühstück gibt es bei mir auch eher selten«, erklärte er.

»Hmm … köstlich«, schwärmte Eva und schloss für einen kurzen Moment die Augen. Das lockere Hefegebäck schmeckte nach feiner Butter, einer nussigen Zimtnote und einem Hauch von Zitrone und zerging fast auf der Zunge.

Als sie sah, dass Ben sich die Reste des klebrigen Zuckergusses von den Fingern leckte, tat sie es ihm gleich, und sie grinsten sich in stillem Einvernehmen zu.

»Danke für das Frühstück«, sagte sie und holte eine Wasserflasche aus ihrer Tasche, aus der sie einen Schluck nahm.

»Noch eine Breze als Nachspeise?«

»Nein, danke. Das war genug«, lehnte sie höflich ab, und er packte die Tüte mit dem Laugengebäck wieder in seinen Rucksack.

»So, jetzt weiß ich schon mal etwas Neues über dich. Du kannst süßem Gebäck nur schwer widerstehen«, stellte er fest.

Eva lachte.

»Eine Erkenntnis, die mir selbst neu ist«, gab sie zu, da sie normalerweise nicht oft Süßes aß. Zumindest nicht in den letzten Jahren.

»Sich immer wieder selbst neu zu entdecken, ist eine der spannendsten Angelegenheiten überhaupt. Und oft sehr überraschend«, meinte er.

Sie nickte nachdenklich.

»Im positiven, aber manchmal auch im negativen Sinn«, stimmte sie ihm zu.

»Aber auch negative Erkenntnisse können sich positiv auswirken.«

Eva lächelte. Er sah wohl generell lieber auf die Sonnenseite des Lebens. Und normalerweise tat sie das auch.

»Ich glaube, ich habe mich in der letzten Zeit viel zu sehr an den negativen Dingen festgebissen«, gab sie zu.

»Dann wird es aber höchste Zeit, das zu ändern«, schlug er vor.

»Unbedingt!«

Seine Energie und Lebensfreude waren tatsächlich ansteckend.

»Was würdest du jetzt gerne tun?«, kam seine nächste Frage.

Spontan sah sie zu der jungen Frau hinüber, die nach einer kleinen Pause wieder mit den Bällen jonglierte. Inzwischen gelang es ihr schon etwas besser als am Anfang.

Er folgte ihrem Blick.

»Ich möchte gerne wissen, warum sie jongliert«, murmelte Eva.

Ben sah sie verdutzt an.

»Warum sie jongliert? Wie meinst du das?«

»Ach, weißt du, ich denke mir manchmal Geschichten über Menschen aus. Und frage mich, was hinter dem, was sie tun, wohl stecken mag.«

Sie erzählte ihm, welche Ideen sie vorhin über die junge Frau ausgebrütet hatte. Ben grinste amüsiert.

»Ich finde beides sympathisch. Eine Ärztin, die ihre jungen Patienten aufmuntern möchte, und eine Frau, die einem Artisten aus Liebe zeigen möchte, wie geschickt sie mit Bällen umgehen kann«, sagte er, und bei der Zweideutigkeit seiner Worte musste sie sich ein Lächeln verkneifen.

»Vielleicht versucht sie es ja beim nächsten Mal mit Messern. Das würde dem Ganzen eine gewisse … Schärfe verleihen«, setzte er noch hinzu, und sie mussten beide lachen.

»Aber jetzt hast du mich auch neugierig gemacht. Du musst sie unbedingt fragen, was dahintersteckt«, forderte Ben sie auf.

»Ich?« Eva schüttelte den Kopf. »Das kann ich doch nicht tun.«

»Aber warum denn nicht?«, hakte er nach. »Da ist doch nichts dabei. Jetzt komm schon! Sonst wirst du dich am Ende deines Lebens womöglich immer noch fragen, warum sie jongliert hat.«

»Ach, werde ich das?«, fragte sie amüsiert.

»Ganz bestimmt!«, beteuerte er mit einem Augenzwinkern.

Eva zögerte noch kurz, dann stand sie tatsächlich auf. Es war ja wirklich nichts dabei, einfach zu fragen. Ben nickte ihr aufmunternd zu, als sie auf die Frau zuging und sie ansprach.

Ein paar Minuten später kam sie zurück. Ben sah sie erwartungsvoll an.

»Und?«

Eva setzte sich wieder auf ihr Handtuch.

»Jetzt komm schon! Lass mich nicht zappeln.«

»Also, die junge Frau – sie heißt übrigens Karla und kommt aus Hamburg – muss sich ihr Studium durch Jobs finanzieren. Gestern hat sie sich in einem Saftladen beworben. Der Besitzer möchte, dass seine Gäste auch ein wenig unterhalten werden, und verlangt daher von seinen Mitarbeitern, dass sie zwischendrin immer wieder mal mit dem frischen Obst jonglieren, bevor sie es in die Saftpresse stecken«, erzählte Eva. »Karla will den Job unbedingt, und deswegen übt sie so fleißig.«

»Eine interessante Auflösung«, sagte Ben. »Auch wenn sie nicht wirklich spektakulär ist. Deine Varianten haben mir besser gefallen.«

»Vielleicht ist das Leben tatsächlich spannender, wenn man nicht alles über andere Menschen weiß. Dann sind die Möglichkeiten, die man sich ausmalt, fast grenzenlos.«

Er sah sie an.

»Stimmt. Du könntest zum Beispiel alles Mögliche sein: Tierärztin, Lottofee, Radiomoderatorin, Pfarrhaushälterin oder Uhrmacherin – solange ich nicht weiß, was du wirklich machst, kann ich mir dich sogar in der Uniform einer Polizeichefin vorstellen.«

»Dann will ich mal deine Fantasie nicht einschränken, indem ich dir verrate, was ich wirklich mache«, sagte Eva lächelnd. Im Grunde konnte sie in ihrem tatsächlichen Beruf in jede dieser Rollen schlüpfen und all das spielen, was er eben aufgezählt hatte. Und noch vieles mehr.

Ben nahm sie genauer ins Visier.

»Du hast kein einziges Mal geblinzelt. Also nehme ich an, dass nichts davon auf dich zutrifft.«

Sie zuckte nur mit den Schultern.

»Wer weiß das schon …«, sagte sie nur und rutschte in den Halbschatten des Baums. Die Sonne brannte inzwischen schon fast unangenehm auf der Haut.

»Langsam wird es ganz schön warm«, sagte sie und sah auf ihre Armbanduhr. Es war kurz nach neun. Inzwischen wurde es immer belebter im Park.

»Sollen wir uns noch einen Platz mit mehr Schatten suchen, oder magst du spazieren gehen?«, fragte Ben.

»Wir können gern ein wenig laufen«, antwortete sie, und sie standen auf und packten ihre Sachen zusammen.

Unterwegs plauderten sie über unverfängliche Themen wie Musik, und sie verriet ihm ihre Lieblingsrestaurants in der Stadt. Da sie nur selten ausging, würden sie sich kaum zufällig in einem der Lokale begegnen. Es war schon lange her, dass Eva sich in Gegenwart eines anderen Menschen so frei und unbeschwert gefühlt hatte. Die Zeit verging wie im Flug.

»Ich muss täglich was machen«, sagte er, als das Thema auf den Sport kam. »Sonst fühle ich mich nicht wohl.«

»Das sieht man deinem Körper auch an.«

»Danke«, meinte er lächelnd. »Und außerdem habe ich ein Ziel, auf das ich hinarbeite.«

»Welches denn?«, wollte Eva wissen.

»Ich trainiere, um mich für den Ironman auf Hawaii im nächsten Jahr zu qualifizieren«, verriet Ben. »Das will ich unbedingt schaffen.«

Eva sah ihn beeindruckt an.

»Wow – das ist ja wirklich ein großes Vorhaben«, sagte sie. Der Triathlon auf der amerikanischen Inselgruppe gehörte zu den härtesten der Welt. »Dafür bewundere ich dich. Ehrlich.«

»Ob es bewundernswert ist, weiß ich nicht. Ich mache einfach das, was ich wirklich gerne tue. Klar, es ist anstrengend, aber es macht mir auch riesigen Spaß.«

»Beneidenswert«, sagte Eva.

»Und was ist mit dir?«, fragte Ben, der ihren nachdenklichen Blick offenbar bemerkt hatte.

Eva blieb stehen. Ben drehte sich nach ihr um und stoppte ebenfalls.

»Was ist dein Ziel?«

Sie schüttelte den Kopf.

»Das, wovon ich träume, dieses Ziel …«, sie zögerte kurz, »das kann ich wahrscheinlich nicht erreichen. Nicht mehr.«

»Ein Ziel zu haben bedeutet, dass man eine bewusste Entscheidung getroffen hat, etwas erreichen zu wollen. Ob man es am Ende tatsächlich erreicht, weiß man am Anfang doch nie. Aber je klarer die Vorstellungen sind, wo man hinmöchte, desto einfacher findet man Wege und Möglichkeiten, um das Ziel erreichen zu können. Auch wenn es vielleicht noch so unwahrscheinlich wirken mag.«

Er hatte recht. Sie musste für sich ein klares Ziel definieren: *Ich will wieder als Schauspielerin arbeiten.* Und sie würde alles versuchen und ihre Möglichkeiten voll ausschöpfen, um das zu erreichen.

»Danke, Ben. Danke für den Aufrüttler, den du mir geschenkt hast und der mir Mut macht, es zumindest zu versuchen.«

Er sah sie überrascht an.

»Gern geschehen!«, sagte er. »Aber dir ist schon klar, dass ich jetzt auf jeden Fall herausfinden muss, was dein großes Ziel ist?«

»Ich hab es fast befürchtet!«, erwiderte sie lächelnd.

Während sie redeten, kamen ihnen zwei Mädchen entgegen, die Eva auf den ersten Blick etwa auf zwölf oder dreizehn Jahre schätzte.

»Guten Morgen, Herr Lose!«, grüßten sie in seine Richtung.

»Guten Morgen, ihr zwei«, rief er ihnen freundlich zu. »Einen schönen Samstag wünsche ich euch!«

»Danke, Ihnen auch!«, sagte die eine, worauf die beiden kichernd ihre Köpfe zusammensteckten.

»Schülerinnen aus der siebten Klasse«, erklärte er, als sie an ihnen vorbei waren. »Vermutlich spekulieren sie jetzt darüber, ob du meine neue Freundin bist!«

Eva spürte, wie sie rot wurde. Und das kam nicht von der Sonne.

»Ich hoffe, du kannst es aufklären«, sagte sie rasch.

Doch er winkte lässig ab.

»Ach was. Sollen sie sich ruhig darüber die Köpfe zerbrechen.«

Sie lachten.

»Und was hast du heute noch vor?«, fragte sie.

»Am Nachmittag habe ich Schwimmtraining. Und später muss ich mal wieder einspringen bei meinem Freund Toni. Bei ihm herrscht momentan akuter Personalmangel in der Kneipe. Und was machst du heute Abend?«

Eva zuckte mit den Schultern.

»Bis jetzt habe ich noch nichts vor. Keine Ahnung. Vielleicht ein wenig lesen, oder ich gehe einfach früh schlafen.«

»Wie wär's, wenn du auf ein Glas Bier oder Wein in die Kneipe kämst?«

»Meinst du das ernst?«

»Na klar. Ich würde mich freuen. Die Kneipe heißt *Osterhald*.«

Eva hatte den Namen schon mal gehört, war aber noch nie dort gewesen. Sie tippte die Adresse, die Ben ihr gab, in ihr Handy.

»Ich weiß aber nicht, ob ich tatsächlich komme«, sagte sie, weil sie nichts versprechen wollte.

»Kein Problem. Wenn du da bist, bist du da. Und ansonsten sehen wir uns sicher bald wieder hier im Park.«

Sie vereinbarten keinen konkreten Tag, aber irgendwie fühlte sich das für Eva richtig an. Sie ging davon aus, dass sie Ben heute nicht zum letzten Mal getroffen hatte.

»Ich mache mich jetzt langsam auf den Heimweg«, sagte Eva.

»Und ich werde noch eine Runde laufen, bevor es endgültig zu heiß wird«, sagte Ben. »Es war schön, ein bisschen Zeit mit dir zu verbringen.«

»Finde ich auch.«

»Also, dann vielleicht bis heute Abend?«

»Vielleicht.«

»Ciao, Eva.«

»Ciao, Ben.«

Doch keiner von beiden machte Anstalten zu gehen. Eva meinte in seinen Augen eine Frage zu lesen. Doch sie war nach den langen Jahren, in denen sich alles nur um ihre Tochter gedreht hatte, zu sehr aus der Übung und wusste nicht, ob sie nicht falsch interpretierte, was sie zu ahnen glaubte.

Ihr Herz klopfte bis zum Hals, als er ein klein wenig näher an sie herantrat. Offenbar hatte sie mit ihrer Ahnung richtiggelegen.

»Eva …«

KAPITEL 9

Ein lauer Sommerabend

Da hätten sie sich doch fast im Park geküsst! Eva hatte sich gerade noch von Ben weggedreht und war ohne ein weiteres Wort eilig nach Hause marschiert. Sicher, sie war erleichtert darüber, dass es nicht so weit gekommen war, aber gleichzeitig bedauerte sie es auch ein klein wenig, nicht herausgefunden zu haben, wie seine Lippen schmeckten. Wie er schmeckte.

Sie durfte ihn nicht mehr sehen. Vielleicht konnte sie sich sonst beim nächsten Mal nicht mehr zurückhalten. Und das durfte nicht sein!

Da er nur ihren Vornamen kannte, war es einfach, ihm aus dem Weg zu gehen, solange sie den Englischen Garten mied. Die Wahrscheinlichkeit, ihm zufällig in der Stadt über den Weg zu laufen, war verschwindend gering.

Völlig durchgeschwitzt ging sie sofort ins Badezimmer und stellte sich lange unter die lauwarme Dusche. Am liebsten hätte sie auch die Gedanken an Ben weggewaschen, damit sie wie der Seifenschaum auf Nimmerwiedersehen im Abfluss verschwanden. Doch das funktionierte nicht. Sie musste sich auf etwas anderes konzentrieren. Auf das Ziel, das sie sich gesetzt hatte. Und schon war Ben wieder in ihrem Kopf präsent – weil er sie dazu ermuntert hatte, auch wenn er gar nicht wusste, worum es ging. Die Stunden, die sie heute mit ihm verbracht hatte, waren so unbeschwert und voller Leichtigkeit gewesen und ihre Gespräche dabei trotzdem nicht oberflächlich. Um aber nicht doch noch in Versuchung zu geraten, musste jetzt damit Schluss sein.

Eva drehte das Wasser ab, griff nach einem großen Handtuch und trocknet sich ab. Dann stieg sie aus der Dusche auf den flauschigen Badezimmerteppich und schlüpfte in Unterwäsche und in ein luftiges hellblaues Sommerkleid, das sie sich bereitgelegt hatte. Während sie ihr blondes Haar kämmte, betrachtete Eva sich im Spiegel. Ihre Haut war im Gesicht und am Hals von der Sonne heute früh leicht gerötet, was sie frischer aussehen ließ. Ohne eitel zu sein, war ihr bewusst, dass sie kurz vor ihrem fünfzigsten Geburtstag immer noch eine attraktive Frau war, und die meisten Leute schätzten sie tatsächlich deutlich jünger, als sie war. Eva sah sich selbst in die Augen, suchte darin nach der Frau, die sie sein wollte, und entdeckte eher eine Person, die ihr eigenartig fremd schien.

Als das Handy klingelte, riss sie sich von ihrem Spiegelbild los. Ricarda!

»Hallo, Eva. Sag mal, hast du Lust, heute für Max einzuspringen? Wir sind zu einer Vernissage bei einem meiner Mandanten eingeladen, aber mein schusseliger Ehemann hat das vergessen und sich mit einem ehemaligen Kommilitonen zum Essen verabredet, der angeblich nur dieses Wochenende in München ist. Und ich habe ehrlich gesagt keine große Lust, da alleine hinzugehen. Bitte tu mir den Gefallen und sag Ja!«

»Okay. Ich sage Ja und komme mit«, versprach Eva und schloss damit endgültig aus, am Abend womöglich doch noch in Versuchung zu geraten und in diese Kneipe zu gehen, in der Ben heute aushalf.

»Super! Ich komme mit dem Taxi und gable dich um neunzehn Uhr auf!«

»Passt. Bis dann!«
»Bis dann.«
Eva legte auf.

Am Nachmittag saß Eva im Schatten auf der Terrasse mit Schreibblock und Stift in der Hand. Was konnte sie tun, um ihr Ziel zu erreichen?

»Gespräch mit der Agentin ist in Arbeit«, murmelte sie, während sie sich Notizen machte. »Termine ausmachen mit dem Fotografen und für Coaching-Stunden ... diverse Veranstaltungen besuchen, um alte Kontakte aus der Filmbranche aufzufrischen und neue zu knüpfen.«

Und sicher würde es auch nicht schaden, ein aktuelles Video von sich aufzunehmen für die Casting-Firmen.

Nur wie sollte sie sich präsentieren? Vielleicht mit eigenen Texten in verschiedene Rollen schlüpfen, um so die vielen Facetten ihrer Persönlichkeit zu zeigen? Plötzlich kam ihr wieder die jonglierende Frau an der Isar in den Sinn, und eine vage Idee spukte durch ihren Kopf. Doch bevor sie weiter darüber nachdenken konnte, rief Johannes sie über Skype an.

»Hallo, Johannes«, meldete sie sich.

»Hallo, Eva.« Er winkte ihr auf dem kleinen Bildschirm ihres Handys zu. »Alles gut bei dir?«

»Ja. Du bist ja schon ganz schön früh auf«, bemerkte sie. Die Zeitverschiebung zu Seattle betrug neun Stunden, und in München war es gerade mal drei Uhr am Nachmittag.

»Ich musste schon packen. Vor dem Rückflug haben wir noch ein wichtiges Meeting.«

Er sah etwas müde und erschöpft aus.

»Ist alles in Ordnung?«, fragte sie.

»Ja. Klar. Es ist alles okay. Es waren nur ziemlich anstrengende

Tage. Ich bin froh, wenn ich zu Hause bin … Aber warum ich eigentlich anrufe: Kannst du mir bitte die Adresse von Alisa geben? Ich habe gestern zufällig auf einem Straßenflohmarkt etwas entdeckt«, sagte er. »Allerdings ist es so groß, dass ich es nicht im Handgepäck mitnehmen kann, deswegen möchte ich es Alisa von hier aus nach Berlin liefern lassen.«

»Ja, klar… Ich schicke dir gleich eine Nachricht mit der Adresse.«

»Danke, Eva!«

»Du weißt aber schon, dass Alisas Wohnung nicht allzu groß ist?«, erinnerte Eva ihn.

»Keine Sorge. Hauptsache, mein Geschenk kommt gut an«, meinte er lächelnd.

Egal, wie alt Alisa gewesen war – wenn Johannes länger als ein paar Tage geschäftlich unterwegs war, hatte er immer ein Geschenk für seine Tochter mitgebracht. Offenbar wollte er diese Tradition weiterhin fortsetzen, auch wenn sie inzwischen nicht mehr zu Hause wohnte.

Bevor sie fragen konnte, was er denn für Alisa entdeckt hatte, klopfte jemand bei ihm. War denn um diese Zeit schon jemand in der Firmenwohnung?

»Moment!«, rief er in Richtung Tür, die sich jedoch gleich darauf öffnete. Eine Frau trat in sein Schlafzimmer. Miriam! Eva erkannte sie sofort.

»Oh, entschuldige bitte, Johannes«, sagte sie, als ihr bewusst wurde, dass er per Videochat mit jemandem sprach. »Ich wollte nicht stören. Aber das Taxi kommt in zehn Minuten.«

»Schon gut, Miri. Danke. Ich bin gleich fertig, dann können wir los.«

Miri! Eva spürte, wie ihr Herz schneller schlug. Was es bedeutete, dass seine Mitarbeiterin um diese Zeit schon – oder noch? –

in seiner Wohnung war, konnte sie sich leicht ausmalen. Dass es ihm jedoch offenbar gleichgültig war, dass seine Frau es mitbekam, war sogar für Eva überraschend und zeigte, wie wenig noch von ihrer Ehe übrig war.

»Du hast die Adresse gleich auf deinem Handy«, sagte Eva so beherrscht wie möglich. »Guten Heimflug.«

Dann legte sie auf.

Die Vernissage fand im weitläufigen Garten von Ricardas Mandanten im Vorort Grünwald statt.

»Grundgütiger, was sind das nur für schreckliche Skulpturen«, flüsterte Ricarda in Evas Ohr, während der Künstler etwas abseits mit einem Journalisten sprach.

»Dafür ist das Essen umso besser!«, meinte Eva und biss in eine Mini-Quiche mit Feta und Mango-Chutney. Sie war selbst verwundert, dass ihr die Sache mit Johannes und seiner Mitarbeiterin nicht den Appetit verdorben hatte. Womöglich war sie aber einfach nur hungrig. Seit der Zimtschnecke am Morgen und später ein wenig Obst hatte sie heute noch nichts gegessen. Jedenfalls versuchte sie, nicht weiter darüber nachzudenken, ob zwischen ihrem Mann und dieser Miriam tatsächlich etwas lief.

»Und der Champagner ist exquisit und eiskalt – genau wie ich ihn mag!«, meinte Ricarda und nahm sich ein weiteres Glas vom Tablett einer Bedienung, die gerade an ihnen vorbeiging. »Alleine dafür hat es sich gelohnt, heute herzukommen.«

Auch wenn die Ausstellung tatsächlich nicht prickelnd und die Skulpturen schauderhaft waren, war Eva froh, dass sie den lauen Sommerabend in der Gesellschaft ihrer Freundin verbrachte und nicht grübelnd zu Hause saß. Einige Gäste kannte sie, und so ergaben sich nette Gespräche, die sie ablenkten.

Zwischendurch schickte Alisa ihr ein Selfie aufs Handy, auf dem sie zusammen mit ihrer Tante Judith in die Kamera grinste; die beiden trafen sich inzwischen öfter, und es schien ihnen gut zu gehen. Ein Anflug von Wehmut erfasste Eva, den sie mit einem zweiten Glas Champagner hinunterspülte.

»Johannes kommt morgen zurück, nicht wahr?«, wollte Ricarda wissen.

»Ja.«

»Und wie ist die Lage so bei euch?«

Eva zuckte mit den Schultern.

»Ach, keine Ahnung … Können wir bitte über etwas anderes reden?«

Ricarda ignorierte ihre Bitte.

»Hast du inzwischen schon mal über eine Paartherapie nachgedacht? Bei euch beiden könnte es wirklich was bringen.«

»Du meinst, dann würde Johannes nicht mehr so viel Zeit mit dieser Miri verbringen?«, rutschte es Eva heraus, die sich gleich darauf am liebsten auf die Zunge gebissen hätte. Der Alkohol hatte sie eindeutig schon ein wenig gelockert … Sie wollte sich ganz bestimmt nicht anhören wie eine eifersüchtige Ehefrau.

»Welche Miri?«, fragte Ricarda prompt.

»Dr. Miriam Orlov – die neue technische Leiterin«, erklärte Eva und versuchte, so neutral wie möglich zu klingen.

»Ach … und mit ihr ist er in Seattle?«

»So ist es.«

»Verstehe …«

Eva trank den letzten Schluck Champagner, stellte das Glas auf das Tablett der Kellnerin und nahm als Nächstes ein Mineralwasser mit einer Scheibe Zitrone.

Ricarda lächelte.

»Was grinst du denn so?«, fragte Eva und nippte an ihrem Wasser.

»Ich grinse, weil es mir gefällt, dass du eifersüchtig bist. Das bedeutet, dass Johannes dir durchaus noch wichtig ist«, sagte Ricarda.

»Erstens: Ich bin nicht eifersüchtig. Zweitens: Natürlich ist Johannes mir wichtig. Immerhin ist er der Vater meiner Tochter.«

»Mehr nicht?«, Ricarda ließ nicht locker.

Doch Eva hatte keine Lust, weiter über Johannes und diese Frau nachzudenken, geschweige denn über sie zu reden.

»Genau das weiß ich momentan selbst nicht. Und wenn du jetzt nicht aufhörst, dann ruf ich mir sofort ein Taxi und fahr nach Hause.«

»Ist ja schon gut«, lenkte Ricarda ein, und sie wechselten das Thema.

Es war kurz vor halb zehn, als Ricarda einen Anruf ihrer Tochter bekam. Mia hatte sich offenbar einen Virus eingefangen und war von den Eltern ihrer Freundin, bei der sie heute eigentlich übernachten wollte, eben nach Hause gebracht worden.

»Ich mache mich gleich auf den Weg«, versprach Ricarda und bestellte ein Taxi.

»Dann komme ich auch mit«, beschloss Eva. Was sollte sie auch ohne Ricarda noch hier? Viele der Gäste hatten sich ohnehin bereits verabschiedet.

»Sag Mia gute Besserung von mir«, bat Eva, als Ricarda eine Viertelstunde später vor ihrem Wohnhaus aus dem Taxi stieg.

»Mach ich. Gute Nacht.«

»Gute Nacht.«

»Und wo soll es jetzt hingehen?«, fragte der ältere Taxifahrer mit starkem bayerischen Dialekt und drehte sich zu Eva um. Sie gab ihm ihre Adresse.

Während sie durch die Stadt in Richtung Schwabing fuhren, waren noch viele Leute auf den Straßen unterwegs oder saßen in Straßencafés oder an Tischen vor den Restaurants und Bars. In der warmen Sommernacht herrschte überall noch pulsierendes Leben. Nur Eva fuhr nach Hause und war wieder mal allein. Ein bedrückender Gedanke. Es sei denn … Spontan warf sie ihren Vorsatz, Ben nicht mehr zu sehen, über den Haufen. Vielleicht hatte sie sich das mit dem Kuss ohnehin nur eingebildet, sagte sie sich. Und falls er doch vorgehabt hatte, sie zu küssen – meine Güte, schließlich hatte sie sich ja nicht darauf eingelassen! Und würde es auch in Zukunft nicht tun. Und außerdem – Johannes schien keinerlei Bedenken zu haben, so viel Zeit mit dieser Miriam zu verbringen, auch außerhalb der Arbeit. Vielleicht lief sogar was zwischen den beiden. Dann konnte sie auch mit Ben befreundet sein. Sie verstand sich gut mit ihm, warum sollte sie auf seine Gesellschaft verzichten?

Der Champagner, den sie bereits intus hatte, machte sie mutig. Sie fischte ihr Handy aus der Handtasche und suchte nach der Adresse der Kneipe, die Ben ihr gegeben hatte.

»Es gibt eine Änderung«, sagte sie zum Taxifahrer. »Kennen Sie das *Osterhald?*«

»Freilich. Das ist im Lehel«, sagte er.

»Genau. Bringen Sie mich bitte dorthin.«

»Wird gemacht.«

Vor der Kneipe standen die Leute dicht gedrängt an Stehtischen und unterhielten sich angeregt. Eva ging an ihnen vorbei und betrat das Lokal. Innen war nicht viel los. Nur drei Tische waren belegt, ansonsten spielte sich bei den angenehmen Temperaturen alles draußen ab. Eva war überrascht, wie groß der Raum war. Es gab sogar eine kleine Bühne am anderen Ende.

An der Theke zapfte ein etwas bullig wirkender Mann mit ausgeprägtem Dreitagebart und Schirmmütze Bier und nickte ihr grüßend zu. War das Bens Freund Toni?

Sie grüßte zurück, nahm an einem kleinen runden Tisch Platz und sah sich um. Die Einrichtung bestand aus dunklen Tischen, Stühlen und Bänken, die offensichtlich schon viele Jahre, wenn nicht gar Jahrzehnte zum Inventar gehörten. Und doch – oder gerade deswegen – strahlte das *Osterhald* eine gewisse Gemütlichkeit aus, die Eva gefiel. Sie griff gerade nach der kleinen Karte, als sich die Tür zur Küche öffnete. Ben kam heraus mit einem Tablett voller Essen, das er Richtung Ausgang trug. Als er sie bemerkte, erschien ein breites Lächeln auf seinem Gesicht.

»Hey! Wie schön, dass du doch gekommen bist«, rief er ihr zu. »Ich bin gleich bei dir.«

Ein paar Minuten später kam er wieder herein und setzte sich zu Eva an den Tisch.

»Ich kann dir jetzt leider nur kurz Gesellschaft leisten, aber ich freue mich wirklich, dass du da bist«, sagte er. »Ich dachte schon, dass du vielleicht … na ja …«, begann er, sprach jedoch nicht weiter.

Sie wusste, worauf er anspielte. Denn natürlich hatte sie es sich nicht nur eingebildet, dass er sie im Park hatte küssen wollen.

»Du dachtest sicher, dass ich es gewiss am Ende meines Lebens bereuen würde, heute nicht gekommen zu sein. Nicht wahr?«, überspielte sie die Situation mit einem Lächeln.

»Genau das!«, antwortete er und wirkte erleichtert.

»Hey, Ben. Ist das diese unglaublich attraktive Frau aus dem Park?«, fragte der Bärtige von der Theke her.

»Ja, Toni, das ist Eva!«, sagte Ben und wirkte ein wenig verlegen.

Sie wusste nicht, was sie davon halten sollte, dass er mit seinem Freund auf diese Weise über sie sprach.

»Was möchtest du denn trinken?«, fragte Ben, um von Toni abzulenken.

Da Champagner in dieses Lokal so wenig zu passen schien wie Kaviar in eine Pommesbude, bestellte sie ein Glas Grauburgunder.

»Und dazu noch ein Mineralwasser mit Kohlensäure, bitte«, bat sie.

»Das geht aufs Haus«, sagte Toni Osterhald. »Immerhin hab ich letztes Mal euer Treffen gesprengt, als Ben spontan bei mir antreten musste.«

»Aber das muss doch nicht sein«, winkte Eva ab.

»Doch, doch … Toni wird schon nicht gleich pleitegehen, wenn er dir was spendiert«, beteuerte Ben.

Obwohl Ben noch einiges zu tun hatte, langweilte Eva sich keine Sekunde. Sie wechselte den Platz und setzte sich an die Theke, sodass sie sich in der Zwischenzeit mit Toni unterhalten konnte, während er einschenkte. Dabei fiel ihr auf, dass es schon ewig her war, dass sie alleine eine Kneipe besucht hatte. Damals war sie Anfang zwanzig und noch Single gewesen. Ab und zu war sie nach langen Unterrichtsstunden, oder wenn sie schon Proben oder Vorstellungen am Theater hatte, nicht gleich nach Hause gegangen, sondern hatte sich noch irgendwo ein Bier oder ein Glas Wein genehmigt, wenn sie noch zu aufgedreht gewesen war, um gleich schlafen zu gehen. Es hatte ihr gefallen, einfach an der Theke zu sitzen und ungezwungen mit Leuten zu plaudern, so wie jetzt mit Toni.

»Macht ihr hier Konzerte?«, fragte Eva mit Blick auf die kleine Bühne.

»Ja. Aber es finden auch Auftritte von Kabarettisten und Lesungen statt. Und zweimal im Monat gibt es eine offene Impro-Bühne«, erklärte er und deutete auf eine kleine Tafel an der Wand, auf der mit Kreide der nächste Termin notiert war. »Jeder darf eine Viertelstunde lang machen, wonach ihm ist. Singen, musizieren, schauspielern, Pantomime, völlig egal. Hauptsache, gut genug, dass man nicht ausgepfiffen wird.«

Eva lachte auf.

»Wie spannend.«

»Komm doch einfach mal vorbei. An diesen Abenden ist die Hütte meistens proppenvoll.«

»Ja, vielleicht klappt es mal«, sagte Eva ehrlich interessiert.

»Nächsten Samstag ist es wieder so weit.«

»Ich überlege es mir.«

Da etwas mit der Essensbestellung eines Gastes schiefgegangen war, blieb eine Portion knusprige Süßkartoffelpommes mit einem selbst gemachten Aioli-Dip übrig.

»Möchtest du?«, fragte Ben und stellte den Teller vor Eva auf die Theke.

Eva zögerte. So spät aß sie normalerweise selten noch etwas. Doch so richtig satt war sie von den Häppchen auf der Vernissage auch nicht geworden.

»Komm schon. Du musst sie wenigstens probieren«, ermunterte Toni sie.

»Na gut.«

Sie griff zu und tunkte ein Stück Pommes in den Dip.

»Hmm, schmeckt wunderbar!«, sagte Eva überrascht. »Womit sind die Pommes denn gewürzt?«

»Meine eigene Mischung aus verschiedenen geheimen Zutaten«, erklärte Toni augenzwinkernd. »Die ich aber nicht verraten werde.«

»Verstehe. Das würde ich auch nicht tun«, sagte Eva und schnappte sich ein weiteres Stück Pommes.

Es wurde nach dreiundzwanzig Uhr noch mal voller im Gastraum, nachdem draußen aus Lärmschutzgründen keine Bewirtung mehr stattfinden durfte. Im Hintergrund lief Musik, und Eva genoss es, einfach an der Bar zu sitzen und ungezwungen mit Toni und Ben zu plaudern, wenn er nicht gerade bediente.

»Sag mal. Ich spekuliere schon die ganze Zeit: Irgendwie kommst du mir bekannt vor«, meinte Toni, als Ben gerade an einem Tisch abkassierte. »Aber ich kann mich nicht erinnern, dass du schon jemals hier gewesen wärst.«

»Ich war tatsächlich noch nie hier. Leider. Aber ich kann mir auch nicht vorstellen, wo wir uns ansonsten schon mal begegnet wären«, sagte Eva.

»Hm …« Er schob seine Schirmmütze etwas zurück und kratzte sich nachdenklich die Stirn. »Normalerweise vergesse ich ein Gesicht nicht so schnell, vor allem wenn es so attraktiv ist. Aber da komm ich schon noch drauf.«

Vielleicht hatte er sie ja tatsächlich schon mal in einem Stück auf der Bühne gesehen, auch wenn es lange her war. Oder in einer kleinen TV-Rolle? Würde er sich daran erinnern? Solange sie Ben noch nicht mehr über sich erzählt hatte, wäre sie froh, wenn Toni nicht darauf käme.

»Schenkst du mir bitte noch mal ein Glas Mineralwasser ein?«, bat Eva, ohne auf sein Kompliment einzugehen.

»Klar.«

Kurz nach eins waren dann alle Gäste gegangen.

»Ich werde mir auch mal ein Taxi bestellen«, sagte Eva, die inzwischen schon etwas müde war.

»Wartest du bitte noch kurz, Eva?«, bat Ben.

Eva nickte.

Ben und Toni gingen zur Abrechnung in die Küche und kamen nach wenigen Minuten wieder zurück.

»Hat mich sehr gefreut, dass wir uns kennengelernt haben«, sagte Toni.

»Mich auch. Und danke für die nette Einladung heute.«

»Gern geschehen. Ich hoffe, du schaust mal wieder vorbei hier.«

»Ganz bestimmt. Schon allein wegen der Pommes!«

»Vielleicht weiß ich ja bis dahin auch wieder, woher ich dich kenne.«

»Ich bin gespannt«, sagte Eva so leichthin wie möglich.

»Du kennst Eva?«, fragte Ben überrascht.

»Nein, aber ich bin mir ganz sicher, dass ich sie schon mal irgendwo gesehen habe.«

»Ach … das würde mich allerdings auch interessieren«, meinte Ben.

»Sobald ich es weiß, sag ich es dir!«, versprach Toni.

»Ich glaube, ich muss jetzt wirklich langsam los«, drängte Eva.

»Ja, ich auch. Nacht, Toni. Und lieben Gruß an Carmen«, sagte Ben und griff nach seinem Rucksack. Carmen war Tonis Dauerverlobte, wie Eva inzwischen erfahren hatte, und arbeitete als U-Bahn-Fahrerin.

»Richte ich ihr gern aus«, meinte Toni. »Und danke noch mal fürs Aushelfen!«

»Immer gern.«

»Wiedersehen, Toni«, sagte Eva.

»Gute Nacht ihr zwei.«

»Es war wirklich toll, dass du da warst, Eva«, meinte Ben, als sie draußen vor seinem Fahrrad standen.

»Ja, ich fand den Abend auch sehr unterhaltsam!«, sagte Eva.

»Du, hör mal … ich wollte das die ganze Zeit schon mit dir besprechen, das heute im Park …«, begann er, doch Eva ließ ihn nicht ausreden.

»Das vergessen wir einfach«, schlug sie vor.

»Wenn du meinst.«

Klang da ein wenig Bedauern in seiner Stimme?

»Ich würde dich ja gerne mit meinem Fahrrad nach Hause bringen«, bot Ben an, während er die Kombination am Fahrradschloss eingab. »Aber ich gehe mal davon aus, dass du davon nicht sonderlich begeistert wärst.«

»Eher nicht so«, bestätigte sie lächelnd und bestellte über die App ein Taxi.

Plötzlich erinnerte sie sich an einen Abend vor vielen Jahren. Johannes und sie hatten sich erst kurz zuvor kennengelernt und waren ein paarmal miteinander ausgegangen. Es war mitten in der Nacht gewesen, als sie nach einer Theaterprobe zu ihrem Fahrrad eilte. Es hatte in Strömen geregnet. Da sie zu dieser Zeit immer etwas knapp bei Kasse gewesen war, hatte sie kein Geld für ein Taxi ausgeben wollen. Plötzlich war Johannes neben ihr aufgetaucht, um sie abzuholen. Rasch war sie zu ihm unter den großen Regenschirm geschlüpft. In dieser Nacht hatten sie sich zum ersten Mal geküsst. Und dann waren sie gemeinsam auf Evas Fahrrad nach Hause gefahren. Eva – auf dem Gepäckträger – hatte einen Arm um seine Hüfte geschlungen, und in der anderen Hand hatte sie den Regenschirm über sie beide gehalten, was jedoch nicht sonderlich viel gebracht hatte. Sie waren pitschnass in ihrer kleinen Wohnung angekommen.

»Eva? Sehen wir uns morgen Vormittag wieder im Park?«, riss Ben sie aus ihren Gedanken.

Eva schüttelte bedauernd den Kopf.

»Morgen geht es leider nicht.«

»Dann ein anderes Mal?«

»Gern … Hast du weit bis nach Hause?«

»Nein, keine zehn Minuten.«

Ein Taxi fuhr vor das Lokal.

»Das ging ja schnell«, sagte Ben und umarmte sie kurz zum Abschied, ohne irgendwelche Anstalten zu machen, sie zu küssen.

»Mach's gut, Ben.«

»Du auch, Eva.«

KAPITEL 10

Auf und Ab einer Ehe

Am nächsten Morgen wachte Eva mit leichten Kopfschmerzen auf. Sie hätte wohl doch besser auf das letzte Glas Wein verzichtet. Trotzdem war es ein sehr amüsanter Abend im *Osterhald* gewesen, der zudem bewiesen hatte, dass Ben und sie einfach nur gute Freunde sein konnten. Und dass diese gewisse Anziehungskraft, die von ihm ausging und die sie vor sich selbst nicht abstreiten konnte, zwar immer noch vorhanden war, aber keine Rolle spielen musste. Das Zusammensein mit ihm tat ihr gut und lenkte sie ab. Mehr wollte sie im Moment gar nicht.

Das Wetter hatte über Nacht umgeschlagen, und der Himmel war nach einem kurzen, aber heftigen Gewitter in den frühen Morgenstunden heute wolkenverhangen. Vermutlich würde weiterer Regen nicht lange auf sich warten lassen.

Da sie von den Süßkartoffelpommes immer noch satt war, machte Eva sich nur eine große Tasse Kaffee und ging damit wieder ins Schlafzimmer. Sie saß im Bett und las alle neuen Nachrichten auf dem Handy. Ricarda hatte geschrieben, dass Mia doch keinen Virus aufgeschnappt hatte, sondern noch in der Nacht mit einer akuten Blinddarmentzündung ins Krankenhaus eingeliefert worden war. Die Operation fand gerade statt. Eva schrieb zurück und wünschte alles Gute und bat ihre Freundin, sie auf dem Laufenden zu halten.

Sie hatte die Nachricht kaum abgeschickt, da rief Alisa über Facetime an.

»Guten Morgen, mein Schatz«, begrüßte Eva ihre Tochter erfreut.

»Hallo, Mama! Du bist ja noch im Bett«, stellte Alisa überrascht fest.

»Na ja … das Wetter ist nicht gerade der Hit, und ich dachte mir, dass es schön wäre, den Vormittag gemütlich mit Lesen zu verbringen.«

»So wie wir es früher oft gemeinsam gemacht haben«, sagte Alisa und hörte sich dabei fast etwas wehmütig an.

»Dir geht es doch gut? Du kommst zurecht in Berlin?«, wollte Eva wissen.

»Klar. Es ist super hier!«, beteuerte Alisa. »Nur manchmal … manchmal fehlt ihr mir schon ein wenig … Fehlst du mir vor allem, Mama.«

Eva schluckte.

»Du fehlst mir auch sehr … Aber hey, wir können jederzeit miteinander reden, wenn wir das wollen. Du weißt, dass du mich immer anrufen kannst«, munterte Eva ihre Tochter auf. »Und im Notfall springe ich in den Wagen und düse nach Berlin!«

»Das weiß ich doch … Wann kommt Papa denn zurück?«

»Heute Mittag.«

»Super, dann bist du nicht mehr allein!«

Eva wusste nicht, was sie darauf antworten sollte, und nickte nur.

»Wir könnten doch heute Abend alle gemeinsam essen«, schlug Alisa plötzlich vor.

»Gemeinsam essen? Möchtest du nach Hause kommen?«, fragte Eva verwirrt.

»Nein. Aber wenn ihr zu Abend esst, kann ich mich ja per Videochat dazuschalten«, schlug Alisa vor. »Ihr stellt den Laptop auf meinen früheren Platz, und das ist dann fast so, als ob ich mit euch am Tisch sitze. Nur dass es bei euch vermutlich was viel Besseres zu essen gibt als bei mir.«

Eva lachte.

»Eine gute Idee. Vorausgesetzt, dein Papa ist vom Flug nicht zu müde.«

»Ach, der schläft doch sowieso meistens im Flieger, dann ist er bestimmt wieder fit … Und wenn es heute nicht klappt, können wir es ja morgen versuchen.«

»Klar. Sobald er zu Hause ist, bespreche ich es mit ihm und sag dir Bescheid«, versprach Eva.

»Super!«

Sie unterhielten sich noch eine Weile, dann verabschiedete sich Alisa, die mit Mika das Spionagemuseum besuchen wollte.

Eva blieb noch eine Weile im Bett liegen und schaffte es endlich, ein paar Kapitel des Romans zu lesen, der schon seit einer Weile ungelesen auf ihrem Nachttisch auf sie gewartet hatte.

Johannes kam erst am frühen Nachmittag nach Hause. Das Flugzeug war zwar pünktlich gelandet, aber auf der Autobahn hatte es nach einem Unfall einen langen Stau gegeben, der ihn fast zwei Stunden aufgehalten hatte.

»Hallo, Eva«, begrüßte er sie.

»Hallo, Johannes. Wie war dein Flug?«

»Ziemlich turbulent wegen schlechten Wetters. Mein Magen ist jetzt noch ganz flau.«

Tatsächlich wirkte er etwas blass um die Nase. Dann musste es wirklich ein unruhiger Flug gewesen sein, denn Johannes war normalerweise nicht zimperlich.

»Oje … das tut mir leid.«

»Schon gut. Ich gehe mal nach oben und packe meine Sachen aus.«

»Möchtest du etwas essen oder Kaffee vielleicht?«

»Danke, aber ich bin nicht hungrig, nur müde. Ich lege mich dann besser ein wenig schlafen.«

»Natürlich.«

Er stand schon an der Treppe.

»Johannes?«

Er drehte sich zu Eva um.

»Alisa hat gefragt, ob wir heute Abend gemeinsam essen. Also, mit ihr per Videoschaltung.«

Er schüttelte bedauernd den Kopf.

»Das wäre wirklich schön. Aber leider muss ich später noch ins Büro. Ich möchte heute unbedingt noch einen Teil der Sachen abarbeiten, die in der letzten Woche liegen geblieben sind.«

Ja, klar. Wie sollte es auch anders sein.

»Verstehe«, sagte sie nur.

»Tut mir wirklich leid. Vielleicht morgen?«

»Ja, gut. Ich sage Alisa Bescheid.«

»Musst du nicht. Ich möchte sie sowieso anrufen«, erklärte Johannes.

»Schön. Dann mach du das.«

Er war schon auf dem Weg nach oben, da rief sie: »Wird diese Miriam heute Abend auch im Büro sein?«

Er blieb stehen und drehte sich zu ihr um. Er sah sie mit einem Blick an, den sie nicht deuten konnte.

»Wieso willst du das wissen?«, fragte er schließlich.

Eva wusste keine Antwort. Es war ihr peinlich, dass ihr die Frage herausgerutscht war. Doch sie hielt seinem Blick stand.

»Aber da dich das offenbar sehr zu interessieren scheint: Ja, Miriam wird heute auch noch im Büro arbeiten.«

Eva hatte den ganzen Tag versucht, nicht über den Zustand ihrer Ehe nachzudenken, was ihr jedoch kaum gelang. Vielleicht sollte sie alles einfach so laufen lassen, wie es war? Jeder lebte mehr oder weniger sein eigenes Leben und stellte keine Fragen. Und für Alisa waren Johannes und sie weiterhin die Eltern, auf die sich ihre Tochter verlassen konnte. Doch wie lange konnte das gut gehen?

Ihre Grübelei wurde von Ricardas Anruf unterbrochen. Glücklicherweise hatte ihre Freundin großen Redebedarf, und sie telefonierten am Abend fast drei Stunden lang. Eva kannte am Ende sämtliche Einzelheiten über Mias Blinddarmoperation und den Krankenhausaufenthalt, einschließlich einer detaillierten Beschreibung des überaus attraktiven Chirurgen.

Es war fast Mitternacht, als Johannes aus der Firma heimkam.

Eva war gerade dabei, Melissentee aufzubrühen. Sie goss sprudelnd heißes Wasser in die Porzellankanne und setzte dann den Deckel darauf.

Kurz darauf betrat Johannes die Küche. Er wirkte etwas frischer als nach seiner Rückkehr. Offenbar hatte ihm der Nachmittagsschlaf gutgetan. Oder das Zusammensein mit Miriam in der Firma?

»Guten Abend, Eva«, begrüßte er sie.

»Guten Abend, Johannes.«

»Machst du Tee?«

»Ja. Möchtest du auch welchen?«

»Sehr gern.«

»Es ist Melissentee.«

»Der wird mir sicher nicht schaden«, sagte er mit einem leisen Lächeln. »Der Jetlag schlaucht mich ziemlich diesmal. Vielleicht kann ich damit ja besser einschlafen.«

Eva holte eine zweite Tasse aus dem Regal.

»Er muss noch ein paar Minuten ziehen.«

»Klar.«

Johannes stellte seine Laptoptasche auf einen Stuhl und nahm am Tisch Platz.

»Mit Alisa habe ich gesprochen. Wir haben morgen für neunzehn Uhr das gemeinsame Abendessen ausgemacht«, sagte er.

»Falls nicht wieder etwas dazwischenkommt.« Eva konnte sich die Bemerkung nicht verkneifen.

Johannes seufzte.

»Es tut mir leid, wenn meine Arbeit nicht berechenbar ist und so viel Zeit erfordert«, sagte er. »Glaub mir, ich wünschte, es wäre anders. Aber ich werde alles daransetzen, dass ich morgen rechtzeitig zu Hause bin.«

»Schon gut«, sagte Eva, die jetzt keine Diskussion lostreten wollte.

»Wie war eigentlich deine Woche?«, fragte er.

»Ereignislos«, antwortete Eva nur.

Er griff nach seiner Tasche und öffnete sie.

»Ich hab dir was mitgebracht … Für den Flug nach Seattle wollte ich mir etwas zum Lesen besorgen, da habe ich das in einer Buchhandlung am Flughafen entdeckt.«

Er reichte ihr eine Papiertüte.

Eva sah ihn überrascht an.

»Für mich?«

Er nickte.

»Ja. Für dich.«

Eva holte aus der Tüte ein Buch: *In meinen Träumen läutet es Sturm* – Gedichte und Epigramme aus dem Nachlass von Mascha Kaléko.

»Wenn mich nicht alles täuscht, hast du das noch nicht«, sagte Johannes.

»Nein. Das habe ich tatsächlich noch nicht. Vielen Dank, Johannes.«

Eva freute sich über das Geschenk. Sie liebte das Werk der Dichterin Mascha Kaléko, die es wie kaum eine andere verstanden hatte, in ihren Gedichten feine Ironie gefühlvoll in Alltagssituationen zu verpacken.

Doch fast noch mehr freute sie sich über die Aufmerksamkeit ihres Mannes, mit der sie nicht gerechnet hatte.

»Danke«, sagte sie noch mal.

»Gern geschehen. – Denkst du, der Tee ist schon so weit?«

»Ja, Moment.«

Sie schenkte ein und stellte die Tassen auf den Tisch. Dann nahm sie ihm gegenüber Platz.

»Danke, Eva.«

Eine Weile sagte keiner ein Wort. Eva war durch das unerwartete Geschenk, das auf die eher unschöne kurze Begegnung am Nachmittag folgte, etwas irritiert. Es war zu persönlich, um es als einfaches Mitbringsel zu sehen.

Wollte er damit etwas wiedergutmachen? Hatte er ein schlechtes Gewissen wegen der Sache mit Miriam? Doch so, wie sie es verstanden hatte, hatte er das Buch schon vor dem Abflug nach Amerika gekauft. Eva wusste nicht, was sie davon halten sollte.

»Mia ist im Krankenhaus«, sagte sie schließlich, um irgendwas zu sagen.

»Oje. Was Schlimmes?«

»Nur der Blinddarm. Sie hat die Operation gut überstanden.«

»Das freut mich.«

Johannes nahm die Tasse und nippte vorsichtig am heißen Tee. Ihr Blick fiel automatisch auf seine Hände. Sie waren schlank, aber doch kraftvoll und stark.

Im Gegensatz zu ihr trug Johannes seinen goldenen Ehering immer. Eva hingegen steckte ihn nur zu besonderen Gelegenheiten an, wenn sie als Paar oder als Familie oder auf öffentlichen Veranstaltungen unterwegs waren. Gegen Ende ihrer Schwangerschaft hatte sie damals den Ring, den Johannes als Überraschung zur Hochzeit mit einem hochkarätigen Diamanten hatte versehen lassen, in ihr Schmuckkästchen gepackt, weil er ihr durch die Wassereinlagerungen vorübergehend zu eng geworden war. Als Alisa geboren war, trug sie den Ring ebenfalls nicht, aus Sorge, das wertvolle Stück im Alltag mit einem kleinen Kind womöglich zu verlieren.

Johannes hatte es mit Humor genommen.

»Hauptsache, du vergisst nicht, dass du mit mir verheiratet bist«, hatte er gesagt.

»Wie könnte ich das jemals vergessen?«, hatte sie entgegnet.

Eva bemerkte nicht, dass sie bei der Erinnerung daran lächelte.

»Woran denkst du gerade?«, fragte Johannes, dem ihr Lächeln nicht entgangen war.

Jetzt von ihren Eheringen zu sprechen, fand sie nicht wirklich passend, deswegen wich sie aus.

»Ich musste nur an Ricarda denken. Sie war wegen Mia heute ziemlich verpeilt«, sagte sie stattdessen.

»Kann ich mir gut vorstellen«, meinte Johannes. »Sie dreht ja schon fast durch, wenn die Zwillinge nur einen harmlosen Schnupfen haben. Gut, dass sie einen Mediziner als Mann hat.«

»Allerdings … Hast du irgendeinen Wunsch für das Abendessen morgen?«, fragte Eva.

Er schüttelte zuerst den Kopf, doch dann fiel ihm offenbar etwas ein.

»Ja, ich würde mich freuen, wenn du Kaiserschmarren machst«, sagte er lächelnd. »Falls es nicht zu viel Arbeit ist.«

»Ist es nicht«, beteuerte Eva und ließ sich ihre Verblüffung nicht anmerken. Kaiserschmarren hatte sie kurz nach ihrem Kennenlernen gekocht, als sie Johannes zum ersten Mal in ihre Wohnung zum Abendessen eingeladen hatte. Aber es war auch das Lieblingsgericht ihrer Tochter. Wieso wünschte sich Johannes ausgerechnet das? Er irritierte sie heute mit seinem Verhalten.

Sie trank einen Schluck Tee.

»Weißt du, was ich mir in den letzten Tagen so überlegt habe?«, fragte Johannes.

»Was denn?«

»Nachdem du jetzt so viel allein daheim bist und es ja vielleicht mit einem passenden Job für dich auch nicht ganz so einfach wird, könnten wir uns doch ein Haustier zulegen. Vielleicht einen Hund, mit dem du täglich spazieren gehen könnest. Oder, wenn du möchtest, eine kleine Katze?«

Eva sah ihn verdutzt an.

»Wir sollen uns ein Haustier anschaffen?«

»Ja. Platz genug haben wir doch. Dann käme vielleicht auch wieder ein wenig Leben ins Haus. Für dich muss es doch wirklich recht einsam sein, seit Alisa nach Berlin gezogen ist.«

Sie wusste nicht, ob sie lachen oder weinen sollte. Er wollte, dass ein Hund oder eine Katze ihr in den einsamen Stunden Gesellschaft leistete? War das sein Ernst?

Sie hatte nichts gegen Tiere, absolut nichts. Aber es schien ihr, als ginge es hauptsächlich darum, dass er sich besser fühlte, wenn Eva wieder irgendeine Aufgabe hätte. Offenbar zog er es gar nicht in Erwägung, dass sie in nächster Zeit einen Job finden könnte und dann gar nicht die Zeit hätte, sich angemessen um ein Haustier zu kümmern.

Vorhin, als er ihr das Geschenk gemacht hatte, hatte sie fast den Eindruck gehabt, er suche einen Weg für eine Annäherung. Aber jetzt kam es ihr vor, als ob er sie einfach nur beschäftigen wollte. Mit dem Buch, mit dem Kochen und dann noch mit einem Haustier! Denn die ganze Arbeit mit einem vierbeinigen Hausgenossen würde ohnehin nur an ihr hängen bleiben.

»Ehrlich gesagt habe ich keine Lust auf ein Haustier«, erklärte sie so gelassen wie möglich.

»Schade«, sagte er. »Aber vielleicht überlegst du es dir ja noch.«

In diesem Moment kam eine Nachricht auf seinem Handy an, das neben ihm auf dem Tisch lag.

»Entschuldige«, sagte er und griff danach.

Eva wollte gar nicht wissen, von wem die Nachricht war. Sie stand auf und nahm die Tasse.

»Gute Nacht, Johannes.«

»Gute Nacht.«

Am nächsten Morgen wartete sie mit dem Aufstehen, bis Johannes aus dem Haus war. Sie hatte nur wenig geschlafen, weil sie ständig gegrübelt hatte, was hinter seinem Verhalten stecken mochte. Gleichzeitig fragte sie sich, ob sie nicht einfach zu viel in alles hineininterpretierte.

Nach einem späten Frühstück zog sie sich an und machte einen Spaziergang. Wie magisch zog es sie in den Englischen Garten – weil sie hoffte, Ben zu treffen. Doch um diese Zeit hatte er sicher Unterricht, und sie konnte nicht davon ausgehen, dass er wieder mit den Schülern im Park unterwegs war. Jetzt bereute sie, dass sie nichts ausgemacht oder besser noch Telefonnummern getauscht hatten.

Sie ging zu einer etwas abseits gelegenen, verwittert aussehenden Bank in der Nähe des Kleinhesseloher Sees im mittleren Bereich des Englischen Gartens. Bevor sie sich setzte, suchte sie nach dem Zeichen, das sie damals mit Alisa ins Holz geritzt hatte. Und tatsächlich fand sie die kleine Kerbe an der vermuteten Stelle. Auch diesmal machte sie ein Foto und schickte es an ihre Tochter. Inzwischen waren es bereits vier markierte Bänke, die sie bei ihren Spaziergängen wiedergefunden hatte und die ihr wie kleine Aussichtspunkte in die Vergangenheit erschienen. Sie sah sich selbst, wie sie ihre Tochter aus dem Rollstuhl hob und auf die Bank setzte und danach die mitgebrachten Speisen für das Picknick auspackte. Fast glaubte sie, Alisas kindliches Lachen und ihre neugierigen Fragen zu hören. Die Sehnsucht packte sie, nach dieser Zeit, die trotz Alisas körperlicher Beeinträchtigung erfüllt war von Frohsinn, Spaß und spannenden Ausflügen, in denen sie ihre eigene kleine Welt entdeckten. Zog es sie deswegen jetzt immer wieder hierher, um eine neue kleine Welt *für sich* zu entdecken? Eine Welt mit Ben?

Eva nahm Platz und beobachtete die wenigen Leute in der Nähe. Etwas abseits, fast versteckt hinter Büschen, küsste sich ein junges Paar. Hatten die beiden eine Affäre, von der niemand wissen durfte?, überlegte Eva. Oder wollten sie einfach nicht in ihrer Zweisamkeit gestört werden?

Eine ältere Frau mit einem hübschen silbernen Kurzhaarschnitt führte einen Golden Retriever an der Leine, der gemütlich neben ihr hertrabte. Plötzlich blieb sie stehen und holte aus ihrer Jackentasche eine kleine Tüte mit Hundeleckerlis. Voller Vorfreude wedelte der Hund mit dem Schwanz. Die Frau hob einen Finger, und der Hund gehorchte augenblicklich und setzte sich. Lächelnd gab sie ihm eine Belohnung, die er mit einem Happs verspeiste. Sie streichelte dem Tier lobend über den Kopf, das erneut mit dem Schwanz wedelte, dann spazierten sie weiter.

Eva sah den beiden eine Weile hinterher und wurde nachdenklich. Vielleicht wäre es doch gar keine so schlechte Idee, wenigstens über einen Hund oder ein anderes Haustier nachzudenken. Womöglich hatte sie Johannes gestern sogar ein wenig unrecht getan, als er ihr den Vorschlag gemacht und sie ihn sofort zurückgewiesen hatte. In ihrer Kindheit war sie mit Katzen aufgewachsen. Und Johannes' Schwester Judith hatte einen Hund gehabt, den Eva sogar noch kennengelernt hatte, kurz bevor er an Altersschwäche gestorben war. Natürlich bedeutete so ein Tier große Verantwortung. Aber sie hatte ja auch noch ihre Zugehfrau Gerti, die einspringen konnte. Außerdem gab es Hundepensionen und Tiersitter für den Notfall. Sie würde es sich unvoreingenommen noch mal durch den Kopf gehen lassen und vielleicht sogar mit Johannes und Alisa heute Abend darüber reden.

Den Nachmittag über machte sie sich Notizen zu der Idee, die ihr seit gestern wegen eines Videos durch den Kopf ging, das sie bei Casting-Agenturen einreichen konnte. Sie versuchte sich an kurzen Texten und arbeitete die verschiedenen Rollen aus. Die jonglierende Frau an der Isar hatte sie inspiriert. Eva wollte in verschiedene Rollen schlüpfen: eine Ärztin auf der Kinderstation, eine Frau, die in einen Zirkusartisten verliebt war, eine Studentin, die sich für einen Job in einem Saftladen bewarb, und schließlich auch noch eine ältere Dame, die Angst davor hatte, dement zu werden. Sie würde diese Figuren mit all ihren Hoffnungen, Ängsten und Träumen über das Jonglieren präsentieren, das sie für ihren ganz individuellen Zweck trainierten. Doch dafür musste sie selbst natürlich ebenfalls üben. Da sie keine geeigneten Bälle hatte, versuchte sie es zunächst mit Orangen. Doch das funktionierte nicht. Kurz entschlossen fuhr sie in die Stadt und ging in einen Spielzeugladen, um sich geeignete Bälle zu besorgen.

Da es zunächst auch damit nicht funktionierte, suchte sie nach einem Tutorial auf YouTube, in dem sehr verständlich beschrieben wurde, wie man vorgehen musste. Überraschenderweise klappte es danach relativ schnell, und es gelang ihr bald schon, alle drei Bälle mal kürzer, mal länger in einem gleichmäßigen Rhythmus zu halten. Doch um so geschickt zu jonglieren, dass sie sich auch noch auf ihre Rollen und die Texte konzentrieren konnte, würde sie noch viel trainieren müssen. Was ihr jedoch nichts ausmachte, im Gegenteil: Sie fand richtig Gefallen an der Herausforderung. Alisa würde Augen machen, wenn sie es ihr zeigte, sobald sie sicherer mit den Bällen war.

Gut gelaunt, weil sie endlich etwas unternommen hatte, das sie ihrem Ziel näherbrachte, machte sie sich am späten Nachmittag an die Vorbereitungen für den Kaiserschmarren. In der Küche hörte sie laut Musik aus dem Radio, während sie Äpfel für das Kompott schälte, das es zur Süßspeise geben sollte.

Es war fast halb sieben, als sie die Eier für den Teig trennte und das Eiweiß mit einer Prise Salz schnittfest schlug. Dann gab sie Kokosöl in die große Pfanne, das dem Kaiserschmarren beim Ausbacken einen ganz besonders feinen Geschmack verlieh.

Eine Nachricht von Alisa ging ein.

Bin noch mit Mika unterwegs und schaffe es vermutlich nicht ganz pünktlich zurück. Ist 19.15 Uhr auch okay? Freue mich schon sehr auf gleich. Bussi!

Okay! Bis gleich!, schrieb Eva zurück, siebte dann Mehl über die mit etwas Zucker und dem Mark einer frischen Vanilleschote aufgeschlagenen Eigelbe und verrührte alles. Vorsichtig hob sie zum Schluss das steife Eiweiß unter, als ihr Handy klingelte.

Johannes!

Das konnte doch nicht wahr sein! Sofort rutschte ihre Stimmung in den Keller. Sie ahnte, was es bedeutete, wenn er sie so kurz vor dem zugesagten Eintreffen noch anrief.

»Ja, hallo?«, meldete sie sich.

»Eva … ich weiß, ich hab es versprochen …« Seine Stimme war voller Bedauern. »Und es tut mir so leid, aber diesmal gibt es wirklich …«

»Schon gut«, unterbrach sie ihn und legte auf. Sie wollte es gar nicht hören.

KAPITEL 11

Schmetterlinge im Bauch

Alisa hatte wie üblich Verständnis für ihren Vater gezeigt. Auch Eva hatte sich nichts anmerken lassen. Es war ja nichts Neues, dass Johannes mal wieder eine Verabredung mit der Familie der Arbeit wegen nicht eingehalten hatte.

Nachdem Mika sich spontan zum Videogespräch dazugesellte und die jungen Leute viel zu erzählen hatten, war der Abend für Eva trotzdem recht vergnüglich verlaufen.

Da Johannes sich auf eine bevorstehende Geschäftsreise zu einer Fachmesse nach Nairobi vorbereitete, auf der Holter-Rosenberg mit einem Messestand vertreten war, versuchten sie erst gar nicht, für die kommende Woche ein weiteres gemeinsames Abendessen zu vereinbaren. Doch Eva kam das im Moment sehr gelegen. Zum ersten Mal seit dem Auszug ihrer Tochter genoss sie es, dass sie keine anderen Verpflichtungen hatte und sich den Tag so einteilen konnte, wie es ihr gefiel.

Sie fokussierte ihre Energie auf die Vorbereitungen für das Casting-Video. In jeder freien Minute übte sie mit den Bällen und schlüpfte dabei in die Rollen, die sie spielen wollte. Gelegentlich ging sie zu verschiedenen Tageszeiten in den Park, doch sie traf Ben nicht mehr an.

Am Donnerstagfrüh hatte sie einen Friseurtermin für ein anschließendes Fotoshooting, das bis zum frühen Abend dauerte. Der Fotograf hatte als Setting das Olympiagelände vorgeschlagen. Eva schlüpfte in verschiedene Outfits, in denen sie von sportlich-lässig über romantisch bis hin zu elegant und geheimnisvoll unterschiedliche Facetten ihrer Persönlichkeit zeigen konnte. Anfangs war sie etwas nervös, doch der erfahrene Fotograf half ihr mit seiner lockeren Art, ihre Unsicherheit abzuschütteln und selbstbewusst und mit Freude zu posieren.

»Ich sehe jetzt schon, dass wir viele gute Bilder dabeihaben«, sagte er am Ende begeistert und versprach, in der kommenden Woche eine Auswahl zu schicken.

Damit war ein wichtiger Schritt für Evas Vorhaben und das baldige Treffen mit ihrer ehemaligen Agentin getan.

Am Freitagmorgen überraschte Alisa ihre Mutter am Telefon mit der Nachricht, dass sie die endgültige Zusage für ihren Studienplatz bekommen hatte.

»Wow, mein Schatz! Wie großartig!«, rief Eva glücklich. »Das hast du dir wirklich verdient! Ich freue mich riesig für dich!«

In diesem Moment kam Johannes in die Küche.

»Ist das Alisa?«, wollte er wissen.

Eva nickte.

»Ich gebe dir mal deinen Papa, dann kannst du es ihm auch gleich erzählen!«, sagte Eva und reichte Johannes das Handy. Während er telefonierte und seiner Tochter überschwänglich gratulierte, bereitete Eva sich eine Tasse Kaffee zu.

»Brauchst du deine Mutter noch mal?«, fragte Johannes mit einem Blick zu seiner Frau. »Nicht? … Ihr telefoniert später noch mal? …Okay … Und ich ruf dich in den nächsten Tagen mal aus Kenia an … Klar gebe ich auf mich acht. Ciao, meine Süße, und noch mal herzlichen Glückwunsch!«

Er legte auf und gab Eva das Handy zurück.

»Unsere Tochter ist also ab dem Herbst eine Studentin an der Universität der Künste!«, sagte er mit stolzem Lächeln.

»Ja. Das ist sie«, erwiderte Eva, nicht minder stolz, auch wenn sie bis vor Kurzem niemals damit gerechnet hätte, dass Alisa ihre Studienzeit in Berlin verbringen würde.

»Hör mal, Eva. Ich weiß, dass ich es in der letzten Zeit mehrmals vermasselt habe, aber wenn ich zurück bin aus Nairobi, dann müssen wir unbedingt unser gemeinsames Essen mit Alisa nachholen und auf sie anstoßen«, schlug Johannes vor.

»Wäre schön, wenn es klappt«, sagte Eva und meinte es auch so. Sie freute sich im Moment viel zu sehr über die gute Nachricht, als dass sie mit Johannes eine Diskussion darüber anfangen wollte, wie oft er seine Familie versetzt hatte. Letztlich war dies ein ganz besonderer Moment und ein Meilenstein in ihrem Leben als Eltern, den sie ohne jeden Missklang genießen wollte.

»Dass Alisa es geschafft hat, liegt hauptsächlich an dir, Eva«, sagte Johannes. »Du warst immer für sie da, hast sie ermuntert und bestärkt, jede Hürde zu überwinden und sich zuversichtlich dem Leben zu stellen. Dir hat sie es am allermeisten zu verdanken, dass sie zu dieser starken und offenen jungen Frau geworden ist. Außerdem hast du ihr die Welt der Kunst eröffnet, ohne sie je zu etwas zu drängen. Ich finde, das hast du wirklich großartig gemacht. Danke dafür.«

Sie schluckte bei seinen unerwarteten freundlichen Worten.

»Na ja. Du hast schon auch deinen Teil dazu beigetragen«, sagte sie dann.

»Eher nur einen kleinen. Aber wenigstens konnte ich euch den finanziellen Rahmen bieten, damit ihr alle Möglichkeiten hattet«, meinte er lächelnd – und ruinierte damit den Augenblick. Er schien es selbst zu bemerken. Sein Lächeln verschwand.

»Tut mir leid. Das sollte jetzt nicht so rüberkommen, ich wollte eigentlich sagen, dass ich froh bin …« Er suchte vergeblich nach den richtigen Worten und sah dann auf die Uhr. »Oh, so spät schon. Ich muss los zum Flughafen.«

Eva hätte gerne gewusst, was er hatte sagen wollen, doch er griff schon nach seiner Laptoptasche.

»Okay … gute Reise, Johannes, und viel Erfolg.«

»Danke.«

An diesem Tag machte sie die ersten Versuche, mit der Handykamera Videos aufzunehmen. Dafür hatte sie sich extra ein Stativ und auch ein Schnittprogramm gekauft, das relativ einfach in der Handhabung war. Natürlich waren es keine professionellen Aufnahmen, aber für den Anfang würde es reichen. Und es lief besser als gedacht. Trotzdem war sie nicht zufrieden, als sie die einzelnen Aufnahmen später zu einem siebenminütigen Film zusammenschnitt. Es lag nicht an der Qualität der Kamera. Es klappte auch gut mit dem Jonglieren. Sie musste dafür ohnehin nicht perfekt sein, denn das waren die Frauen in den unterschiedlichen Rollen, in die sie schlüpfte, ebenfalls nicht. Auch die Texte beherrschte sie, beziehungsweise improvisierte sie so gut, dass es passte. Und doch fand sie sich selbst nicht überzeugend, als sie das fertige Video betrachtete. Etwas fehlte. Sie versuchte es erneut ganz von vorne, tauchte ein in die unterschiedlichen Rollen, doch das Ergebnis war auch jetzt nicht besser. Es war fast schon Mitternacht, als sie es schließlich für heute gut sein ließ. Sie würde es in den nächsten Tagen noch mal versuchen. Immerhin wusste sie jetzt, dass hinsichtlich der Technik alles klappte.

Als Eva im Bett lag, konnte sie lange nicht einschlafen und grübelte darüber nach, was sie noch verbessern konnte. Dazwischen schlich Ben sich immer wieder in ihre Gedanken. Eine

Woche war es nun her, seitdem sie sich zum letzten Mal im Park und später am Abend dann im *Osterhald* gesehen hatten. Ob er morgen wieder im Englischen Garten sein würde?, fragte sie sich und nahm sich vor, schon früh dort zu sein, um das herauszufinden.

Doch als sie aufwachte, war es schon kurz nach halb neun! Sie hatte vergessen, den Wecker zu stellen, und viel länger geschlafen, als sie es normalerweise tat. Sie stand auf und stellte sich rasch unter die Dusche. Um nicht noch mehr Zeit zu verlieren und ihn womöglich deswegen zu verpassen, trank sie nur einen Schluck Wasser und ging dann eilig aus dem Haus. Das Wetter war durchwachsen, und die Sonne musste sich immer wieder durch watteweiße, dicke Wolken kämpfen. Eva war froh, dass sie eine leichte Jacke über ihre Bluse gezogen hatte, auch wenn die Temperatur vermutlich im Lauf des Tages steigen würde.

Als sie in die Nähe der Stelle an der Isar kam, an der sie sich in der letzten Woche begegnet waren, lächelte sie. Ben saß auf einer Decke und tippte etwas in sein Handy. Er hatte sie noch nicht bemerkt. Einen Moment blieb sie stehen und betrachtete ihn. Er trug diesmal keine Sportsachen, sondern Jeans und ein hellgraues T-Shirt, darüber ein dunkelblau kariertes Hemd, das er offen wie eine Jacke trug. Neben ihm lag sein Rucksack.

Langsam ging sie auf ihn zu.

»Entschuldigung, ist hier vielleicht noch ein Platz für mich frei?«, fragte sie, als sie neben ihm stand.

Ben sah zu ihr hoch, und in seinen Augen blitzte zuerst Überraschung und gleich darauf Freude auf.

»Hm. Eigentlich hatte ich den Platz ja für eine berühmte Schauspielerin reserviert, deren Namen ich nicht verraten darf, aber nachdem ich keine Lust mehr habe, hier noch weiter allein zu warten, kannst du dich gerne setzen«, sagte er mit einem Augenzwinkern.

Evas Lächeln rutschte für einen Moment aus ihrem Gesicht. Scherzte er nur, oder hatte er ihren Beruf inzwischen tatsächlich herausgefunden und zog sie damit auf?

»Hey, das war nur ein Spaß. Ich kenne doch überhaupt keine Schauspielerin«, beteuerte er glaubhaft. Offenbar hatte er ihre Irritation bemerkt. »Natürlich ist der Platz für dich reserviert!«

»Aber nicht, dass du meinetwegen ein aufregendes Date versäumst!«, sagte Eva in bemüht heiterem Ton, um sich ihre Erleichterung nicht anmerken zu lassen, und setzte sich zu ihm auf die Decke.

»Ich kann mir nicht vorstellen, etwas zu versäumen, wenn du neben mir sitzt«, meinte er mit einem Lächeln, das ihr Herz ein wenig schneller schlagen ließ. »Vor allem nicht, da ich jeden Tag hier nach dir Ausschau gehalten habe. Ich dachte schon, du hast keine Lust mehr, mich zu sehen.« Es lag kein Vorwurf in seiner Stimme.

»Ich war ein paarmal hier«, erklärte sie. »Leider haben wir uns wohl immer verpasst.«

»Schade.«

Er strich sich kurz durchs Haar.

»Ich finde unsere zufälligen Begegnungen ja echt spannend, Eva«, meinte er. »Aber hältst du es denn für denkbar, dass wir auch außerhalb des Parks irgendwie in Kontakt treten?«

Eva hatte sich auf dem Weg hierher ähnliche Gedanken gemacht.

»Ja, das wäre denkbar«, antwortete sie. »Und ich habe mir auch schon etwas überlegt. Wir können uns gern E-Mails schreiben«, schlug sie vor.

»E-Mails?« Er sah sie verdutzt an. »Ich hatte eher gedacht, dass wir vielleicht unsere Handynummern tauschen.«

»Weißt du ...«, begann sie.

»Schon gut, Eva«, unterbrach er sie mit einem schrägen Lächeln. »Es ist auch okay, wenn wir uns E-Mails schreiben. Hauptsache, es gibt überhaupt eine Möglichkeit, wie wir uns verständigen können.«

Er gab ihr seine E-Mail-Adresse, die sie als neuen Kontakt in ihr Handy eintippte.

»Danke. Ich werde dir gleich von zu Hause schreiben«, versprach sie. »Dann hast du meine Adresse auch.«

»Ich bin gespannt ... Immerhin sind wir jetzt schon mal einen Schritt weiter.«

»Stimmt.«

»Wie war deine Woche?«

»Ereignisreich! Ich habe angefangen, ernsthaft auf mein Ziel hinzuarbeiten«, verriet sie.

»Hey, toll! Und der neue Haarschnitt steht dir ausgesprochen gut. Sieht frech aus.«

»Oh, danke«, sagte sie und freute sich, dass ihm – im Gegensatz zu Johannes, der kein Wort darüber verloren hatte – ihre neue, etwas stufiger geschnittene Frisur aufgefallen war.

»Schau mal, was ich mir besorgt habe«, sagte sie und griff in ihre Umhängetasche.

Neugierig sah er ihr dabei zu, wie sie drei Bälle herausholte, die sie kurz vor ihrem Aufbruch in die Tasche gesteckt hatte.

Er lachte überrascht.

»Hast du dich auch in dem Saftladen beworben? Oder gibt es da einen Artisten, von dem ich wissen sollte?«, fragte er amüsiert.

Sie schüttelte lächelnd den Kopf.

»Nicht wirklich.« *Nur in meinen Rollen,* dachte sie. »Aber die Bälle haben trotzdem eine wichtige Bedeutung für das, was ich vorhabe.«

»Gut, dass ich gar nicht wissen möchte, worum es geht«, sagte er, und Eva meinte, eine Spur von Ironie wahrzunehmen. Und sie konnte es auch nachvollziehen, dass er langsam ungeduldig wurde mit ihrer Geheimnistuerei. Sie war ohnehin überrascht, dass er das so klaglos akzeptierte.

Kurz war sie versucht, ihm zu erzählen, was sie vorhatte. Doch noch immer hielt sie etwas davon ab. Solange er nicht wusste, wer sie war, konnte sie jederzeit die Notbremse ziehen. Auch wenn sie sich das im Moment gar nicht vorstellen konnte. Sie fühlte sich viel zu wohl in seiner Gesellschaft.

»Irgendwann verrate ich es dir. Magst du sehen, wie gut ich es schon kann?«

»Ich kann es kaum mehr erwarten. Beides«, antwortete er.

Eva erhob sich und stellte sich gerade hin. Auch Ben stand auf und sah ihr neugierig zu. Doch gleich der erste Versuch misslang. Sie zuckte die Schultern und hob den Ball auf, der hinuntergefallen war.

»Vorführeffekt!«, murmelte sie und versuchte es erneut. Diesmal klappte es, und sie jonglierte die Bälle gekonnt.

»Ist ja irre. Du machst das schon richtig gut«, rief er erstaunt. »Jetzt ist mir klar, warum wir uns die ganze Woche nicht gesehen haben«, witzelte er. »Du musst ja Tag und Nacht geübt haben.«

Sie ließ sich nicht ablenken und machte konzentriert weiter. Schließlich schnappte er sich einen der Bälle aus der Luft und unterbrach sie.

»Darf ich es auch mal versuchen?«, fragte er.

»Klar!«

Er wollte nach den beiden anderen Bällen greifen, doch sie schüttelte den Kopf.

»Erst mal musst du ein Gefühl für die Bälle kriegen«, sagte sie, und dann erklärte sie ihm, wie er es am besten angehen sollte.

Er hörte aufmerksam zu.

»Zuerst mal mit einem Ball einfach nur auf und ab werfen, dann mit dem zweiten in der anderen Hand.«

Sie machte es ihm vor und ließ es ihn dann ausprobieren.

»Genau so. Und erst dann kommt der dritte Ball dazu.«

Sie nahm ihm die Bälle wieder ab und zeigte ihm genau, wie er werfen musste, bevor er es selbst versuchte. Doch es gelang ihm nicht.

»Bei dir sieht es viel einfacher aus«, gab er zu.

»Das kriegst du schon noch hin. Das ist vor allem Übungssache.«

»Ich glaube, ich kann mich in deiner Gegenwart nicht richtig konzentrieren«, war seine Erklärung.

»Jaja … immer diese Ausreden«, sagte sie lächelnd. »Hast du das von deinen Schülern übernommen?«

»Von wegen Ausreden. Ich werde üben, und das nächste Mal, wenn wir uns sehen, wirst du ganz schön überrascht sein«, kündigte er an.

»Da bin ich ja mal gespannt«, sagte Eva und hob zweifelnd eine Augenbraue.

»Ach, du glaubst mir nicht? Wir können ja wetten«, schlug er vor.

»Wetten? Um was denn?«

Er überlegte kurz.

»Am liebsten würde ich um einen Kuss wetten. Aber ich nehme an, der Wetteinsatz ist dir zu hoch?«, forderte er sie heraus.

Beim Gedanken daran, ihn zu küssen, spürte Eva schlagartig ein Flattern im Bauch. Waren das Schmetterlinge oder eher das schlechte Gewissen? Vermutlich beides, dachte sie und suchte nach einer passenden Antwort.

»Für einen Kuss muss die Hürde schon etwas höher liegen«, erklärte sie dann, um etwas Zeit zu gewinnen. »Immerhin habe ich das Jonglieren in nur ein paar Tagen geschafft.«

»Okay. Um wie viel höher?«

Sie überlegte kurz. Plötzlich fiel ihr etwas ein, und beim Gedanken daran verkniff sie sich ein Grinsen, weil die Idee zugegebenermaßen etwas albern war.

»Du musst mindestens eine Minute lang jonglieren ohne Unterbrechung und darfst dabei nicht lachen.«

»Nicht lachen? Das ist ja einfach«, sagte er mit einem siegessicheren Grinsen. »Du möchtest wohl, dass ich gewinne.«

Sie zuckte frech mit den Schultern.

»Warte nur ab. Du weißt nicht, worauf du dich einlässt … Während du jonglierst, stehe ich direkt vor dir und werde alles Mögliche tun, um dich abzulenken.«

»Okaaaay«, er zog das Wort in die Länge. »Und du denkst, du kannst mich damit einfach so zum Lachen bringen? Vergiss nicht, ich bin Lehrer und einiges gewohnt!«

»Lassen wir uns überraschen«, sagte sie und war sich sicher, zu gewinnen. Sie konnte schon seit jeher die albernsten Grimassen schneiden und Unsinn machen, was bisher noch jeden zum Lachen gebracht hatte. Dafür war sie bei Alisa und ihren Freunden immer besonders beliebt gewesen. Und falls sie ihn nicht zum Lachen brachte, musste er trotzdem erst einmal eine Minute durchhalten, während sie ihn abzulenken versuchte.

»Und du hast nur einen Versuch! Wenn alle drei Bälle einmal in der Luft sind, geht die Minute los.«

»Puh. Das ist eine echte Herausforderung. Wie lange habe ich denn Zeit, um dafür zu üben?«, wollte er wissen.

»Drei oder vier Tage«, gestand ihm Eva zu.

»Dann müssen wir uns also bald wieder treffen.«

»Genau.«

»Angenommen, du gewinnst tatsächlich. Was ich natürlich nicht glaube. Aber gesetzt den Fall, du schaffst es – was ist dein Gewinn? Der kann ja nicht nur darin bestehen, dass wir uns *nicht* küssen.«

»Natürlich nicht«, sagte sie und lachte.

Eva genoss dieses unkomplizierte Geplänkel mit ihm. Sie fühlte sich in seiner Gegenwart jung und so unbeschwert wie lange nicht mehr.

»Wenn du es nicht schaffst, dann musst du mir wieder so eine leckere Zimtschnecke spendieren.«

»Mehr nicht?«

»Ich bin genügsam.«

Ben schüttelte langsam den Kopf und schnalzte dabei mit der Zunge. »Eva, Eva. Du solltest dich nicht mit solchen Kleinigkeiten zufriedengeben«, sagte er, als würde er zu einem seiner Schüler sprechen.

»Manchmal sind es aber genau solche Kleinigkeiten, die besonders genussvoll sein können«, entgegnete sie.

»Hm … so hab ich das noch gar nicht betrachtet«, meinte er. »Also gut. Wenn ich verliere, dann bekommst du eine Zimtschnecke. Allerdings nicht hier im Park, sondern in einem hübschen kleinen Café. Und dazu gibt es noch Cappuccino. Einverstanden?«

»Einverstanden.«

»Dann haben wir also eine Wette laufen um Kuss oder Zimtschnecke«, resümierte er.

»Sieht ganz so aus«, sagte Eva, der beim Gedanken an das Hefegebäck plötzlich das Wasser im Mund zusammenlief. Da sie das Frühstück heute hatte ausfallen lassen, meldete sich mit einem Mal der Hunger. Und vor allem lechzte sie nach einer Tasse Kaffee.

»Und was hast du heute noch vor?«, fragte er. »Natürlich nur, falls du es mir verraten möchtest.«

»Schon gut. Das ist kein Geheimnis. Auf dem Heimweg werde ich Gemüse und Salat einkaufen und mir was kochen. Für später habe ich noch keinen Plan. Und was machst du?«

»Eigentlich hatte ich vor, mir am Mittag einen Gemüseauflauf zu machen«, sagte er.

»Eigentlich?«

»Na ja. Jetzt habe ich natürlich keine Zeit mehr, mir was zu kochen. Ich muss Bälle besorgen und dann ganz viel üben.«

Wieder lachte Eva.

»Du bist ja ziemlich ehrgeizig.«

»Es geht ja auch um ziemlich viel. Was bedeutet da schon der Verzicht auf ein gesundes Mittagessen?«

»Ach je«, stieg sie auf sein amüsantes Spiel ein. »Am Ende kannst du dann womöglich gar nicht gewinnen, weil du ausgehungert und so geschwächt bist, dass du die Bälle gar nicht mehr werfen kannst.«

Er nickte mit gespielt ernster Miene.

»So wird es vermutlich leider aussehen«, sagte er. »Du hingegen kannst dir in aller Ruhe etwas kochen, und überhaupt musst du gar nichts dafür tun, um dir eine Zimtschnecke und einen Cappuccino zu verdienen. Eigentlich ganz schön unfaire Bedingungen, oder?«

»Hm …«

»Hm? Mehr fällt dir dazu nicht ein?«, spielte er den Empörten.

»Ich würde dir ja gerne was abgeben vom Gemüse«, begann sie.

Seine Augen begannen zu strahlen.

»Das ist doch mal ein tolles Angebot!«, sagte er, bevor sie weitersprechen konnte. »Du kannst dein Essen gern in meiner Küche zubereiten, während ich im Wohnzimmer fleißig das Jonglieren übe.«

»Ich soll bei dir kochen?«

Eva sah ihn verdutzt an. Mit so einem Vorschlag hatte sie nicht gerechnet.

»Ja. Warum nicht?«

Sie konnte doch nicht einfach mit zu ihm nach Hause gehen! Oder etwa doch? So, wie sie Ben bisher kennengelernt hatte und wie er mit seinen Schülern umging oder seinem Kumpel in der Kneipe half, ging sie nicht davon aus, dass er die Situation irgendwie ausnutzte. Aber trotzdem …

»Ich habe sogar einen großen Vorrat an Gemüse und Salaten daheim.«

»Wirklich?«

»Ja, wirklich. Von Toni. Der bestellt die Sachen für das Lokal bei einem Biobauern, und ich kann mir immer was davon mitnehmen, wenn ich bei ihm aushelfe. Wir müssten also nicht einmal einkaufen gehen«, fuhr er fort. »Und es wäre echt schön, wenn ich mal wieder Gesellschaft beim Essen hätte, und zwar außerhalb der Schulkantine oder im *Osterhald*.«

Er sagte es zwar mit einem Lächeln, aber Eva meinte auch eine Andeutung von Einsamkeit in seinen Worten wahrzunehmen.

Auch Eva würde heute alleine essen. Mal wieder. Während Johannes in Nairobi sicher von Frau Dr. Orlov in ein schickes Restaurant begleitet wurde. Beim Gedanken daran spürte sie

Ärger in sich aufsteigen. Wieso machte sie sich nur ständig so einen Kopf?

»Na gut«, sagte sie zu seiner offensichtlichen Überraschung und wunderte sich selbst darüber, wie entschlossen sie war. »Ich koche für uns, während du übst!«

KAPITEL 12

Gemüseauflauf und eine verlorene Wette

Die Zweizimmerwohnung lag im vierten Stock eines Wohnhauses nicht weit entfernt vom Viktualienmarkt. Ben zeigte ihr in seiner Küche, wo die verschiedenen Lebensmittel zu finden waren.

»Toni hat mir nach der Trennung von meiner Partnerin dabei geholfen, diese Wohnung zu ergattern. Leider ist sie noch nicht ganz fertig eingerichtet. Irgendwie hatte ich nicht den Nerv, mehr zu machen als nötig«, erklärte er.

»Es ist doch nett hier«, sagte sie höflich, wobei es nicht zu übersehen war, dass die Räume nur zweckmäßig eingerichtet waren und die liebevollen Details fehlten, um es zu einem gemütlichen Zuhause zu machen. Es wirkte alles ein wenig provisorisch. Zudem war die ganze Wohnung so klein, dass sie vermutlich in Evas Schlafzimmer gepasst hätte. Sie erinnerte sie ein wenig an ihre ersten eigenen vier Wände im Stadtteil Haidhausen, nachdem sie von ihrem Auslandsjahr in Costa Rica nach München zurückgekommen war.

»Im Kühlschrank findest du das Gemüse, und hier …« Ben griff über ihren Kopf hinweg nach oben und öffnete ein Fach. Die Küche war so eng, dass sie zu zweit kaum Platz darin hatten.

»… hier sind die Gewürze und weitere Vorräte«, erklärte er, während er so nah bei ihr stand, dass die Mischung aus herbem

Rasierwasser und seinem eigenen Duft ihr betörend in die Nase stieg. Sie spürte ein Prickeln, das in ihr schlagartig den Wunsch auslöste, ihm noch näher zu sein.

»Danke, Ben«, sagte sie jedoch rasch und trat einen Schritt zur Seite. »Ich finde mich sicher zurecht. Und du – du musst jetzt üben.«

»Okay, aber wenn du noch irgendwas brauchst, sag einfach Bescheid, ja?«

»Werde ich.«

Nachdem er ins Wohnzimmer verschwunden war, brauchte Eva erst einmal einen Augenblick, damit ihr Puls sich wieder einigermaßen normalisierte. War es wirklich eine gute Idee gewesen, mit ihm hierherzukommen? Ein Treffen in einem öffentlichen Park oder in einer Kneipe war eine Sache, aber hier, ganz allein mit ihm – das war doch etwas völlig anderes. Zudem fühlte sie sich immer mehr zu Ben hingezogen. Er brachte eine Saite in ihr zum Schwingen, die sie schon lange nicht mehr gespürt hatte. Sie spielte mit dem Feuer. Und sie genoss es, wie sie sich eingestand. Auch wenn sie nicht wusste, wo das alles hinführen würde.

Ben hatte nicht zu viel versprochen. Im Kühlschrank gab es tatsächlich eine reiche Auswahl an Gemüse und Salaten, mehrere Käsesorten und Schmand. Sie entschied sich für einen Auflauf aus Zucchini, bunten Paprikaschoten sowie Zwiebeln und Kartoffeln, sie die in einem Fach neben dem Kühlschrank entdeckt hatte. Das alles würde sie mit einer Creme aus Schmand, Kräutern und Feta überbacken und dazu einen Tomatensalat mit roten Zwiebeln und frischer Petersilie reichen. Doch bevor sie loslegte, brauchte sie dringend Kaffee und eine Kleinigkeit zu essen. So beengt die Küche auch war, Ben hatte einen modernen

Kaffeeautomaten, mit dem sie sich einen doppelten Espresso zubereitete. Dann schnappte sich eine Banane aus der Obstschale und verspeiste sie hungrig.

»Hast du alles gefunden, was du brauchst?«, rief Ben etwas später von nebenan.

»Ja. Ich komme zurecht«, antwortete sie, während sie das Gemüse klein schnitt. »Und wie läuft es bei dir?«

»Wenn du nicht dabei bist, geht es tatsächlich viel einfacher.«

»Nur nicht übermütig werden.«

»Auf keinen Fall. Ich gebe mein Bestes für den Kuss!«

»Das wirst du nie schaffen.«

»Abwarten!«

Eva lächelte.

Um sich ein wenig abzulenken, schaltete sie das Radio an ihrem Handy ein und summte leise zur Musik mit.

Eine Viertelstunde später schob sie den Auflauf in den Ofen und stellte die Zeitschaltuhr auf vierzig Minuten ein. Dann machte sie sich an den Tomatensalat und räumte auf.

Als es vorerst nichts mehr zu tun gab, wollte sie gerade zu Ben ins Wohnzimmer gehen, da bekam sie einen Anruf. Es war Ricarda! Sie zögerte kurz, grifft dann jedoch nach dem Handy.

»Ja?«, meldete sie sich und versuchte, nicht allzu laut zu sprechen.

»Hallo, Eva. Hast du Lust mit mir zu einem späten Brunch zu gehen? Bei Mia sind gerade ein paar Freundinnen zu Besuch, und ich könnte mir spontan eine kleine Auszeit nehmen. Nach den letzten Tagen komme ich mir sowieso schon vor wie eine Krankenpflegerin und muss dringend mal raus. Ich lade dich auch ein und würde dich abholen.«

»Eigentlich gerne, Ricarda, aber ich bin gerade unterwegs.« Während sie sprach, ging sie zum Fenster und schaute nach unten auf einen Hinterhof, in dem eine grau getigerte Katze herumstreifte.

»Wo bist du denn? Wir können uns auch gleich in der Stadt treffen. Mir ist alles recht«, sagte die Freundin.

»Das geht leider nicht. Ich … ich bin schon zum Essen eingeladen«, stellte sie die Wahrheit ein klein wenig auf den Kopf. Wie sollte sie Ricarda auch erklären, dass sie in der Wohnung eines ziemlich gut aussehenden Mannes war und gerade kochte, während er mit Bällen jonglieren übte, damit er Eva küssen durfte. *Verrückt. Völlig verrückt!*

»Schade! Mit wem gehst du denn essen?«, wollte die Rechtsanwältin wissen.

»Kennst du nicht. Ich muss jetzt auch aufhören. Ich ruf dich morgen mal an.«

»Ja … aber dann müssen wir mal ernsthaft darüber reden, was du für deinen Geburtstag planst. Falls du es vergessen haben solltest – der ist schon in zwei Wochen, und ich warte immer noch auf eine Einladung!«

Ihr fünfzigster Geburtstag! Den hätte sie am liebsten übersprungen.

»Ehrlich gesagt weiß ich immer noch nicht, ob ich da überhaupt was machen möchte. Deswegen gab es auch bisher keine Einladung für eine Feier. Aber darüber können wir morgen reden.«

»Okay, aber glaub bloß nicht, dass du einer Party entgehen kannst!«

»Wir werden sehen. Ciao, Ricarda.«

»Ciao, Eva.«

Sie legte auf.

»Was gibt es denn zu feiern?«, fragte Ben, der in die Küche gekommen war, ohne dass sie es mitbekommen hatte.

Sie drehte sich zu ihm um. Sollte sie ihm wirklich ihr Alter verraten?

»Meinen Geburtstag«, sagte sie schließlich. »Ich werde fünfzig«, setzte sie dann hinzu.

»Fünfzig? Schwer zu glauben«, sagte er überrascht. »Ich hätte dich deutlich jünger geschätzt. Aber ich gehe mal nicht davon aus, dass du mich anschwindelst und dich freiwillig älter machst, oder?«

»Danke – und nein, das würde ich tatsächlich nicht. Aber wenn wir schon mal dabei sind: Wie alt bist du denn?«, fragte sie.

»Dreiundvierzig«, antwortete er.

»Du hast dich aber auch sehr gut gehalten«, meinte Eva augenzwinkernd.

»Tja, danke. Gute Gene und sehr viel Sport … Hm, hier duftet es übrigens schon sehr lecker«, hakte er das Thema auch schon wieder ab.

»Es dauert aber noch ein wenig.«

»Dann komm doch mit mir rüber«, schlug er vor.

Im Wohnzimmer gab es eine kleine Couch und zwei Sessel um einen quadratischen Tisch vor dem Fernseher. Gegenüber, neben der Fensterfront, stand ein runder Kaffeehaustisch mit drei passenden Stühlen, der offenbar als Esstisch diente und auf dem die Jonglierbälle lagen. Am Boden war eine Sportmatte ausgebreitet, daneben befanden sich kleinere Hanteln und elastische Gymnastikbänder.

»Hier übe ich meistens vor dem Fernseher«, erklärte er und legte die Bälle auf ein Regalbrett neben zwei Bücherstapeln, um den Tisch zu decken.

»Leider ist alles ziemlich beengt. Im Sommer geht das ja, weil ich viel draußen bin. Aber den Winter mag ich mir hier nicht vorstellen. Ich bin es gewohnt, viel mehr Platz zu haben. Meine Freundin … also: Ex-Freundin und ich hatten eine geräumige Vierzimmerwohnung mit Balkon, in der sie jetzt mit ihrem neuen Freund wohnt.«

Ben holte aus einer rustikalen Kommode, die absolut nicht zu den anderen Möbeln passte, Geschirr und Gläser.

»Das tut mir leid«, sagte Eva. »Willst du dir was Größeres suchen?«

»Das würde sich vielleicht nicht mehr lohnen, weil …« Er sprach nicht weiter.

»Weil?«, hakte Eva nach.

»Na ja. Ich hab dir doch erzählt, dass ich mich für den Ironman im nächsten Jahr qualifizieren möchte.«

Eva nickte.

»Das bedeutet viel Training, und ich möchte deshalb die Unterrichtsstunden etwas reduzieren. Da ich mir dann bei den Münchner Preisen sogar diese kleine Wohnung kaum noch leisten könnte, habe ich mich an einer privaten Realschule in Regensburg beworben.«

Eva sah ihn überrascht an.

»Wieso Regensburg?«, wollte sie wissen.

»Zum einen sind dort die Mieten für doppelt so große Wohnungen um einiges günstiger als für diese hier. Ich muss ja auch noch das Geld für den Flug nach Hawaii und die Teilnahme am Wettbewerb zur Seite legen. Aber hauptsächlich will ich nach Regensburg, weil mein Vater dort lebt. Nach dem Tod meiner Mutter hat er eigentlich alles gut auf die Reihe bekommen, aber jetzt ist er in einem Alter, in dem es nicht schaden würde, wenn jemand aus der Familie in der Nähe wäre, um ab und zu nach ihm zu sehen und ihn ein wenig zu unterstützen. Auch wenn der alte Brummbär darauf besteht, dass er nach wie vor alleine klarkommt. Eine Weile geht das vielleicht auch noch gut. Aber nicht mehr allzu lange. Und ich möchte ihm nicht zumuten, dass er um meine Hilfe bitten muss.«

»Verstehe.«

Inzwischen hatten sie an dem runden Tisch Platz genommen.

»Meine Schwester lebt mit ihrem Mann und den drei Kindern in Frankfurt. Die können nicht einfach ihre Berufe aufgeben, und natürlich wollen sie auch wegen der Kinder dort bleiben. Also bleibt es wohl an mir.«

»Ich finde es toll, dass du dich um deinen Vater kümmern möchtest«, sagte Eva, ehrlich beeindruckt von dem Verantwortungsbewusstsein, das er zeigte und das leider nicht selbstverständlich war. Seine Familie schien ihm sehr wichtig zu sein. Auch wenn die Vorstellung, dass er womöglich bald nicht mehr in München leben würde, sie etwas betrübte.

»Mein Vater war immer ein richtiger Familienmensch und stets für uns da und hat es verdient, dass man ihn jetzt unterstützt.«

»Wie alt ist dein Vater denn?«

»Dreiundsiebzig. Tja, jetzt weißt du schon ganz schön viel über mich«, bemerkte Ben.

An Eva nagte das schlechte Gewissen.

Er sah es ihr offenbar an und lächelte.

»Ich bin mir sicher, dass ich auch von dir bald mehr erfahren werde«, sagte er leichthin. »Und außerdem – auch wenn du aus deinen Lebensumständen immer noch ein Geheimnis machst, lerne ich trotzdem bei jeder Begegnung mehr von dir kennen, ohne dass ich irgendwie voreingenommen bin. Und das gefällt mir. Und weißt du …«

In diesem Moment klingelte Evas Handy erneut. Diesmal war es Alisa.

»Ich schau mal nach dem Auflauf«, erklärte sie und verschwand in die Küche, wo sie den Anruf entgegennahm. Alisa meldete sich aus dem Auto ihrer Tante Judith, mit der sie kurz entschlossen einen Ausflug nach Hamburg zu Alisas Urgroßvater Michael machten.

»Sag ihm bitte einen ganz lieben Gruß«, sagte Eva, die den alten Herrn sehr ins Herz geschlossen hatte.

»Mache ich«, versprach Alisa. »Und von Tante Judith soll ich ausrichten, dass es schön wäre, wenn du mal ein paar Tage nach Berlin kämst.«

»Das könnte bald passieren«, versprach Eva. Dann verabschiedeten sie sich, und sie ging zurück ins Wohnzimmer zu Ben, der kein Wort über den Anruf verlor.

Zwanzig Minuten später hatten sie angefangen zu essen.

»Hmm. Wirklich toll! Das ist der beste Tomatensalat, den ich je gegessen habe. Und diese feine Kruste über dem Gemüse … Du kochst richtig gut! Das hätte ich gar nicht erwartet«, sagte er.

»Wieso nicht?«

Er zuckte mit den Schultern.

»Keine Ahnung. Nur so ein Eindruck … Umso besser für mich, dass ich mich getäuscht habe. Bist du am Ende vielleicht Köchin?«, spekulierte er und schob eine weitere Gabel Auflauf in den Mund.

»Ich koche zwar sehr gerne, aber nicht beruflich«, stellte sie richtig.

»Okay. Ich sehe schon, die Sache mit deinem Job bleibt weiterhin ein Rätsel … Dann muss ich eben wieder ganz andere Fragen stellen.«

»Nur zu.«

»Wenn du an jeden x-beliebigen Ort der Welt reisen dürftest, welches Ziel würdest du dir aussuchen?«

»Hm …« Eva spielte nachdenklich mit ihrer Gabel. Früher war sie leidenschaftlich gern gereist, um ferne Länder zu entdecken und Menschen aus möglichst vielen Kulturen kennenzulernen. Zuerst alleine, dann mit Johannes, der diese Leidenschaft teilte, bevor er später zu sehr in der Firma eingespannt und beruflich ohnehin so viel unterwegs war, dass es ihn im Urlaub nicht mehr ganz so oft in die Ferne zog. Natürlich waren sie mit Alisa in die Ferien gefahren, allerdings meistens nur innerhalb Deutschlands oder nach Österreich und ab und zu nach Italien. Und einmal waren sie zu Alisas sechzehntem Geburtstag in Paris gewesen, um den Louvre zu besuchen.

Weiter waren sie nie gekommen, und es lag nicht etwa daran, dass ihre Tochter im Rollstuhl saß. Obwohl Eva und Johannes ihr alles ermöglicht hätten, wollte Alisa aus unerfindlichen Gründen in kein Flugzeug steigen. Das Mädchen schien zudem keine Sehnsucht nach fernen Ländern zu kennen.

»Ich muss nicht weit weg. Das, was es für mich zu entdecken gibt, liegt alles ganz nah, Mama«, hatte Alisa einmal zu Eva gesagt, als sie über den bevorstehenden Urlaub in den Sommerferien gesprochen hatten. »Jeder Tag ist wie ein neues Land, das ich kennenlerne.«

Eva war damals ziemlich erstaunt gewesen, so einen Satz aus dem Mund einer Dreizehnjährigen zu hören.

»Hallo? Eva?«, riss Ben sie aus ihren Gedanken und wedelte dabei mit der Hand vor ihrem Gesicht. »Wo bist du denn gerade?«

»Entschuldige bitte, Ben«, sagte sie. »Ich habe nur über deine Frage nachgedacht. Also, wenn ich jetzt irgendwohin verreisen dürfte, dann vielleicht auf eine griechische Insel. Zakynthos oder Kos …«

»Du magst also das Meer und herrliche Sonnenuntergänge?«

»Ja. Aber nicht nur. Und ich kann mich eigentlich auch gar nicht so festlegen im Moment. Wenn du mich morgen fragst, könnte meine Antwort auch Lissabon lauten, New Orleans oder Wien.«

Im Moment fand sie es allerdings viel aufregender, mit ihm hier beim Essen zu sitzen und nicht zu wissen, ob und wie sich die Sache weiterentwickelte. Doch das würde sie ihm nicht verraten. Vielleicht ahnte er es ohnehin. Das schlechte Gewissen deswegen verdrängte sie so gut wie möglich.

»Interessant«, sagte Ben.

»Und du? Wo möchtest du hin?«

»Wenn ich alleine reisen würde, dann nach Hawaii, um dort unter realen Bedingungen für den Triathlon zu trainieren«, erklärte er.

»Und wenn du nicht alleine reisen würdest?«, fragte Eva neugierig.

»Dann würde ich auch nach Hawaii reisen. Allerdings nicht, um zu trainieren, sondern um mit meiner Begleitung die Insel zu erkunden, mit einem Boot zu den schönsten Stränden zu schippern, einen Surfkurs zu machen, Vulkane zu besichtigen, abends die hawaiianische Küche auszuprobieren und später in den Clubs von Honolulu zu tanzen.«

Eva lächelte.

»Eben hast du mir ziemlich viel Lust auf Hawaii gemacht«, sagte sie.

Er grinste.

»Genau das hatte ich vor.«

Um auch etwas von sich preiszugeben, erzählte sie ihm von

ihrer Zeit in Costa Rica und einer Klassenfahrt nach Barcelona im Jahr vor ihrem Abitur, die vorzeitig abgebrochen werden musste, weil fast die Hälfte der Schüler eines Abends Marihuana geraucht hatten und von den Lehrern erwischt worden waren, die absolut keinen Spaß verstanden.

»Warst du auch dabei?«, wollte er wissen.

»Ich gestehe, ich habe einmal gezogen, aber schnell gemerkt, dass das nichts für mich ist. Hast du auch schon mal Drogen genommen?«

Er schüttelte entschieden den Kopf.

»Nein. Ich habe noch nicht mal eine normale Zigarette probiert. Das hat mich nie interessiert.«

Nach dem Essen räumte Ben die Küche auf. Dann machten sie Kaffee und gingen wieder ins Wohnzimmer. Er nahm die Bälle in die Hand.

»Ich sollte dann langsam mal gehen, damit du trainieren kannst«, sagte Eva, obwohl sie gar nicht wegwollte. Sie fühlte sich ausgesprochen wohl bei Ben.

»Du hast gesagt, die Bedingungen lauten: eine Minute, ohne zu lachen?«, vergewisserte er sich.

»Ja.«

»Okay, dann schau auf die Uhr«, sagte er und stand auf.

»Was – jetzt?« Sie sah ihn verdutzt an. »Ich dachte, das machen wir erst nächste Woche mal. Und du hast doch kaum geübt!«

»Wer nicht wagt, der nicht gewinnt«, entgegnete er mit einem frechen Lächeln.

»Okay. Wenn du meinst …«

Legte er es darauf an, zu verlieren?, fragte sie sich. Etwas irritiert nahm sie ihr Handy aus der Tasche, um damit die Zeit zu stoppen.

»Und du willst es wirklich jetzt schon versuchen?«, hakte sie noch mal nach. »Du weißt, du hast nur einen einzigen Versuch!«, erinnerte sie ihn.

»Das ist mir klar.«

»Tja, dann okay … bist du bereit?«

»Bin ich.«

Und dann warf er den ersten Ball in die Luft, die beiden anderen folgten sofort. Eva staunte nicht schlecht, als sie sah, wie er perfekt mit den Bällen jonglierte. Es konnte doch nicht sein, dass er es so schnell gelernt hatte!

»Ist das so für dich okay?«, fragte er, während er sich mit ernstem Gesichtsausdruck auf die Bälle konzentrierte.

»Äh – ja.«

Jetzt erst wurde ihr bewusst, dass sie bereits wertvolle Zeit verplempert hatte, ohne zu versuchen, ihn zum Lachen zu bringen. Ein rascher Blick auf die Uhr. Schon fast eine halbe Minute war vergangen. Wenn sie die Wette noch gewinnen wollte, musste sie schnell handeln. Doch das, was sie sich vorhin ausgedacht hatte, schien ihr jetzt eine völlig bescheuerte Idee zu sein. Ihn in den wenigen Sekunden, die ihr noch blieben, mit irgendwelchen Sprüchen und schrägen Grimassen abzulenken, konnte sie sich abschminken. Dafür hätte sie einen Vorlauf gebraucht. Er hatte sie total überrumpelt!

»Ben! Du bist ein Schwindler!«, fuhr sie ihn an, als die Zeit abgelaufen war und er sie breit angrinste.

»Wieso Schwindler?«, fragte er scheinheilig und legte die Bälle auf den Tisch.

»Du hast vorhin im Park so getan, als ob du es nicht könntest.«

»Das hab ich nie gesagt«, warf er ein. »Du bist nur davon ausgegangen, dass ich es nicht kann.«

»Und das hast du ausgenutzt. Extra dumm hast du dich sogar

gestellt, als ich es dir gezeigt habe. Und dann hast du mich auch noch dazu überredet, für dich zu kochen, damit du üben kannst.«

»Aber das war doch überhaupt nicht böse gemeint, Eva. Du bist doch jetzt hoffentlich nicht ernsthaft sauer?«, fragte er, und das Grinsen verschwand aus seinem Gesicht.

Eva fühlte sich tatsächlich ein wenig verarscht. Doch gleichzeitig war sie auch amüsiert über seine Chuzpe. Er war offenbar ein guter Schauspieler, sie so hinters Licht zu führen.

»Ich gebe es ja zu, ich habe ein wenig getrickst. Aber ich hatte immerhin ein großes Ziel: den Kuss«, versuchte Ben, seinen Hals aus der Schlinge zu ziehen.

Plötzlich schüttelte Eva den Kopf.

»Ich werde bald fünfzig, du bist dreiundvierzig, und wir benehmen uns wie die Teenager«, murmelte sie.

»Genau dasselbe ging mir auch durch den Kopf«, meinte er, wirkte jedoch keineswegs verlegen.

»Verrückt«, sagte Eva und musste plötzlich wider Willen lachen. »So was Verrücktes! Wieso benehmen wir uns bloß so kindisch?«

Er zuckte mit den Schultern.

»Keine Ahnung … aber mit dir fühlt sich das Herumalbern einfach nur gut an.«

»Geht mir auch so. Aber du hast mir echt ganz schön was vorgemacht.«

»Ich weiß … Bist du mir wirklich deswegen böse?«, fragte er vorsichtig.

»Nur ein wenig. Aber ich werde vermutlich darüber hinwegkommen«, witzelte sie.

Sie hatte ein erleichtertes Lächeln erwartet und vielleicht noch einen frechen Spruch. Doch sein Blick veränderte sich, wurde fast ernst und intensiv. Nichts mehr erinnerte an das alberne Spiel von eben. Vor ihr stand ein attraktiver Mann, der genau wusste, was er wollte. Einen Kuss. Und Eva ahnte, dass es inzwischen nicht mehr nur darum ging.

Ihr Herz schlug mit einem Mal schneller, und sie spürte, wie ihre Wangen sich erhitzten.

Er griff nach ihrer Hand und zog sie hoch.

Evas Beine zitterten vor Nervosität.

»Du bist mir schon aufgefallen, als ich dich zum ersten Mal im Park gesehen habe, Eva«, sagte er leise. »Von Weitem hast du ein wenig unnahbar gewirkt. Unnahbar und gleichzeitig unglaublich attraktiv! Und schon damals habe ich mich gefragt, wie es wohl wäre, dich zu küssen. Ohne mir vorstellen zu können, dass ich tatsächlich jemals kurz davorstehen würde, es zu tun.«

Eva schluckte, ihr Herz schien wie wild zu rasen.

Er hielt ihre Hand immer noch fest. Mit der anderen strich er ihr eine Haarsträhne aus dem Gesicht.

»Als wir uns dann immer öfter sahen, wurde mir schnell klar, du bist nicht unnahbar. Absolut nicht. Sondern nur ein wenig vorsichtig, auch wenn ich den Grund dafür nicht kenne. Ich bin wirklich neugierig, noch mehr von dir zu erfahren. Doch du entscheidest, was du von dir preisgibst, Eva. Ganz alleine du. Ich möchte dich zu nichts drängen«, versprach er.

Du darfst das nicht, Eva!, ging ihr durch den Kopf. Und eigentlich hätte sie jetzt auf der Stelle gehen müssen, bevor sie eine Dummheit anstellten. Doch sie konnte nicht. Zu sehr fühlte sie sich von ihm angezogen. Nicht nur körperlich. Mit Ben war ihr Leben wieder bunt geworden. Er hatte sie aus ihren düsteren Gedanken geholt, die sie nach dem spontanen Auszug ihrer Tochter gequält hatten. Er hatte sie zum Lachen und zum

Träumen gebracht. In seiner Gegenwart hatte sie das Gefühl, dass es für sie immer noch Neues zu entdecken gab. Nein. Sie wollte jetzt nicht gehen. Nicht in das Haus, in dem sie sich inzwischen so alleine fühlte.

Sie hob den Kopf, sah ihm in die Augen. Ohne Worte gab sie ihm zu verstehen, dass sie es akzeptierte, die Wette verloren zu haben. Und dass sie wollte, dass er sie küsste.

»Ben …«

Langsam, wie in Zeitlupe, bewegten sie sich aufeinander zu, bis ihre Lippen sich ganz leicht berührten. Doch noch küsste er sie nicht.

»Du musst gar nichts tun, Eva. Lass mich nur machen«, flüsterte er und bescherte ihr damit eine Gänsehaut. Ihr ganzer Körper schien erwartungsvoll unter Strom zu stehen.

Vorsichtig und unendlich langsam hauchte er kleine Küsse auf ihre Mundwinkel, die Wangen, das Kinn und an die empfindlichen Stellen hinter den Ohren, bis er schließlich wieder bei ihren Lippen angelangt war, die er nun zärtlich erkundete.

Eva seufzte leise. Ihre Beine fühlten sich inzwischen an wie Pudding. Sie schlang die Arme um seinen Hals, hielt sich an ihm fest.

»Das ist der beste Wetteinsatz, den ich jemals gewonnen habe«, murmelte er mit einem leisen Lachen. Und dann küsste er sie weiter.

KAPITEL 13

Ein Tag, der nicht enden soll

Der Kuss schien endlos, bis Ben sie schließlich an der Hand nahm und ins Schlafzimmer zog. Als sie den kleinen Raum betraten, flackerte kurz wieder das schlechte Gewissen auf. Doch sie wollte nicht daran denken, dass sie immer noch verheiratet war und im Begriff stand, ihren Mann zu betrügen. Den Mann, für den seit Jahren allerdings die Arbeit im Mittelpunkt stand und der vermutlich seine eigenen Abenteuer erlebte.

»Alles in Ordnung, Eva?«, fragte Ben leise, als er ihr Zögern bemerkte.

Sie nickte.

»Ja … ja, es ist alles in Ordnung.«

Während er ihr dabei half, sich auszuziehen, überkam sie eine eigenartige Scheu. Es war schon eine ganze Weile her, seitdem sie zum letzten Mal Sex gehabt hatte. Und außerdem spukte ein klein wenig die Angst in ihrem Kopf, körperlich nicht mehr attraktiv genug zu sein. Auch wenn sie noch nicht wie eine Fünfzigjährige wirkte, so hatte das Alter doch seine Spuren hinterlassen, während Ben nicht nur jünger, sondern unglaublich durchtrainiert war.

Doch Ben ließ ihr gar keine Zeit, sich weiter Gedanken darüber zu machen und an sich zu zweifeln.

»Du bist so schön, Eva …«, sagte er voller Bewunderung und zog sie mit sich aufs Bett. »Ich will mehr von dir sehen.«

Eva wurde von einem Strudel der Erregung in eine lodernde Tiefe gerissen. Sie vergaß alles um sich herum. Vergaß, wer sie war. Sie wollte nur eine Frau sein und sich Empfindungen hingeben, die sie im Lauf der letzten Jahre vergessen hatte.

Sehr viel später lagen sie nackt und eng aneinandergeschmiegt unter der Bettdecke.

»Du bist mir auch schon aufgefallen, als ich dich das erste Mal im Park mit deinen Schülern gesehen habe«, gestand sie leise, während sie sanft seine nackte, muskulöse Brust streichelte.

»Dann war es offenbar Schicksal, dass wir uns begegnet sind«, sagte er gespielt theatralisch, und sie lachten.

Es war aufregend gewesen, mit ihm zu schlafen. Er war zärtlich und einfühlsam, aber auch fordernd und hatte ihr einen intensiven Höhepunkt geschenkt. Sie hoffte, dass es nicht bei dem einen bleiben würde. Nachdem sie so lange Zeit darauf verzichtet hatte, wurde Eva jetzt bewusst, wie sehr ihr der Sex in den letzten Jahren eigentlich gefehlt hatte.

»Du bereust es doch nicht?«, fragte er.

Sie schüttelte den Kopf.

»Nein … du?«

»Ganz bestimmt nicht.«

Er streichelte über ihr Gesicht und küsste sie erneut.

Es war kurz vor halb sieben Uhr abends, und sie lagen immer noch im Bett, als Bens Handy den Eingang einer Nachricht meldete.

»Oh, verdammt!«, sagte er, nachdem er sie gelesen hatte, und setzte sich auf.

»Was ist denn?«, fragte Eva.

»Ich hab völlig vergessen, dass ich heute wieder bei Toni aushelfen muss.«

Er tippte rasch eine Antwort ins Handy, dann wandte er sich wieder Eva zu.

»Aber ich möchte mich noch nicht von dir trennen. Bitte komm mit!«

»Aber ich war seit heute früh gar nicht mehr daheim ... Und ich müsste mich umziehen und ...«

Er stoppte sie mit einem Kuss. Dann sah er sie lächelnd an.

»Wieso musst du dich umziehen? Im *Osterhald* ist es doch wirklich völlig egal, was man anhat! Komm, lass uns nur rasch duschen, dann machen wir uns auf den Weg.«

Eva überlegte kurz. Auch wenn es total unvernünftig war – sie wollte ebenfalls nicht, dass dieser Tag mit ihm jetzt schon zu Ende ging. Sie wollte nicht alleine zurück in ihr leeres Haus.

»Na gut«, sagte sie. »Ich komme mit.«

Eine Stunde später saß Eva an der Theke, während Ben an einem voll besetzten Tisch die Bestellung aufnahm. Für die relativ frühe Tageszeit im Sommer war das Lokal schon ziemlich gut besucht.

»Das ist immer so, wenn wir die offene Impro-Bühne haben«, erklärte Toni, während er eine Johannisbeerschorle einschenkte.

Eva nippte an ihrem Weißwein. Ihr war im Moment so, als wäre sie in ein völlig anderes Leben gestolpert, weitab von dem, das sie die letzten zwanzig Jahre geführt hatte. Sie fühlte sich an die Zeit erinnert, kurz bevor sie Johannes kennengelernt hatte. Sofort verscheuchte sie den Gedanken an ihren Mann, um ihre Schuldgefühle zu verdrängen.

»Wann geht es denn los?«, fragte sie Toni.

»Ab halb neun.«

»Muss man sich dafür anmelden?«

»Nicht wirklich. Man muss nur vorher Bescheid sagen, und ich trage es dann in eine Liste ein. Sechs Leute an einem Abend. Mehr wären zu viel.«

»Ist die Liste schon voll?«

Er schüttelte den Kopf.

»Bis jetzt sind es vier. Aber meistens gibt es noch Kurzentschlossene, die sich dann erst später trauen.«

»Ich bin schon sehr gespannt.«

Eva hatte Ben gebeten, in der Öffentlichkeit von Zärtlichkeiten abzusehen. Er hielt sich daran. Doch wenn er ganz nah neben ihr an der Theke stand, um ein Tablett von Toni entgegenzunehmen, spürte sie, wie er sie unbemerkt von den anderen kurz berührte. Oder er schenkte ihr von Weitem ein Lächeln, während er Getränke servierte oder von einem Tisch zum anderen ging. Jedes Mal flatterten wohlige Schauer durch ihren Körper, und die Erinnerung an die gemeinsamen Stunden in seinem Bett trieben ihren Pulsschlag in die Höhe.

So vorsichtig sie auch waren, Toni schien etwas zu ahnen, wie Eva seinen Blicken anzumerken glaubte, die immer wieder mal zwischen den beiden hin und her wanderten. Doch nicht einmal das machte ihr im Moment etwas aus. Sie fühlte sich einfach nur gut und fast ein wenig aufgedreht.

»Schläfst du heute bei mir?«, fragte Ben sie zwischendurch leise.

»Ja«, sagte sie, ohne zu zögern, und er lächelte ihr zu.

Schließlich war es so weit, und die erste Künstlerin ging auf die Bühne. In der Kneipe wurde es ruhig. Die Frau, etwa Ende dreißig, stellte sich mit ihrem Künstlernamen Karlotta Attolrak vor und sang eine vielstrophige Liebeshymne auf einen gewissen

Lutz. Erst am Ende löste sie sehr humorvoll auf, dass Lutz ein Hängebauchschwein war, das sie vor dem Schlachter gerettet hatte. Unter Applaus und Lachen der Zuschauer ging sie winkend zu ihrem Tisch, wo eine Frau sie lächelnd umarmte und ihr einen Kuss gab.

»Was den Leuten nur immer alles so einfällt«, bemerkte Toni und grinste kopfschüttelnd.

Nach einer kurzen Pause betrat ein Mann die Bühne, den Eva auf etwa Mitte sechzig schätzte. Er war schlank und hochgewachsen, und sein schlohweißes Haar sah aus wie vom Wind zerzaust. Eduard, wie er sich selbst vorstellte, rezitierte Sonette von Shakespeare in der Übersetzung von Max Joseph Wolff. Seine warme Stimme spielte gekonnt mit den Worten, und so sah man auch über das leichte Lispeln hinweg.

»Soll ich dich einem Sommertag vergleichen, er ist wie du, so lieblich nicht und lind …«, begann Eduard das Sonett Nummer 18 – Evas Lieblingssonett von Shakespeare.

Sie schloss die Augen und sprach die Worte in Gedanken mit.

Nach kurzer Dauer muss sein Glanz verbleichen, und selbst in Maienknospen tobt der Wind …

Plötzlich fühlte sie sich, als wäre sie wieder siebzehn und stünde kurz vor einer Schulaufführung an ihrem ehemaligen Gymnasium. Sie stand hinter dem Vorhang und spähte durch einen winzigen Schlitz nach draußen. Die Aula war bis auf den letzten Platz voll mit Eltern, Lehrern und Mitschülern. Der etwas modrige Duft der alten Kostüme und Perücken vermischte sich mit dem des Make-ups und einem Hauch von Schweiß der aufgeregten jungen Schauspieler. Eine knisternde Spannung lag in der Luft, die Eva etwas ängstigte, aber vor allem beflügelte.

»Du machst das! Trau dich, Eva«, sagte ihr Vater, der plötzlich neben ihr stand. Als Kunstlehrer an der Schule war er mitverantwortlich für die Kulisse. Er nickte ihr lächelnd zu. Sie nickte zurück.

Es war so weit. Sie trat hinter dem Vorhang hervor ins Licht der Scheinwerfer. Und genau in diesem Moment wusste Eva, dass sie nichts anderes sein wollte als Schauspielerin.

Der Applaus riss sie aus ihren Erinnerungen. Die Zuschauer waren begeistert von Eduards Auftritt. Er verbeugte sich bedächtig und ging langsam von der Bühne, so als hätte er alle Zeit der Welt.

Ach, wie gerne wäre sie jetzt an seiner Stelle. Schon lange war ihr nicht mehr so schmerzhaft bewusst gewesen, wie sehr ihr die Schauspielerei fehlte.

»Ist alles gut bei dir?«, fragte Ben leise, nachdem er bei Toni eine neue Bestellung aufgegeben hatte.

Eva nickte.

»Du langweilst dich doch nicht?«

»Überhaupt nicht! Ganz im Gegenteil. Ich bin froh, dass du mich überredet hast, mitzukommen.«

»Das freut mich!«

Gleich darauf griff er nach einem vollen Tablett und drängte sich durch die Traube von Leuten, die keinen Sitzplatz mehr gefunden hatten, zu den Tischen.

Plötzlich schlich sich ein Gedanke in Evas Kopf. Was, wenn sie hier und heute auf die Bühne ging? Sich einfach ausprobierte? Schließlich hatte sie nichts zu verlieren. Sie wusste sogar, was sie vortragen konnte. Ihr Herz klopfte schneller. Sollte sie wirklich? Es würde zu diesem Tag passen, an dem schon so viel Überraschendes geschehen war.

»Trau dich, Eva«, hörte sie in Gedanken ihren Vater, der sie immer ermutigt hatte, ihren Traumberuf zu ergreifen, während ihre Mutter skeptischer gewesen war.

»Toni?«, sagte sie, bevor sie es sich anders überlegen konnte.

»Ja?«

»Bitte setz mich auch auf die Liste.«

Er sah sie überrascht an.

»Du willst auf die Bühne?«

Sie nickte, und ihr Mund war vor Aufregung plötzlich so trocken, dass sie kaum schlucken konnte.

»Klar… Ich schreib's auf.«

»Und kannst du mir bitte noch ein großes Glas stilles Wasser einschenken?«

»Kommt sofort.«

Die nächsten beiden Auftritte waren eher nicht so gelungen. Ein Mann mimte übertrieben laut und mit spuckender Aussprache einen durchgedrehten Fußballfan, und der andere spielte auf seiner Gitarre ein paar Rockklassiker und sang ziemlich mittelmäßig dazu. Doch die Zuschauer applaudierten auch diesen beiden. Immerhin zählte hier vor allem der Mut, sich auf die Bühne zu stellen.

»Gleich bist du dran«, sagte Toni zu ihr und zwinkerte ihr zu.

»Mit was bist du dran?«, wollte Ben wissen, der gerade an die Theke kam und Tonis letzte Worte aufgeschnappt hatte.

»Ich gehe auch auf die Bühne«, sagte Eva.

»Wirklich?«

Sie nickte.

»Also echt! Du überraschst mich immer wieder, Eva«, sagte er verblüfft.

»Ich mich auch«, erwiderte sie mit einem schrägen Grinsen. »Vielleicht ist es aber auch eine total bescheuerte Idee«, fügte sie hinzu.

Das Lampenfieber hatte sie gepackt, und sie stand kurz davor, zu kneifen.

»Ganz bestimmt nicht! Komm schon, Eva, was auch immer du vortragen möchtest – zeig es den Leuten!«, ermunterte Ben sie.

Toni deutete auf die Uhr. Es war Zeit. Eva atmete ein paarmal tief durch. Dann griff sie in ihre Tasche und holte die drei Bälle heraus.

»Du willst jonglieren?«, fragte Ben verblüfft und grinste, offenbar dachte er an ihre Wette, die Eva verloren hatte.

»Ganz genau.«

Damit stand sie auf und stieg mit wild klopfendem Herzen auf die Bühne. War sie jemals so aufgeregt gewesen?, fragte sie sich. Vermutlich. Doch so mächtig das Lampenfieber auch war, so drängend war gleichzeitig der Wunsch, zu spielen. Endlich wieder auf der Bühne zu stehen. Sie hatte keine Ahnung, ob sie sich nicht gleich mächtig blamieren würde, aber das war ein Risiko, das sie gerne einging.

Sie schloss kurz die Augen, dann lächelte sie den Leuten in der Kneipe zu, die sie erwartungsvoll ansahen.

»Guten Abend. Mein Name ist Eva. Und ich bin Ärztin auf einer Krebsstation für Kinder«, begrüßte sie die Zuschauer und schlüpfte in eine der Rollen, die sie für das Casting-Video entwickelt hatte. Während sie zu den Leuten sprach, spielte sie mit den Bällen, die ihr einige Male herunterfielen, was jedoch zu ihrer Rolle gehörte. Ohne rührselig zu werden, aber doch berührend erzählte sie von den Kindern, von den Eltern, und dass sie übte, um ihre kleinen Patienten mit dem Jonglieren ein wenig aufmuntern zu können. Am Ende stellte sie sich jedoch die Frage, ob sie sich nicht hauptsächlich selbst ablenken wollte von dem, was ihr an den Schicksalen ihrer Patienten so naheging.

Dann machte sie einen abrupten Cut, löste den Haargummi und schüttelte kurz ihre blonden Haare. Sie veränderte Haltung und Aussprache und stellte sich nun als schüchterne, etwas naive Eva vor, die sich in einen gutaussehenden Zirkusartisten verliebt hatte. Und die sich nichts auf der Welt mehr wünschte, als dass er sie endlich wahrnähme, und deshalb Tag und Nacht mit den Bällen übte. Denn für die Liebe würde sie alles tun.

Ein kurzer Blick zu Ben, der sie fasziniert beobachtete.

Cut. Eine andere Haltung. Eine neue Rolle.

Sie war nun die vermeintlich toughe Eva, die ihr Studium mit diversen Nebenjobs finanzierte. Erst nach und nach rückte sie damit heraus, dass ihre alleinstehende Mutter sie nicht unterstützen konnte. Im Gegenteil, sie war es, die der Mutter noch Geld zukommen ließ, damit die über die Runden kam. Deswegen brauchte sie die relativ gut bezahlte Stelle in einer Saftbar unbedingt – und übte und übte. Auch wenn sie eigentlich am liebsten nur schlafen wollte, erschöpft von der Doppelbelastung und dem eigenen Anspruch an sich selbst, einmal ein besseres Leben als ihre Mutter zu führen.

Cut. Wieder eine andere Haltung und eine andere Stimme. Eine letzte neue Rolle.

»Guten Tag. Ich bin Eva. Doch an manchen Tagen erinnere mich nicht mehr an meinen Namen. Da vergesse ich, wer ich bin und wer ich war. Ich leide an Demenz.«

Diese ältere Eva lernte zu jonglieren, um ihr Gehirn zu trainieren, damit sie den Prozess des völligen Vergessens ein wenig hinauszögern konnte. Sie wollte so lange wie möglich geistig für ihre Familie da sein und nicht nur als die Hülle der Frau, die sie einmal gewesen war und von der sie erzählte. Am Ende fielen die Bälle zu Boden, sie hob sie auf, sah sie verwundert an und fragte sich, was es mit diesen bunten Bällen auf sich hatte.

Cut. Eva war nun sie selbst. Sah wieder zu den Leuten.

»Wir jonglieren von klein auf mit Bällen, die für unser Leben stehen, und bemühen uns, sie nicht fallen zu lassen. Irgendwann glauben wir dann, dass wir alles im Griff haben. Doch nur ein einziger unachtsamer Moment, eine falsche Bewegung, eine unerwartete Ablenkung oder ein kleiner Stoß genügen, und wir geraten aus dem Rhythmus, und die Bälle fallen zu Boden. Vielleicht in eine Wiese oder auf einen Teppich, und wir können sie nach einer kurzen Unterbrechung einfach wieder aufheben und weitermachen. Doch manchmal fallen sie auch in den Dreck, in eine tiefe Spalte oder in ein trübes Gewässer, und es kann dauern und sehr mühsam sein, sie wiederzufinden. Doch wenn wir nicht aufgeben, können wir das schaffen. Und wenn die Bälle dann gesäubert und getrocknet sind, dann steht es uns frei, erneut mit ihnen zu jonglieren, und vielleicht … vielleicht sind wir dann noch achtsamer, als wir es vorher waren. Danke schön!«

Sie verbeugte sich. Für ein paar Sekunden herrschte Stille, dann kam begeisterter Applaus.

Eva sah ins Publikum und hatte plötzlich das Gefühl, als erwachte sie aus einem Traum, und fühlte sich gleichzeitig wie in einem Rausch. Adrenalin jagte durch ihre Venen, und sie meinte, das Leben schon lange nicht mehr so intensiv gespürt zu haben wie an diesem Tag. Sie ging von der Bühne zu ihrem Platz an der Theke und nahm durstig einen großen Schluck Wasser. Ben kam zu ihr und scherte sich nichts darum, was die Leute womöglich dachten. Er nahm sie in die Arme und drückte sie an sich.

»Wow – du warst einfach großartig, Eva.«

Sie löste sich von ihm.

»Danke, Ben«, sagte sie glücklich.

Toni kam hinter dem Tresen hervor und gratulierte.

»Du bist Eva Rosenberg. Jetzt weiß ich es wieder, auch wenn es schon sehr lange her ist. Ich hab dich gesehen, im Residenztheater, 1998, oder war's 1999? Egal. Du hast die Beatrice in *Viel Lärm um nichts* gespielt. Nicht wahr? Deshalb hatte ich bei unserer ersten Begegnung das Gefühl, dich zu kennen.«

Eva war beeindruckt, dass er sich daran erinnern konnte. Und jetzt konnte und wollte sie auch nicht mehr damit hinter dem Berg halten.

»Ja, es war 1998«, bestätigte sie.

»Du bist Schauspielerin«, bemerkte Ben und schüttelte lächelnd den Kopf. »Warum nur bin ich nicht selbst darauf gekommen?«

Eva zuckte lässig mit den Schultern.

»Das ist also der Beruf, den du wieder ausüben möchtest. Wieso hast du denn daran gezweifelt, dass es möglich ist?«, fragte er.

»Ich musste lange Zeit pausieren. Und nun ist es sehr schwierig, in meinem Alter wieder eine Chance zu bekommen«, erklärte Eva.

»Ach, ich bitte dich«, winkte er ab. »Mit deinem Aussehen und deinem Talent kann das doch wirklich nicht so schwierig sein«, sagte er in seiner unverblümten Art.

»Weißt du Ben, trotzdem …«

»Sie waren so toll«, unterbrach eine Frau ihr Gespräch. »Ihr Auftritt hat mich sehr berührt.«

»Vielen Dank«, sagte Eva und lächelte.

»Kann man Sie denn auch sonst irgendwo sehen? Treten Sie irgendwo auf?«, wollte die Frau wissen.

»Momentan nicht. Nein.«

»Schade. Das sollten Sie aber. Das sollten Sie wirklich!«

Sie nickte Eva noch mal zu und setzte sich dann wieder an ihren Tisch.

»Und du, Ben, kümmerst dich jetzt mal wieder um die Gäste«, erinnerte ihn Toni.

»Schon gut!«, meinte Ben und warf Eva einen intensiven Blick zu, bevor er sich wieder an die Arbeit machte.

Noch weitere Leute beglückwünschten sie zum gelungenen Auftritt. Eva genoss diese Momente, die wie Balsam auf ihrer Seele waren, und bedankte sich herzlich.

Plötzlich musste sie an Johannes denken. Er war schon immer ihr größter Bewunderer und auch ehrlichster Kritiker gewesen. Nach jeder Vorstellung hatte er sie hinter der Bühne erwartet und ihr erst einen Kuss gegeben, bevor er ihr sagte, wie gut sie ihm gefallen hatte. Was er wohl zu ihrem Auftritt heute gesagt hätte?

Sie verscheuchte den Gedanken, doch mit einem Schlag fühlte sie sich erschöpft.

Obwohl sich niemand mehr für die Bühne gemeldet hatte, blieben die Gäste, und das Lokal schien sich sogar noch mehr zu füllen. Ben hatte kaum mehr Zeit, ein paar Worte mit ihr zu wechseln. Die Aussicht, dass es noch eine ganze Weile dauern würde, bis er Feierabend hatte, ermüdete Eva.

»Ben? Bist du mir böse, wenn ich heute doch nicht mehr mit zu dir komme?«, fragte sie ihn, als er eine Bestellung aufgab.

»Liegt es daran, dass ich jetzt deinen Namen kenne und dich googeln kann, um mehr über dich herauszufinden?«, fragte er mit einem Zwinkern.

»Das werde ich sicher nicht verhindern können«, erwiderte sie und lächelte. »Aber nein, daran liegt es nicht. Ich bin wirklich kaputt. Der Tag heute war sehr ereignisreich, wie du am besten weißt. Und der Trubel hier ist mir jetzt gerade ein wenig zu viel.«

Er sah sie mit einem bedauernden Blick an.

»Schade … aber ich kann schon verstehen, dass du nicht mehr so lange warten möchtest. Sehen wir uns morgen?«

Eva war in diesem Moment nicht in der Lage, ihm etwas zu versprechen.

»Ich schicke dir eine Nachricht«, sagte sie daher.

»Du meinst eine Mail?« Er lächelte.

»Ja.«

»Okay. Wenn du heute nicht bei mir übernachtest, drehe ich gleich morgen früh eine größere Runde mit dem Fahrrad. Aber gegen Mittag werde ich zurück sein. Also, falls du Lust hast, mich zu sehen …«

»Ich sage Bescheid, Ben. Und jetzt möchte ich gern zahlen.«

»Wer hier einen Auftritt hat, muss seine Zeche nicht bezahlen«, erklärte Ben. »Ansonsten hätte ich das natürlich für dich übernommen.«

»Danke.«

»Es ist doch alles in Ordnung bei dir?«, fragte er und klang ein wenig besorgt.

»Ja … klar.« Sie bemühte sich um ein Lächeln und winkte dann Toni zum Abschied zu, der sich gerade mit einem Gast am anderen Ende der Theke unterhielt. Er winkte zurück.

»Bis hoffentlich bald wieder, Eva!«, rief er ihr zu.

Sie nickte nur.

»Ich komme noch kurz mit raus«, bot Ben an.

»Hey! Kann ich endlich was bestellen?!«, rief ein Gast Ben zu.

»Ja. Komme gleich!«

»Du hast hier jetzt genug zu tun, Ben. Wir sehen uns«, versprach Eva.

Er drückte kurz ihre Hand.

»Okay … komm gut nach Hause«, wünschte er ihr und wandte sich dem ungeduldigen Gast zu.

Eva schob sich durch das Gedränge Richtung Tür. Auch draußen standen noch zahlreiche Gäste an den Tischen. Eva entfernte sich ein paar Schritte, blieb dann stehen und atmete tief durch. Nach der stickigen Luft im Lokal tat ihr die laue Brise gut. Dann rief sie ein Taxi.

Eine Stunde später betrat sie frisch geduscht und im Nachthemd ihr Schlafzimmer. Als sie sich aufs Bett setzte, fiel ihr Blick auf den Gedichtband von Mascha Kaléko, den Johannes ihr geschenkt hatte. Eva nahm das Buch in die Hand, blätterte durch die Seiten, ohne auch nur ein Wort zu lesen. Zu viele Gedanken wirbelten ihr durch den Kopf.

Sie hatte mit Ben geschlafen! Und sie hatte nach vielen Jahren wieder auf der Bühne gestanden! Und das alles völlig ungeplant innerhalb weniger Stunden! Beides waren überwältigende Momente für sie gewesen. Sie hatte sich endlich wieder voller Leben und Energie gefühlt. Doch jetzt wurde ihr mit einem Schlag eiskalt. Sie hatte Johannes betrogen.

KAPITEL 14

Sommertag mit Schatten

Verwirrende Träume hatten Eva in der Nacht immer wieder aus einem unruhigen Schlaf gerissen. Sie kämpfte mit Schuldgefühlen, aber gleichzeitig erschauerte ihr Körper genüsslich bei der Erinnerung an den Sex mit Ben. Das Zusammensein mit ihm in der letzten Zeit war wie ein Anker gewesen. Er hatte sie davor bewahrt, ziellos noch weiter in eine einsame Traurigkeit davonzutreiben, die sie mit dem Auszug Alisas völlig unvorbereitet erfasst hatte. Ben tat ihr gut. Trotzdem – sie war immer noch verheiratet. Doch vermutlich war es Johannes ohnehin egal, was sie tat, versuchte sie sich einzureden. Er führte doch auch sein eigenes Leben. Also warum sollte sie die Sache mit Ben beenden? Sie tat doch niemandem weh damit! Wenn sie ehrlich zu sich war, dann war sie auch nicht bereit dazu, diese besonderen Stunden mit dem Sportlehrer wieder aufzugeben, auch wenn sie womöglich Konsequenzen nach sich ziehen würden.

Über diesen Gedanken war sie im Morgengrauen endlich in einen tiefen Schlaf gesunken, bis ein Klingeln sie weckte. Seitdem Alisa in Berlin war, schaltete Eva das Handy in der Nacht nicht mehr auf Schlafmodus, damit sie im Notfall immer erreichbar war. Doch nicht Alisa war am Apparat, sondern Ricarda. Was wollte ihre Freundin denn schon so früh an einem Sonntagmorgen? Es war noch nicht einmal halb acht!

»Ja?«, meldete Eva sich schlaftrunken und richtete sich im Bett auf.

»Oh, ich habe dich wohl geweckt?«, stellte Ricarda fest.

»Hast du«, antwortete Eva wahrheitsgemäß.

»Tut mir leid.« In ihrer Stimme lag jedoch keine Spur von Bedauern. »Na, wie lief denn deine Verabredung gestern?«, fragte Ricarda.

Schlagartig war Eva hellwach.

»Gut«, antwortete sie schnell und fragte sich, ob die Freundin die Sache mit Ben irgendwie herausgefunden haben konnte.

»Das freut mich. Hör mal: Mein lieber Bruder und seine Frau sind für einen Monat nach Nepal gereist. Ich habe versprochen, regelmäßig im Haus nach dem Rechten zu sehen, weil ich ja sonst nichts zu tun habe.« Sie lachte kurz auf. »Aber immerhin gehört dazu, dass ich den Pool benutzen darf. Heute soll es knapp dreißig Grad heiß werden. Wir könnten uns einen Vormittag unter dem Sonnenschirm im Liegestuhl gönnen, uns beim Schwimmen abkühlen und außerdem noch über deinen Geburtstag plaudern. Na, was meinst du?«

Der Vorschlag klang für Eva durchaus verlockend, bis auf den Teil mit ihrem Geburtstag. Doch diesem Gespräch würde sie ohnehin nicht entkommen.

»Du wirst doch jetzt nicht so eine Eigenbrötlerin werden, die nur noch alleine in ihrem Haus herumsitzt?« Ricarda ließ nicht locker.

»Natürlich nicht.«

»Und was gibt es dann so lange zu überlegen?«

»Lass mich doch erst einmal richtig wach werden«, sagte Eva, um Zeit zu gewinnen.

Ben war bis Mittag auf einer Fahrradtour. Sie könnte ihm vorschlagen, sich am Nachmittag oder am Abend zu treffen.

»Na gut. Ich komme mit.«

Während Ricarda schon vor zwanzig Minuten aus dem Pool gestiegen war und nun mit dem Wirtschaftsteil der *Süddeutschen Zeitung* von gestern auf dem Liegestuhl lag, zog Eva immer noch ihre Bahnen. Sie genoss es, mit kraftvollen Zügen durch das Wasser zu gleiten und sich danach noch eine Weile auf dem Rücken mit geschlossenen Augen sanft treiben zu lassen.

Schließlich hatte auch sie genug.

»Das tut so gut!«, schwärmte Eva, die es sich kurz darauf mit einem glücklichen Seufzer auf dem Liegestuhl neben Ricarda bequem machte.

»Meine Rede!«, stimmte Ricarda zu. »So einen Pool hätte ich auch immer gerne gehabt. Aber als die Zwillinge noch kleiner waren, hätte ich mir viel zu viele Sorgen gemacht, dass etwas passiert«, meinte Ricarda.

»Verstehe ich, mir ging es ähnlich. Wobei Alisa nicht das Problem war, sondern eher ihre vielen Freunde, die ständig zu Besuch bei uns waren. Wie geht es Mia denn?«, fragte Eva, während sie sorgfältig Sonnencreme auf ihren Beinen verteilte.

»Von der OP hat sie sich erstaunlich schnell erholt. Aber sie ist total genervt, dass sie sich noch schonen muss, obwohl sie – wie sie behauptet – schon Apfelbäume ausreißen könnte. Max hat versprochen, heute mit ihr alle sechs Harry-Potter-Filme zu schauen. Ich liebe ihn dafür, dass er sich die Zeit nimmt – vor allem bei dieser Hitze. Ich hoffe, die beiden halten das durch.«

»Alisa und ich haben solche Filmmarathons auch oft gemacht«, erinnerte sich Eva etwas wehmütig. »Vor allem in den Ferien, wenn es geregnet hat, oder wenn Johannes an den Wochenenden auf Geschäftsreise war. Dann haben wir uns auf dem Sofa eingekuschelt und die Welt um uns vergessen.«

Ricarda warf einen Blick zu Eva hinüber.

»Kommst du schon besser klar damit, dass sie jetzt in Berlin ist?«

»Ich muss ja«, sagte Eva und lächelte. »Es scheint ihr gut zu gehen, und das zu wissen, macht es für mich von Tag zu Tag ein wenig leichter.«

»Und hast du dir auch schon was überlegt wegen eines Jobs?«

Da Eva wusste, wie skeptisch Ricarda diesbezüglich war, wollte sie nichts von ihren Ambitionen erzählen, wieder in ihrem eigentlichen Beruf zu arbeiten, bis sie nicht zumindest mit ihrer ehemaligen Agentin gesprochen und deren Einschätzung gehört hatte. Und auch über den Auftritt gestern würde sie kein Wort verlieren. Auch wenn sie wahnsinnig gern davon erzählt hätte.

»Bin noch am Überlegen«, sagte sie deshalb nur. »Das ist alles nicht so einfach.«

Ricarda nickte verständnisvoll.

»Ich bin ja echt der Überzeugung, dass du mit deinen Kochkünsten und als perfekte Gastgeberin ein kleines, aber sehr feines Restaurant eröffnen solltest.«

»Da hängt aber auch ziemlich viel dran, Ricarda«, warf Eva ein. »Außerdem muss man vorher eine Menge Geld investieren und die richtigen Leute dafür finden, mit denen man arbeiten kann und die sich auch auskennen. Ich habe schließlich nicht gelernt, ein Restaurant zu führen. Und für die Familie lecker zu kochen, reicht ganz sicher nicht aus, um das professionell aufzuziehen.«

»Du kochst nicht nur lecker, und das weißt du auch. Und wenn du es dir alleine nicht zutraust, such dir einen Geschäftspartner. Wegen der nötigen Investitionen musst du dir sicher keine Gedanken machen. Mit der Firma deines Mannes als Sicherheit kriegst du jeden Kredit, den du brauchst.«

»Ich denke darüber nach«, sagte Eva, hatte jedoch nicht die Absicht, jemals ein Restaurant zu eröffnen. Obwohl – dann könnte Ben vielleicht bei ihr aushelfen, schoss es ihr plötzlich durch den Kopf. Das würde die Sache natürlich gleich etwas verlockender machen, dachte sie nicht ganz ernsthaft.

»Was ist denn so amüsant?«, fragte Ricarda.

»Amüsant?«

»Na, so wie du lächelst …«

»Ach, nichts«, winkte Eva ab.

Sie setzte die Sonnenbrille auf und klappte das Kopfteil der Liege tiefer.

»Irgendwie bist du heute anders«, meinte Ricarda.

»Wie bin ich denn?«

»Hm. Ich weiß nicht. Du wirkst ein wenig abwesend, aber gleichzeitig auch sehr entspannt. Und du lächelst deutlich öfter als sonst.«

»Ach was«, sagte Eva und spürte, wie sie errötete. Und das kam nicht von der Hitze. »Wir wollten doch eigentlich über meinen Geburtstag reden«, lenkte sie rasch ab.

»Allerdings. Also, was hast du vor an deinem großen Tag?«

Eva verdrehte hinter der Sonnenbrille die Augen.

»Für mich ist das kein großer Tag, und ich möchte daher auch nicht groß feiern«, stellte sie klar. »Alisa kann auch nicht kommen, weil sie an diesem Tag einen Termin hat, den sie nicht verschieben kann. Ist ja auch an einem Montag. Ich habe an ein Abendessen beim Italiener gedacht. Nur im kleinen Kreis. Du und Max seid natürlich dabei.«

Am liebsten hätte sie überhaupt nichts an diesem Tag unternommen, aber dann würden die Leute trotzdem zu ihr nach Hause kommen, um zu gratulieren, worauf sie auch keine Lust hatte. Es war besser, sie trafen sich mit engen Freunden am

Abend im Restaurant, und danach gingen alle wieder nach Hause.

»Bist du dir sicher? Schließlich wird man nur einmal fünfzig.«

»Ja, ich bin mir sicher. Außerdem weiß ich ja noch nicht mal, ob Johannes überhaupt da sein wird an dem Tag. Er ist geschäftlich momentan ständig unterwegs.«

»Deinen Geburtstag wird er ganz sicher nicht verpassen, Eva.«

Eva zuckte mit den Schultern.

»Wir werden sehen …«

»Okay, wenn du es so möchtest, dann feiern wir deinen Geburtstag im kleinen Kreis im Lokal. Auch wenn ich es schade finde. Und das eine sag ich dir gleich: Mein Geburtstag wird dafür umso turbulenter ausfallen.«

Eva lachte.

»Das ist mir klar.«

»So. Und ich habe jetzt Lust auf einen Cappuccino – du auch?«, fragte Ricarda und stand auf.

»Ja, das wäre toll! Soll ich dir helfen?«

»Ach was, das kriege ich wirklich auch alleine hin.«

Während Ricarda in der Küche war, schaute Eva ihre neuen Nachrichten am Handy an. Ben hatte sich auf ihre E-Mail und den Vorschlag, sich am Abend zu treffen, bisher noch nicht gemeldet. Was sie jedoch nicht wunderte, da sie wusste, dass er mit dem Fahrrad unterwegs war und sicher nicht ständig aufs Handy schaute.

In ihrer WhatsApp-Familiengruppe waren einige Nachrichten von Alisa und Johannes. Ihr Mann hatte Fotos aus dem Nationalpark in Kenia geschickt. Auf einem Bild sah man Johannes und hinter ihm einige Giraffen vor der Skyline von Nairobi, auf dem anderen grinste er aus einem Jeep in die Kamera. Da die Aufnahmen offensichtlich keine Selfies waren, ging Eva davon aus, dass er mit Miriam Orlov unterwegs gewesen war, die fotografiert hatte. Johannes machte sich einen tollen Tag mit dieser Frau, während er mit seiner Familie noch nicht mal eine Stunde für einen gemeinsamen Videochat zustande brachte? Evas Schuldgefühle wegen ihrer Affäre mit Ben lösten sich nun völlig in Luft auf.

Alisa hatte ein Selfie aus dem Berliner Zoo geschickt, auf dem im Hintergrund ebenfalls eine Giraffe zu sehen war.

»Man muss nicht so weit wegfliegen, um eine Giraffe zu sehen«, hatte sie geschrieben. »Aber es ist natürlich trotzdem großartig, wenn man sie in ihrem natürlichen Lebensraum betrachten kann«, hatte sie dann doch noch hinzugefügt.

Da Eva das Gefühl hatte, ebenfalls einen Kommentar abgeben zu müssen, schrieb sie einfach: »Wow – tierisch gute Fotos!«, und fügte einige Smileys dazu.

In einer plötzlichen Anwandlung setzte sie sich auf und positionierte sich im Badeanzug so, dass der Pool im Hintergrund zu sehen war. Dann nahm sie die Sonnenbrille ab und schoss ein Selfie, das sie ebenfalls in die Familiengruppe stellte. Kommentarlos.

Ricarda kam zurück mit einem Tablett, auf dem nicht nur zwei Tassen Cappuccino standen, sondern auch eine kleine Schale mit Keksen und zwei Gläser mit Orangensaft.

Eva legte das Handy zur Seite und stellte einen Hocker zwischen die Liegestühle, auf dem Ricarda das Tablett abstellen konnte.

»Hach, ich genieße das. Solche kleine Auszeiten sind so kostbar für mich«, sagte Ricarda wenig später und nahm einen Schluck Cappuccino. »Ich beneide dich tatsächlich, dass du jetzt einfach mal eine Weile mehr oder weniger in den Tag hineinleben kannst«, fügte sie noch hinzu.

Eva kannte ihre Freundin lange genug, um zu wissen, dass Ricarda ihr nicht durch die Blume Faulheit unterstellen oder sie gar beleidigen wollte. Trotzdem fühlte es sich an wie ein Makel, vor allem in einer Welt, in der jeder immer auf mehreren Ebenen funktionieren musste und eine verheiratete Frau, die nicht berufstätig war, sich oft den Vorwurf gefallen lassen musste, sich von einem Mann aushalten zu lassen. Leider lebte Eva tatsächlich vom Geld ihres Mannes – und momentan ins Blaue hinein. Sie war eine Frau ohne Aufgaben. Zumindest dachte Ricarda das, weil sie nichts von Evas Bemühungen wusste, schnellstmöglich wieder in ihrem Beruf Fuß zu fassen. Oder falls das tatsächlich nicht klappte, eine Alternative zu finden, die ihren Neigungen entsprach. Sie hatte auch schon ab und zu darüber nachgedacht, sich an ein Drehbuch zu wagen. Geschichten zu erfinden lag ihr schon immer im Blut. Und sie hatte sich im Rahmen ihrer Schauspieltätigkeit auch viel mit Dramaturgie und Figurenentwicklung befasst und sogar einige Kurse besucht.

Doch die Wahrscheinlichkeit, in diesem Bereich als Neuling in ihrem Alter Fuß zu fassen, war nicht größer als die, es als Schauspielerin zu schaffen.

»Bist du mir jetzt böse, weil ich das gesagt habe?«, riss Ricarda sie aus ihren Gedanken.

Eva schüttelte den Kopf.

»Nein. Ich kann ja verstehen, dass du dich nach einer Auszeit sehnst«, richtete Eva den Fokus des Gesprächs nun auf ihre Freundin. »Du jonglierst zwischen deiner Arbeit, deiner Familie und gesellschaftlichen Verpflichtungen und machst das großartig. Ehrlich gesagt, beneide ich dich, wie du das alles auf die Reihe kriegst.«

»Na ja. Max hilft doch auch viel mit, soweit seine Dienste es zulassen.«

»Da kannst du echt froh sein.«

»Bin ich auch. Eva, vielleicht könntest du dich ja, bis du was gefunden hast …« Ricarda stockte.

»Was denn?«

»Na ja, du könntest dich doch für irgendein karitatives Projekt engagieren.«

»Damit ich weiß, was ich mit meiner Zeit anfangen soll?«

»Du weißt, was ich meine!«, betonte Ricarda. »Ein Mensch, wie du es bist, braucht Aufgaben. Wenn ich daran denke, was du all die Jahre alles auf die Beine gestellt hast, damit Alisa trotz ihrer Einschränkungen ein glückliches Leben führen konnte.«

»Stell dir vor, ich bin nach wie vor in mehreren Fördervereinen Mitglied und engagiere mich bei verschiedenen Organisationen. So wie ich es schon seit vielen Jahren nebenbei mache. Was also schlägst du vor, soll ich noch machen, damit ich meine Zeit nicht planlos verplempere?«, fragte Eva und milderte den Sarkasmus mit einem Lächeln.

»Schon gut … Ich möchte dir nichts vorschreiben, aber ich bin deine Freundin, und ich sehe doch, dass du zurzeit irgendwie schwimmst. Eben weil du zu viel Zeit hast. Aber jetzt halte ich meine Klappe, denn ich bin mir sicher, dass du das Richtige für dich finden wirst.«

Damit legte Ricarda sich auf die Liege und schloss die Augen.

In diesem Moment meldete Evas Handy eine neue Nachricht ihrer Tochter. Alisa schrieb, sie beneide ihre Mutter um das tolle Wetter. Während in München der schönste Sommertag war, regnete es in Berlin Bindfäden.

Eva sandte ein paar aufmunternde Worte zurück und wollte das Handy schon wieder weglegen, da entdeckte sie eine E-Mail in ihrem Posteingang. Sie war von Ben. Ihr Herz schlug mit einem Mal schneller.

Hallo, meine – nicht mehr ganz so – Unbekannte. Ja, ich würde dich sehr gern heute Abend sehen, am besten in meiner Wohnung bei Pizza und Rotwein. Kann ich dich damit locken? Und nachdem ich nun weiß, wer du bist, wäre alles viel einfacher, wenn wir unsere Handynummern tauschten, statt uns E-Mails zu schreiben. Wie denkst du darüber?

Er hatte seine Nummer und zusätzlich ein Foto mitgeschickt, das er offenbar heute bei seiner Fahrradtour aufgenommen hatte. Dabei lächelte der gutaussehende Sportlehrer sympathisch in die Kamera. Eva spürte, wie es in ihrem Bauch zu kribbeln begann, und biss sich nachdenklich auf die Unterlippe.

Eigentlich war es nur fair ihm gegenüber, ihre Handynummer ebenfalls preiszugeben. Sie tippte seine Daten bei ihren Kontakten ein und schickte ihm mit einer WhatsApp-Nachricht das Foto, das sie vorhin gemacht hatte. Dazu schrieb sie:

Nun hast du auch meine Nummer. Bin um 19.30 Uhr bei dir. Den Rotwein bringe ich mit. Eva.

Dann legte sie das Handy wieder zur Seite.

Kaum eine Minute später kam eine Nachricht von ihm zurück.

Ich kann es kaum erwarten!

»Eva?«

»Ja?« Sie drehte sich zu Ricarda, die ihre Sonnenbrille abgenommen hatte und sie fragend musterte.

»Läuft da irgendwas mit einem anderen Mann?« Sie redete nicht lange um den heißen Brei herum.

Eva sah sie wie ertappt an.

»Was?«

»Ich bin Anwältin. Und meine größte Gabe ist, dass ich feine Antennen habe und im Gesicht und im Verhalten eines Menschen mehr lesen kann als die meisten anderen. Du benimmst dich in letzter Zeit anders als üblich. Deine Augen haben eben total gestrahlt, als du dir mit jemandem Nachrichten geschrieben hast. So strahlst du normalerweise nicht mal mit Alisa, geschweige denn mit Johannes. Da ist doch was. Und sag jetzt nicht, dass ich mich täusche. Denn das tu ich nicht.«

Sie taxierte Eva bohrend. Die wusste nicht, was sie antworten sollte.

»Ricarda, ich …«, begann sie und suchte nach den richtigen Worten.

»Gibt es einen anderen Mann, Eva?«

»Das … das ist alles ein wenig kompliziert zu erklären«, wich Eva aus, die nicht direkt lügen wollte.

»Ich wusste es doch!« Ricarda setzte sich auf.

Und auch Eva hielt es nicht länger auf ihrem Liegestuhl. Sie stand auf und sah ihre Freundin ernst an.

»Na gut … also, ich habe vor Kurzem bei meinen Spaziergängen im Englischen Garten zufällig einen Mann kennengelernt. Alles ganz harmlos. Wir sind ins Plaudern gekommen und haben festgestellt, dass wir uns sympathisch sind.«

»Sympathisch also? Und was noch?« Die Anwältin in Ricarda gab nicht nach. Aber damit hatte Eva auch nicht gerechnet.

»Ben und ich waren mal in einer Kneipe was trinken und haben zusammen gegessen. Und ja, es macht mir Spaß, wenn wir was gemeinsam unternehmen.«

»Warst du gestern auch mit ihm zusammen, als ich dich anrief?«

»Ja.« Aber mehr würde sie Ricarda nicht verraten.

»Ich kann ja irgendwie verstehen, dass du nicht den ganzen Tag allein daheim sitzen kannst. Aber mit einem Mann ausgehen? Findest du das etwa fair Johannes gegenüber?«, bohrte Ricarda nach.

»Fair? Johannes ist in diesem Moment in Nairobi, und ich möchte gar nicht wissen, wie viel Zeit er mit seiner neuen Mitarbeiterin auch nach den geschäftlichen Terminen verbringt. Findest du das etwa fair?«

»Das ist was anderes. Wenn man so weit weg auf Geschäftsreise ist, dann verbringt man auch mehr Zeit miteinander. Bei mir ist das auch so, wenn ich beruflich in eine andere Stadt muss. Da geht man eben am Abend noch mit Kollegen oder Mandanten gemeinsam essen oder auch mal in eine Bar.«

»Und das ist dann in Ordnung?«

»Solange es kollegial bleibt, ist es das«, beteuerte Ricarda.

»Und woher weiß ich, dass es nur kollegial ist? Johannes und ich – da ist nicht mehr viel, Ricarda. Mich würde es noch nicht mal wundern, wenn mit dieser Frau was liefe. Unser letzter Sex ist schon ewig her!« Sie schloss für einen kurzen Moment die Augen, dann sprach sie weiter: »Das, was uns noch irgendwie verbindet, uns verbunden hat, ist Alisa. Aber jetzt, wo sie nicht mehr bei uns wohnt, kommt es mir manchmal vor, als wären wir zwei Bekannte, die sich ab und zu im Haus über den Weg laufen und versuchen, einigermaßen freundlich miteinander umzugehen.«

So deutlich hatte Eva es noch nie ausgesprochen. Aber die traurige Wahrheit war, dass sie es genau auf den Punkt gebracht hatte.

Ricarda sah sie eine Weile schweigend an.

»Willst du es denn überhaupt anders, Eva?«, fragte sie dann ruhig.

Eva versuchte, ihrem Blick gelassen standzuhalten, obwohl Ärger in ihr hochkochte. Bevor sie jedoch etwas sagte, das ihr womöglich hinterher leidtat, wandte sie sich ab und griff nach ihrem Sommerkleid, das über einem Stuhl hing. Ihr Badeanzug war inzwischen trocken, und sie schlüpfte einfach ins Kleid.

»Ich bin deine beste Freundin und werde dich nicht mit Samthandschuhen anfassen, nur damit bei uns heile Welt herrscht. Dazu bist du mir viel zu wichtig. Und das weißt du auch. Klar, mich geht es nichts an, was du tust. Aber du solltest wirklich darüber nachdenken, ob du diesen Mann – egal, was da zwischen euch genau ist – nicht nur dafür benutzt, weiter vor deinen Problemen davonzulaufen. Probleme, die du vielleicht irgendwann in Angriff nehmen solltest.«

Eva griff nach ihrer Tasche und packte ihre Sachen ein. Dann drehte sie sich zu Ricarda.

»Ich weiß deine Besorgnis zu schätzen, Ricarda«, sagte sie kühl. »Aber was gut für mich ist oder nicht, entscheide ich schon selbst. Danke für die Einladung zum Schwimmen. Sag Max und den Kindern schöne Grüße.«

»Eva …!«

»Bis bald.«

Sie war schon ein paar Schritte gegangen, drehte sich dann aber noch mal zu Ricarda um. Jetzt musste sie doch etwas loswerden.

»Weißt du, gerade von dir hätte ich nicht erwartet, dass du den Moralapostel spielst«, sagte sie. »Wie viele One-Night-Stands mit verheirateten Männern hattest du, bevor du Max kennengelernt hast? Zwei? Drei? Mehr? Hab ich da auch nur einmal etwas gesagt über mögliche Probleme, die du vielleicht damit kompensieren wolltest?«

Nun war es Ricarda, die sie wie ertappt ansah.

»Eva, das ist doch schon ewig her!«

»Spielt das eine Rolle? Ich habe jedenfalls immer darauf vertraut, dass du weißt, was du tust, auch wenn es mir mal nicht so gut gefiel.«

»Es geht hier aber nicht um irgendwelche unbedeutende One-Night-Stands, die bald darauf schon wieder vergessen sind. Dazu bist du gar nicht in der Lage, Eva. Das warst du noch nie. Wenn du mit jemandem ins Bett gehst, dann nur, wenn du etwas für ihn übrighast.«

»Vielleicht habe ich mich ja verändert.«

»Das glaube ich nicht.«

»Trotzdem ist das nicht deine Angelegenheit!«

Entschlossen ging sie über den Rasen zu einer Tür neben der Garage und verließ das Grundstück.

KAPITEL 15

Rotwein und Prosecco

Auf dem Nachhauseweg verdrängte Eva das Gespräch mit Ricarda aus ihren Gedanken. Zumindest versuchte sie es, doch es gelang ihr nur zum Teil. Ihr war klar, dass Ricarda es nur gut meinte. Und es war ihr auch nicht wohl dabei, dass sie gestritten hatten. Trotzdem hatte Eva in letzter Zeit das Gefühl, dass Ricarda sich gar nicht dafür interessierte, was Eva wirklich brauchte. Sie versuchte zwar, sie aufzumuntern, fast so, wie sie es mit den Zwillingen gemacht hatte, denen sie früher immer bunte Pflaster auf die Stirn geklebt hatte, wenn sie über Kopfschmerzen jammerten. Doch Eva brauchte kein Trostpflaster und auch keine Vorschläge, die sie überhaupt nicht weiterbrachten, weil sie nichts mit ihr zu tun hatten. Der Einzige, der sie im Moment tatsächlich ernst zu nehmen schien, war Ben. Er interessierte sich wirklich dafür, was sie wollte. Fragte nach, hörte ihr zu. Ricarda hingegen versuchte ihr eher alles auszureden, was ihr wichtig war oder guttat. Deswegen hatte Eva auch keine Lust gehabt, ihr davon zu erzählen, was sie beruflich vorhatte.

Am Nachmittag unternahm Eva einen neuen Versuch, das Casting-Video aufzunehmen. Beflügelt von dem erfolgreichen Auftritt am Abend zuvor im *Osterhald*, gelang es ihr diesmal wesentlich besser. Sie war zufrieden mit den Aufnahmen, die sie in den nächsten Tagen zu einem Video schneiden wollte. Trotzdem hätte sie es gut gefunden, noch eine zweite Meinung dazu zu hören. Sie würde Ben fragen! Auch wenn er nicht vom Fach war, so interessierte es sie doch, was er dazu sagen würde.

Pünktlich um halb acht stand Eva mit einer Flasche französischem Rotwein und dem Laptop in einer Umhängetasche vor seiner Wohnung. Als Ben lächelnd die Tür öffnete, begann ihr Herz schneller zu schlagen. Er war wirklich ein äußerst attraktiver Mann.

»Schön, dass du da bist!«, sagte er und gab ihr zur Begrüßung einen Kuss auf die Wange.

»Danke für die Einladung.«

»Aber gern doch. Hereinspaziert.«

Sie gingen ins Wohnzimmer, wo bereits ein sorgfältig gedeckter Tisch auf sie wartete.

»Hübsch sieht das aus«, sagte Eva.

»Extra für dich, aber ich weiß nicht, ob es eine gute Idee war, uns hier zu treffen«, sagte er. »In den kleinen Räumen ist es heiß wie in einem Backofen.«

Tatsächlich konnte man die Hitze im Raum fast mit dem Messer schneiden, obwohl die beiden Fenster weit offen standen. Eva dachte kurz an ihr großes Haus mit den angenehm kühlen Räumen und der Terrasse, die, in warmen Sommernächten wie dieser, ganz besonders gemütlich und einladend war. Doch Ben mit zu sich nach Hause zu nehmen, kam auf keinen Fall infrage.

»Ach, wir werden es schon überleben«, sagte sie und lächelte.

»Klar werden wir das …«

Ben nahm ihr den Wein und die Tasche ab und zog sie an sich.

»Daran habe ich heute den ganzen Tag gedacht«, murmelte er und gab ihr einen Kuss.

Eva schmiegte sich an ihn, genoss seine Lippen, seine erregende Nähe.

»Ich auch«, flüsterte sie, nachdem sie sich voneinander gelöst hatten.

»Hast du schon großen Hunger?«

»Nein.«

»Ich auch noch nicht. Sollen wir die Pizza vielleicht erst später bestellen?«, fragte Ben leise ganz nah an ihrem Ohr und bescherte ihr damit eine Gänsehaut.

»Gute Idee«, murmelte sie und strich kurz durch sein Haar.

»Okay … dann komm.«

Er nahm sie an der Hand und zog sie ins Schlafzimmer.

Später saßen sie im Bett vor Evas Laptop, aßen Pizza aus dem Karton und tranken dazu den Rotwein, den sie mitgebracht hatte. Auf einem Hocker drehte sich ein kleiner Ventilator, der zumindest für ein wenig Abkühlung sorgte.

»Super. Gefällt mir echt gut!«, sagte Ben zu dem Video. »Man erkennt, wie vielseitig du in den einzelnen Rollen bist, und doch gibt es diesen roten Faden mit den Jonglierbällen. Das ist schön.«

»Danke, Ben. Normalerweise sieht man in so einem Casting-Video ja eher kurze Ausschnitte aus bereits gedrehten Spielfilmen, aber in meinem Fall ist das alles schon viel zu lange her. Deswegen habe ich es mal so gemacht. Wenn ich schneide, werden die einzelnen Figuren vielleicht noch ein wenig kürzer. Ich möchte insgesamt maximal zwölf Minuten haben.«

»Und das Video schickst du dann deiner Agentin?«

»Na ja. Erst mal muss ich mich mit ihr treffen, und dann stellt sich heraus, ob sie mich wieder in der Agentur aufnehmen möchte.«

Eva schob das letzte Stück Pizza in den Mund und wischte sich dann die Hände an einer Papierserviette ab, bevor sie nach dem Weinglas griff.

»Ich finde, sie wäre dumm, wenn sie es nicht machen würde!«, sagte Ben.

»So einfach ist das nicht, wenn man nach so langer Zeit wieder zurückkommt. Und in meinem Alter …«

Er legte einen Finger auf ihre Lippen.

»Sag das doch nicht immer! Du bist eine sehr attraktive Frau. Und soweit ich das beurteilen kann, vor allem eine gute Schauspielerin. Das Alter ist doch da nicht relevant. In Filmen sieht man doch nicht nur junge Leute.«

Sie lächelte.

»Trotzdem sind die wirklich guten Rollen für Frauen in meinem Alter eher rar gesät. Aber ich werde mich davon nicht abbringen lassen und es auf jeden Fall versuchen. Und du hast mich dazu ermuntert, Ben, auch wenn du gar nicht wusstest, worum es ging.«

»Das freut mich wirklich! Darauf sollten wir trinken.«

Sie ließen die Weingläser klingen und prosteten sich zu. Nachdem sie getrunken hatten, sah er sie an.

»Ich habe dich gegoogelt«, verriet er mit einem schiefen Lächeln.

»Das dachte ich mir schon.«

»Der Unfall damals – das stand groß in den Zeitungen. Du und deine Tochter habt ziemlich viel mitgemacht. Das tut mir sehr leid.«

Eva sah ihn an.

»Wir haben es überlebt und irgendwie auch gut überstanden«, sagte sie.

»Und was ist mit deinem Mann?«

Eva schüttelte den Kopf.

»Du möchtest immer noch nicht darüber reden?«, fragte er.

»Nein.«

»Okay.«

»Küss mich lieber noch mal.«

»Mit dem größten Vergnügen!«

Er lächelte und zog sie an sich.

Eva war froh, dass er nicht weiter nachhakte. Doch für einen Moment ging ihr durch den Kopf, dass sie das gleichzeitig auch ein wenig befremdlich fand.

Sie ließ den paradoxen Gedanken fallen und versank in Bens Umarmung.

An den nächsten Abenden musste Ben mehrmals bei Toni aushelfen, und auch nach dem Unterricht klappte es nicht immer, sich zu sehen. Trotzdem schafften sie es wenigstens ein paarmal, sich zu treffen. Sie nutzten die Zeit für lange Spaziergänge oder genossen Stunden der Zweisamkeit in seinem Schlafzimmer. Eva hatte das Gefühl, immer mehr aufzublühen, und verdrängte sowohl die Tatsache, dass sie verheiratet war, als auch den Streit mit Ricarda, die sich seither noch nicht wieder gemeldet hatte.

Inzwischen hatte sie ihre ersten Coaching-Stunden hinter sich. Es lag noch einiges an Arbeit vor ihr, aber es fühlte sich richtig gut an, sich voller Energie in das hineinzuknien, was sie liebte.

Am Ende der Woche traf sie sich mit Valerie im *Paulaner Biergarten* am Nockherberg. Die große Hitze der letzten Tage hatte nach einem kräftigen Sommergewitter in der vergangenen Nacht etwas nachgelassen. Es war immer noch warm genug für das luftige rote Sommerkleid, das Eva sich vor Kurzem gekauft hatte, und unter den Schatten spendenden alten Bäumen ließ es sich am Mittag gut aushalten.

Die Agentin schien bis auf ein paar Lachfältchen um die Augen kaum einen Tag älter geworden zu sein, und die paar Kilo, die sie seit damals zugelegt hatte, standen ihr ausgesprochen gut. Die zurückliegende Hüftoperation und die Reha hatte sie problemlos überstanden, aber sie ging noch immer an Krücken, was ihrer mitreißenden Energie jedoch keinen Abbruch tat.

»Wie wär's mit einem Gläschen Prosecco?«, fragte Valerie mit vergnügt blitzenden Augen. »Das ist gut für unseren Kreislauf.«

»Sehr guter Vorschlag«, antwortete Eva mit einem Lächeln. »Da bin ich gerne dabei.«

Valerie freute sich, dass Eva sich erneut an sie gewandt hatte. Eva hatte ihren Laptop dabei und zeigte der Agentin die neuen Fotos und das Video.

»Natürlich brauche ich auch noch professionelle Demobänder«, sagte Eva. »Ich habe das jetzt selbst gemacht, damit ich zumindest etwas vorweisen kann.«

»Ich finde, das Video mit den Frauenfiguren hast du gut hinbekommen. Und die Fotos sind großartig. Ich sag dir was – die inzwischen etwas ältere Version von Eva Rosenberg mag ich ausgesprochen gerne!«

»Vielen Dank.« Eva war erleichtert.

Sie warteten kurz, bis die Bedienung die Getränke serviert und die Essensbestellung aufgenommen hatte. Beide hatten sich für einen Backhendlsalat entschieden.

»Pass mal auf, Eva«, sagte die Agentin dann. »Ich kann dir natürlich keine großen Rollen versprechen, aber ich möchte es gern wieder mit dir versuchen. Sicher krieg ich dich in kleinen Nebenrollen bei Serien oder Spielfilmen unter. Vielleicht auch in der Werbung. Da sehe ich kein Problem. Aber ob mehr daraus wird, das muss man abwarten. Du weißt, es ist nicht einfach. Und es kann sein, dass du viel Geduld aufbringen musst.«

»Das ist mir klar. Und das macht mir auch nichts aus. Danke, Valerie, auch für deine Offenheit. Dass du mich als Agentin wieder vertreten möchtest, bedeutet mir sehr viel.«

»Du warst eine der Schauspielerinnen, in die ich die größte Hoffnung gesetzt hatte. Es war schrecklich mit diesem Unfall damals«, sagte Valerie und griff nach Evas Hand. »Und ich bewundere dich zutiefst für deine Entscheidung, ganz für deine Tochter da zu sein. Auch wenn ich es natürlich sehr bedauert habe, dich zu verlieren. Wie geht es Alisa denn jetzt überhaupt?«

»Sehr gut geht es ihr. Sie wohnt seit Kurzem in einer WG in Berlin und beginnt im Herbst ihr Kunststudium.«

»Da sieh mal an. Das sind wirklich gute Nachrichten.«

Eva nickte.

Sie plauderten noch eine Weile über Alisa, und Valerie erzählte auch von ihrem inzwischen ebenfalls erwachsenen Stiefsohn, den sie durch eine späte Heirat vor sieben Jahren als eine Art Bonuskind mit dem neuen Partner dazubekommen hatte.

»Da gibt es was, das ich dich noch fragen wollte, Valerie«, begann Eva, nachdem sie bezahlt hatten.

»Ja? Nur raus mit der Sprache!«

Sie wusste, dass die Agentin auch einige Drehbuchautoren unter Vertrag hatte.

»Mir spukt da schon länger eine Geschichte im Kopf herum, die ich mir sehr gut als TV-Komödie vorstellen könnte. Denkst du, dass es sinnvoll ist, es mit einem Drehbuch zu versuchen?«

»Hmm … das kann ich so nicht beantworten, Eva. Dazu müsste ich wissen, was und vor allem wie du schreibst«, sagte Valerie bedächtig.

»Klar. Aber wenn ich es tatsächlich schaffe, die Geschichte zu Papier zu bringen, würdest du dann mal einen Blick drauf werfen?«

»Ja, natürlich würde ich das. Aber ich muss dich leider vorwarnen. Sogar ein richtig gutes Drehbuch hat nicht automatisch eine Chance, verfilmt zu werden. Meine Autoren können alle ein Lied davon singen. Die müssen oft Rückschläge hinnehmen, und sehr viel von der Arbeit, die sie sich machen, ist tatsächlich für die Katz. Da spielt so viel anderes auch eine Rolle. Es ist echt schwierig, vor allem wenn man bisher noch nichts vorzuweisen hat.«

»Ich weiß. Aber ich möchte es trotzdem gern ausprobieren«, sagte Eva entschlossen. Sollte es nicht klappen, würde sie sich am Ende ihres Lebens zumindest nie vorwerfen müssen, es nicht wenigstens versucht zu haben. Bei diesem Gedanken sah sie Ben vor sich und erinnerte sich an eines ihrer ersten Gespräche im Park.

»Wie geht es eigentlich Johannes?«, fragte Valerie plötzlich.

»Der ist wie immer sehr beschäftigt«, antwortete Eva. »Bis Anfang nächster Woche ist er auf einer Messe in Nairobi. Wir sehen uns, ehrlich gesagt, nicht sehr oft.«

Valerie sah sie aus ihren dunkelbraunen Augen einen Moment lang intensiv an, als ahne sie, dass es um die Ehe der beiden womöglich nicht sonderlich gut bestellt war.

»Nun. Dann versuche ich dafür zu sorgen, dass du auch bald schwer beschäftigt sein wirst, meine Liebe. Die Vertragsunterlagen schicke ich dir in den nächsten Tagen per Mail zu.«

KAPITEL 16

Tanz im roten Kleid

Eva war nach dem Gespräch mit der Agentin so euphorisch, dass sie auf dem Nachhauseweg Ricarda anrief. Sie würde ihr zwar noch nichts verraten, bis es tatsächlich eine erste Rolle für sie gab, aber sie wollte auch nicht, dass weiterhin Spannungen zwischen ihnen herrschten.

»Hallo, Eva!«

Eva meinte, eine gewisse Erleichterung aus der Stimme ihrer Freundin herauszuhören, dass sie den ersten Schritt gemacht hatte.

»Hallo, Ricarda. Wie geht es dir?«

»Gut. Und jetzt noch besser, weil du anrufst.«

Eva lächelte.

»Geht mir auch so. Sag mal, hast du Lust, am Wochenende mal essen zu gehen?«, fragte Eva.

»Sehr gern. Aber ich kann leider nur am Sonntagabend. Passt das für dich?«

»Na klar – ich hab ja sonst nichts Wichtiges vor und kann mir meine Zeit völlig frei einteilen«, feixte Eva.

»Jaja … ist ja schon gut. Ich hab's verstanden. Wie wär's mit dem *Ganga?*« Ricarda schlug ein indisches Restaurant vor, das sie öfter mit ihrer Familie besuchte. »Da gibt es für mich leckere vegetarische Gerichte.«

»Gut, gehen wir zum Inder. Da war ich ohnehin schon länger nicht mehr«, stimmte Eva zu.

»Soll ich den Tisch für neunzehn Uhr reservieren?«

»Gern. Danke. Dann bis Sonntag!«

»Ciao, Eva.«

Zu ihrer Freude über das erfolgreiche Gespräch mit der Agentin gesellte sich nun die Erleichterung, sich mit Ricarda wieder versöhnt zu haben. Wenn man so lange befreundet war, musste man gar nicht alles haarklein aussprechen. Das Thema ihres Streits an sich war zwar noch nicht aus der Welt und würde sicher noch mal aufs Tapet kommen. Aber beide wussten, dass die jeweils andere nicht mehr sauer war.

Kurz nachdem sie aufgelegt hatte, kam eine Sprachnachricht von Ben.

Hallo, Eva. Ich hoffe, dein Gespräch ist gut gelaufen. Nein. Ich hoffe es nicht – ich bin überzeugt davon, dass es richtig gut lief. Am liebsten würde ich heute Abend die Schulveranstaltung schwänzen, aber leider geht das nicht. Meine Schüler würden mir den Kopf abreißen, wenn ich nicht komme. Das kann ich ihnen nicht antun. Dafür habe ich morgen den ganzen Tag Zeit. Wenn du magst, können wir an den Starnberger See fahren, uns ein Elektroboot ausleihen und uns einen schönen Tag auf dem Wasser machen. Was meinst du? Hättest du Lust? Auf jeden Fall freue ich mich, wenn du dich meldest. Bis bald!

Eva lächelte und rief ihn umgehend an.

»Hallo, Ben.«

»Hey, das ging aber schnell.«

»Die Idee mit dem Tag am See hört sich unglaublich verlockend an«, kam sie gleich zur Sache.

»Schön, dass du Lust hast. Aber jetzt möchte ich wissen, was deine Agentin gesagt hat«, forderte er sie auf. »Oder möchtest du mich auf die Folter spannen?«

»Vielleicht …« Sie lachte kurz auf. »Also, Valerie kann mir zwar nichts versprechen, und es wird sicher nicht ganz einfach werden, aber sie will es mit mir versuchen. Bald werde ich den Agenturvertrag unterschreiben!«

»Ja! Ich hab's doch gewusst! Das freut mich sehr für dich, Eva. Herzlichen Glückwunsch!«

»Danke, Ben!«

»Morgen erzählst du mir das alles noch haarklein, ja? Jetzt muss ich leider in die Sporthalle, um bei den Vorbereitungen für heute Abend mitzuhelfen.«

»Klar, geh nur. Ruf mich einfach an, wenn es vorbei ist. Egal, wie spät es ist. Dann vereinbaren wir alles für morgen. Ich freue mich! Bis später.«

»Bis später.«

Zu Hause öffnete Eva den Kühlschrank und holte sich eine Flasche Mineralwasser heraus. Da fiel ihr Blick auf eine Flasche Crémant. Obwohl sie schon Prosecco mit Valerie getrunken hatte und es erst Nachmittag war, schenkte sie sich ein Glas ein. Sie fühlte sich gut. Richtig gut. Und ihr war nach Musik. Eva drückte auf die Playlist an ihrem Handy mit einem Mix aus ihren Lieblingssongs mit zufälliger Wiedergabe. Als Erstes kam *You Give Me Something* von James Morrison.

Sie streifte die Schuhe ab und ging barfuß mit Handy und Crémant ins Wohnzimmer. Dort öffnete sie die Türen zur Terrasse, blieb jedoch im angenehm kühlen Zimmer. Sie nahm einen großen Schluck des herrlich kalten Getränks, dann drehte sie die mitreißende Musik noch lauter und stellte das Glas zusammen mit dem Handy auf dem Tisch ab.

Langsam begann sie zu tanzen und summte mit. Sie hatte das Lied schon so oft gehört, dass sie den Text auswendig kannte und bald mitsang. Eva hatte nicht nur eine Schauspiel-, sondern auch eine Gesangsausbildung und eine ziemlich gute Stimme. Früher war sie Mitglied in einem Chor gewesen und hatte auch mit Alisa oft und gerne zusammen gesungen. Einmal hatte Johannes ihnen von einer seiner Geschäftsreisen eine Konsole mit einem Karaoke-Spiel mitgebracht, die sicher noch irgendwo im Speicher sein musste. Was waren das für fröhliche Nachmittage und Abende gewesen, als sie regelrechte Karaoke-Wettkämpfe veranstalteten. Ab und zu hatte sogar Johannes mitgemacht, der ebenfalls keine üble Stimme hatte, jedoch die beiden beim Spiel nach Punkten nie schlagen konnte. Was Alisa immer ganz besonders amüsiert hatte.

Eva schloss die Augen, als das Lied sich auf seinen musikalischen Höhepunkt zubewegte. Es war ein wunderbares Gefühl, sich einfach von der Musik treiben zu lassen.

Als Nächstes kündigte das unverkennbare Intro *Purple Rain* von Prince an. Einer ihrer Lieblingssongs, den sie, seit dem viel zu frühen Tod des Sängers, lange Zeit nicht mehr hatte anhören können, weil er sie zu traurig machte. Doch jetzt schien der richtige Moment für das Lied zu sein. Wehmut und Glück vereint, bittersüß und intensiv.

Als das Lied zu Ende war, nahm Eva einen Schluck, während Adeles rauchige Stimme *Chasing Pavements* sang. Sie wollte in die Küche gehen, um nachzuschenken, da fiel ihr Blick zur Tür, und sie hätte beinahe das Glas fallen lassen.

»Johannes!«

»Entschuldige, Eva, ich wollte dich nicht erschrecken«, sagte er beschwichtigend.

»Das ist dir aber gründlich misslungen!«, entgegnete sie mit wild klopfendem Herzen.

»Tut mir wirklich leid, aber du warst so versunken in die Musik, und ich wollte dich nicht herausreißen.«

Sie drückte auf die Stopptaste am Handy.

»Schon gut. Ich habe einfach nicht damit gerechnet, dass jemand im Haus ist. Was machst du denn schon hier? Ich dachte, du fliegst erst am Montag zurück«, fragte sie irritiert.

Er zuckte mit den Schultern.

»Tja. Jetzt bin ich aber doch schon früher nach Hause gekommen.«

»Gibt es in der Firma hier Probleme?«

»Nein.«

Mehr sagte er nicht dazu. Offenbar wollte er keine Erklärung abgeben.

»Bist du schon länger da?«

»Eine Weile … Es war schön, dir zuzusehen und zuzuhören«, sagte er mit einem Lächeln, das etwas erschöpft wirkte.

»Ich dachte, ich wäre alleine«, murmelte sie etwas verlegen. »Aber danke.«

Seine dunklen Haare waren zerzaust. Wie immer auf längeren Flügen trug er legere Kleidung und wirkte darin jünger, als er war. Auf seinen Wangen lag der Schatten eines Dreitagebartes und ließ das Grau seiner Augen noch intensiver leuchten.

»Möchtet du was trinken? Oder etwas zu essen?«, fragte Eva, die gar nicht so richtig wusste, wie sie mit seiner vorzeitigen Rückkehr umgehen sollte.

»Was trinkst du denn?«

Er deutete auf ihr Glas.

»Crémant.«

Es war ihr etwas peinlich, dass er sie ausgerechnet dabei überrascht hatte, am helllichten Tag schon Alkohol zu trinken. Da ihr jedoch keine plausible Erklärung dafür einfiel, thematisierte sie es nicht weiter.

»Ich hol dir ein Glas«, sagte sie und ging in die Küche.

Sie nahm einen zweiten Sektkelch aus der Vitrine und schenkte mit leicht zitternden Händen in beide Gläser ein.

Sein plötzliches Auftauchen hatte sie tatsächlich etwas aus der Fassung gebracht.

Als sie wieder ins Wohnzimmer kam, hatte Johannes es sich in einem Sessel bequem gemacht. Sie reichte ihm den Crémant und setzte sich ihm gegenüber aufs Sofa.

»Merci.«

»Tja. Dann auf deine Rückkehr«, sagte sie und hob ihr Glas.

Sie stießen an und tranken.

»Dieses rote Kleid gefällt mir sehr, es steht dir ausgezeichnet!«

Noch ein Kompliment, dachte Eva verwundert.

»Danke.«

»Ich mochte es immer, wenn du Rot trugst.«

»Ich weiß«, sagte sie. Dabei hatte sie es bis zu diesem Moment tatsächlich vergessen. Er hatte es schon lange nicht mehr gesagt.

»Es scheint dir gut zu gehen«, stellte er fest.

»Ja … das tut es.«

Eva überlegte rasch, wie sie es nachvollziehbar erklären könnte, ohne etwas von Ben und auch nichts von Valerie zu erzählen. Denn auch Johannes wollte sie erst dann verraten, wieder in ihren alten Job einzusteigen, wenn sie etwas Konkretes vorweisen konnte.

»Ich hatte vorhin ein schönes Gespräch mit Ricarda«, dehnte sie die Wahrheit ein wenig. »Und wir haben für Sonntag ausgemacht, essen zu gehen. Außerdem merke ich, dass es Alisa wirklich gut geht in Berlin. Sie fehlt mir zwar immer noch, aber ich komme jeden Tag besser damit klar.«

»Das freut mich. Wirklich.«

»Verrätst du mir, warum du schon so viel früher zurückgekommen bist?«, fragte sie, weil es tatsächlich ungewöhnlich für ihn war. Wahrscheinlicher wäre es gewesen, dass er noch ein paar Tage länger blieb, wegen irgendwelcher unaufschiebbarer Meetings.

»Auf der Messe läuft es reibungslos, und die wichtigsten Gespräche habe ich bereits geführt. Das andere können meine Leute auch ohne mich erledigen«, erklärte er und strich sich mit beiden Händen durchs Haar.

Sie sah ihn überrascht an.

»Und das aus deinem Mund?«

Er lachte.

»Ja … ich bin selbst etwas verwundert«, gestand er.

Für ein paar Sekunden sagte keiner von ihnen ein Wort.

»Bist du alleine zurückgekommen?«, stellte sie schließlich die Frage, die sie sich nicht verkneifen konnte, und hoffte, dass sie beiläufig klang.

»Ja«, antwortete er und hielt ihrem Blick stand.

Also war diese Miriam noch in Nairobi. Was bedeutete das?

»Okay …«

Er nahm noch einen Schluck und rutschte in seinem Sessel nach vorne.

»Weißt du, Eva, es gibt da was, das ich gerne mit dir besprechen möchte.«

»Ja? Was denn?«

Sie versuchte, ihre Unsicherheit zu verbergen. Irgendwie verhielt er sich heute sehr eigenartig. Ob das von der Erschöpfung durch den langen Flug kam? Gab es in der Firma Probleme, die er ihr verschwieg? Oder hatte er womöglich etwas von ihrer Affäre mit Ben herausgefunden und war deswegen schon hier, um sie zur Rede zu stellen? Eva schluckte. Vielleicht wollte er ihr aber erklären, dass er etwas mit dieser Miriam am Laufen hatte. In diesem Moment schien ihr alles möglich. Nervös streifte sie eine Haarsträhne hinters Ohr.

»Also, ich habe ja lange darüber nachgedacht, was ich dir zum Geburtstag schenken könnte«, unterbrach er ihre Gedanken.

»Zum Geburtstag?« Sie sah ihn verdutzt an. Darauf wäre Eva als Letztes gekommen.

»Ja. Ich habe natürlich nicht vergessen, dass der erst am Montag in einer Woche ist.« Er lächelte. »Aber wir müssen jetzt schon darüber reden, damit du planen kannst.«

»Planen?« Eva sah ihn irritiert an.

»Ich habe das mit Alisa bereits ausgetüftelt. Moment …« Er stand auf und setzte sich neben Eva, holte sein Handy aus der Tasche und wählte eine Nummer über Facetime an. Alisa schien offenbar schon auf seinen Anruf gewartet zu haben, denn schon nach wenigen Sekunden erschien sie grinsend auf dem Bildschirm.

»Na endlich. Ich renne schon die ganze Zeit ungeduldig in der Wohnung auf und ab wie ein Tiger«, scherzte sie und winkte von ihrem Rollstuhl aus in die Kamera.

»Nur immer mit der Ruhe, mein Schätzchen. Ich musste ja erst mal ankommen«, sagte Johannes.

Offenbar hatte Alisa gewusst, dass Johannes früher zurückreisen würde, und ihrer Mutter nichts davon gesagt.

»Hey, Mama.«

»Hallo, Alisa. Jetzt sag mal, was habt ihr, du und dein Papa, denn ausgetüftelt?«

»Aaaalsooo …« Alisa zog das Wort in die Länge. »Ich weiß, ich habe zu dir gesagt, dass ich an deinem Geburtstag leider nicht kommen kann, weil ich am Nachmittag einen Termin an der Uni habe, der nicht zu verschieben ist.«

»Ja, und das ist für mich auch völlig in Ordnung, Alisa. Wir können …«

»Jetzt warte doch mal«, unterbrach Alisa sie. »Du denkst doch nicht wirklich, dass ich an deinem fünfzigsten Geburtstag nicht mit dir zusammen sein werde? Wir feiern unsere Geburtstage doch immer zusammen!«

»Na ja … manchmal klappt es eben nicht so, wie man es sich wünscht.«

»Aber diesmal schon, Mama. Ich kann den Termin am Nachmittag zwar wirklich nicht verschieben. Aber wir haben ja auch noch den Vormittag und den Abend. Und den Tag davor und den Tag danach.«

Eva sah sie fragend an. Worauf wollte sie hinaus? Sie warf einen Blick zu Johannes, der amüsiert schmunzelte.

»Es ist ganz einfach. Du kommst mit Papa am Tag vorher nach Berlin, und ihr bleibt zwei Nächte. Dann kann ich euch mein neues kleines Reich zeigen, und wir haben Zeit, um deinen Geburtstag zu feiern und überhaupt wieder mal was gemeinsam zu unternehmen.«

»Okay …«, sagte Eva überrascht.

Plötzlich hörte man ein Klingeln aus Alisas Wohnung. Sie drehte kurz den Kopf, dann sah sie wieder in die Kamera.

»Und du brauchst gar nicht lange zu überlegen, das ist schon alles fest geplant«, sprach sie nun sehr viel schneller. Offenbar war sie in Eile. »Ich muss jetzt los, sorry … Papa soll dir alles Weitere erklären. Bis bald!«

Damit legte sie auf.

»Wann habt ihr das denn ausgemacht?«, fragte Eva ihren Mann, noch völlig überrumpelt.

»Schon vor einer Weile. Bei einem Skype-Gespräch, als ich in Seattle war.«

Eva schüttelte ungläubig den Kopf, musste dann aber lächeln.

»Und bis jetzt hat sie mich im Glauben gelassen, dass wir uns an dem Tag nicht sehen können.«

Er nickte.

»Sie kann gut schauspielern, nicht wahr?«

»Allerdings.«

»Tja. Das hat sie auf jeden Fall von dir. Eigentlich wollte sie vorher gar nichts sagen, sondern wollte mich überreden, dass ich dich erst am Tag vor deinem Geburtstag ins Auto setze und mit dir eine Überraschungsfahrt nach Berlin mache. Aber gar so überrumpeln wollte ich dich dann auch nicht.«

»Wie nett. Danke.«

»Höre ich da einen Hauch von Sarkasmus in deiner Stimme?« Er zog eine Augenbraue hoch.

»Nein. Ich bin dir wirklich dankbar.«

»Schön. Ich habe auch schon ein Hotel gebucht ganz in der Nähe von Alisas Wohnung – mit einem eigenen Zimmer für dich.« Sie sahen sich kurz an, dann fuhr er fort. »Und an deinem Geburtstag gehen wir mit Alisa, Mika und meiner Schwester schön in ein Restaurant essen.«

»Es ist also alles schon durchgeplant und organisiert«, stellte Eva fest.

Das Lächeln in seinem Gesicht verblasste und machte einem ernsteren Ausdruck Platz.

»Eva. Unsere Ehe läuft schon lange nicht mehr so, wie sie sollte. Und mir ist klar, das liegt auch daran, dass ich so viel Zeit in der Firma verbringe. Darüber müssen wir auch irgendwann mal reden, wenn wir wieder zurück sind. Aber als Eltern, da haben wir doch immer gut funktioniert, und es wäre schön, wenn wir deinen Geburtstag als Familie feiern würden.«

In Evas Kopf wirbelten tausend Gedanken durcheinander wie Glühwürmchen. Mit dieser Überraschung hätte sie niemals gerechnet. Die Vorstellung, ihren Geburtstag in Berlin zu verbringen, war sehr verlockend. Vor allem natürlich, weil Alisa dann auch dabei sein konnte. Gleichzeitig dachte sie an Ben und das, was sie gerade mit ihm erlebte. Dabei wusste sie überhaupt nicht, was die Sache mit dem Sportlehrer ihr wirklich bedeutete. Ob sie überhaupt eine große Bedeutung hatte. Oder ob das, was sie gerade erlebten, einfach eine kurze Sommerromanze war, die ihr vor allem dabei half, sich abzulenken und ihr Leben wieder in die richtigen Bahnen zu bringen.

Die Reise nach Berlin auszuschlagen, war kaum möglich. Alisa wäre sicher total enttäuscht. Und Eva wollte das auch gar nicht. Doch sie würde dabei auch viel Zeit mit Johannes alleine verbringen und hoffte, dass er ihr bezüglich Ben nichts anmerkte. Sonst würde es unweigerlich zu einer Aussprache kommen, und sie würde Ben nicht mehr länger verschweigen können. Aber im Moment war sie noch nicht bereit dazu. Denn dann würde sie auch alle noch gar nicht absehbaren Konsequenzen tragen müssen, die damit einhergingen. Das schlechte Gewissen, das sie die letzten Tage weitgehend erfolgreich verdrängt hatte, nagte nun mit voller Kraft an ihr. Sie beschloss, die Reise nach Berlin abzuwarten und nach ihrer Rückkehr mit Johannes das längst fällige klärende Gespräch über ihre Ehe zu führen.

»Also? Was meinst du?«

»Na gut. Dann feiern wir meinen Geburtstag eben in Berlin«, stimmte sie zu.

Auf seinem Gesicht erschien wieder ein Lächeln.

»Auch wenn mir Ricarda schwer beleidigt sein wird«, fügte sie hinzu. »Ich hatte eigentlich eine kleine Feier beim Italiener geplant.«

»Das können wir ja ein paar Tage später immer noch machen, wenn du möchtest. Ricarda wird das schon überleben.«

»Ganz sicher«, sagte Eva und schmunzelte.

Johannes hielt sich plötzlich die Hand vor den Mund und gähnte.

»Entschuldige bitte. Die Reise und der lange Flug waren anstrengend. Ich nehme noch ein Bad, dann muss ich mich hinlegen.«

»Natürlich … Gehst du heute noch mal ins Büro?«, fragte sie.

Er schüttelte den Kopf.

»Nein, aber gleich morgen früh.«

Er zuckte entschuldigend die Schultern.

»Macht nichts«, sagte Eva schnell. »Ich hatte ohnehin vor, morgen vielleicht ein wenig hinaus ins Grüne zu fahren.«

»Ich will dich nicht von deiner Planung abhalten. Mach dir ruhig einen schönen Tag«, sagte Johannes.

Eva nickte nur.

Johannes trank das Glas leer, dann stand er auf.

Eine eigenartige Stimmung lag in der Luft. Die Distanz zwischen ihnen schien zwar noch genauso groß wie vor seiner Geschäftsreise nach Kenia. Und doch war heute etwas anders. Johannes war anders.

»Und du möchtest sicher nichts mehr essen, bevor du dich schlafen legst?«, fragte sie.

»Vielleicht noch ein wenig Obst«, sagte er.

»Davon ist genügend da.«

»Danke.«
»Schlaf gut.«
»Werde ich ganz bestimmt.«

Als er mit seinem leeren Glas in die Küche ging, sah Eva ihm nachdenklich hinterher.

Auch wenn sie davon ausging, dass Johannes ebenfalls seine Abenteuer laufen hatte, so fühlte sie sich wegen ihrer Affäre mit Ben gerade ziemlich schlecht. Auch die Aussicht darauf, morgen mit ihm einen Ausflug zu machen, war inzwischen bei Weitem nicht mehr so verlockend wie noch vor Johannes' vorzeitiger Rückkehr. Eva griff nach ihrem Glas und trank den restlichen Crémant aus. Der Alkohol war ihr inzwischen ein wenig zu Kopf gestiegen. Trotzdem wusste sie, dass sie etwas zu tun hatte. Sie nahm das Handy und tippte eine Nachricht für Ben.

Leider hat sich bei mir überraschend etwas geändert, und ich kann morgen nicht mit dir an den Starnberger See fahren. Es tut mir sehr leid. Die nächsten Tage werden überhaupt etwas schwierig werden. Lass uns morgen mal telefonieren. Eva.

Kurz darauf schrieb er zurück.

Ach wie schade! Ich habe mich schon so auf unseren Tag am See gefreut. Ich hoffe, es ist alles gut bei dir?

Ja, es ist alles gut. Nur die Umstände haben sich geändert. Wir reden morgen. Viel Spaß heute Abend.

Danke. Bis morgen. Kuss!

KAPITEL 17

Das Geständnis

Die nächsten Tage vergingen wie im Flug. Anfang der Woche hatte Eva weitere Coaching-Stunden. Am Donnerstagnachmittag unterschrieb sie den neuen Vertrag in ihrer alten Agentur.

Ein bedeutender Meilenstein auf ihrem Weg zurück in ihren alten Beruf. Sie beriet sich mit Valerie über eine Strategie, die sie verfolgen wollten. Wichtig war es jetzt vor allem, dass Eva aus ihrer jahrelangen Versenkung wieder auftauchte. Sie sollte als Begleitung ihrer Agentin in der nächsten Zeit auf einigen Veranstaltungen erscheinen, damit Valerie sie wichtigen Leuten aus der Branche vorstellen beziehungsweise sie wieder ins Gedächtnis bringen konnte.

Johannes schien in diesen Tagen noch mehr Zeit in der Firma zu verbringen als sonst. Falls das überhaupt möglich war. Doch wenn er und Eva sich zu Hause begegneten, gingen sie freundlich, wenn auch etwas vorsichtig miteinander um. Es herrschte eine eigenartige Stimmung, fast wie bei einem Waffenstillstand. Dabei hatte es vorher gar keine Kämpfe gegeben, sondern eher Rückzug und Distanz. Irgendwie fühlten die Tage sich an wie die Ruhe vor dem Sturm. Eva fragte sich, was sie während der Zeit in Berlin mit ihm wohl erwartete, und war ungewöhnlich nervös.

Ben hatte sie seither nicht mehr getroffen. Sie telefonierten zwar täglich miteinander, doch er wurde von Mal zu Mal ungeduldiger, wenn sie ihn immer wieder aufs Neue wegen eines Treffens vertröstete.

»Ich verstehe wirklich nicht, was plötzlich mit dir los ist, Eva«, sagte er schließlich, als sie spät in der Nacht über Facetime miteinander sprachen, und er klang sogar ein wenig verärgert. »Wenn du mich nicht mehr sehen möchtest, dann musst du es mir nur offen sagen. Wobei ich sehr hoffe, dass das nicht der Fall ist. Aber bitte verschone mich mit irgendwelchen lahmen Ausreden.«

»Ben … ich möchte dich ja wiedersehen. Es ist nur alles ein wenig kompliziert im Moment.«

Bisher hatte sie ihm noch nicht erzählt, dass sie am Sonntag zusammen mit ihrem Mann nach Berlin fahren würde.

»Hat das etwas mit deinem Mann zu tun?«, wollte er wissen.

»Bitte, Ben …«

»Ich weiß, dass du nicht darüber reden möchtest, aber du bist mir schon eine Erklärung schuldig, nach allem, was bisher war!«

Am liebsten hätte sie entgegnet, dass sie ihm gar nichts schuldig war. Aber so einfach konnte sie sich tatsächlich nicht aus der Affäre ziehen. Außerdem wusste sie nicht, ob sie das überhaupt wollte. Sie fühlte sich wie bei einem emotionalen Marathon, bei dem das Ziel noch nicht feststand und noch nicht einmal eine Abzweigung zu sehen war.

»Bitte, Eva, ich muss dich endlich sehen«, drängte Ben.

»Na gut. Dann treffen wir uns morgen Vormittag im Englischen Garten an dem Platz an der Isar«, lenkte sie ein.

»Du könntest auch zu mir kommen«, schlug er vor.

Eva war hin- und hergerissen. Einerseits wäre es natürlich gut in seiner Wohnung, wo sie ungestört waren. Andererseits zögerte sie, mit ihm allein zu sein. Sie wusste im Moment nicht, was sie wollte. Doch eines wusste sie ganz sicher: Sie konnte nicht am Sonntag mit Johannes nach Berlin fahren, wenn sie am Tag vorher mit Ben im Bett gewesen war.

»Ben, ich erkläre dir morgen alles, ja?«, bat sie um sein Verständnis. »Um zehn Uhr im Park?«

»Na gut.«

Das Wetter am Samstagvormittag war durchwachsen. Nur ab und zu schaffte es die Sonne, zwischen den dichten Wolken hervorzublitzen, trotzdem lag eine fast unangenehme Schwüle in der Luft.

Ben wartete schon auf einer Decke am vereinbarten Platz. Eva ging langsam auf ihn zu. Ihr Herz klopfte plötzlich schneller. Auch wenn die Situation im Moment verfahren war, freute sie sich doch, ihn zu sehen. Als Ben sie entdeckte, lächelte er, und Eva lächelte zurück. Sie mochte ihn sehr. Er hatte etwas an sich, das bewirkte, dass sie sich in seiner Gegenwart sofort lebendig fühlte.

Ben hielt sich daran, in der Öffentlichkeit auf Zärtlichkeiten zu verzichten, doch Eva sah ihm an, dass es ihm schwerfiel, sie nicht zu umarmen.

»Setz dich doch.«

Sie nahm neben ihm auf der Decke Platz.

»Ich bin so froh, dass du da bist«, sagte er leise. »Schau, ich hab dir auch etwas mitgebracht.«

Er holte aus seinem Rucksack eine Bäckertüte und öffnete sie.

»Zimtschnecken?«, fragte sie amüsiert.

Er nickte und hielt ihr die Tüte hin. Der Duft war verlockend.

Obwohl sie schon gefrühstückt hatte, griff sie zu.

Er packte die Tüte wieder in seinen Rucksack.

»Isst du nichts?«, fragte sie verwundert.

»Ich bringe im Moment nichts runter, bis ich weiß, was los ist«, sagte er.

Sofort war es auch mit ihrem Appetit vorbei. Sie hielt das Gebäckstück unschlüssig in der Hand, biss jedoch nicht ab.

»Habe ich etwas falsch gemacht?«, kam er gleich zur Sache.

»Du hast überhaupt nichts falsch gemacht, Ben«, sagte sie eindringlich. »Ich … ich weiß nur selbst nicht so genau, wie das alles weitergehen soll.«

Er sah sie eine Weile an, ohne etwas zu sagen.

Sie wusste nicht, was sie mit der klebrigen Zimtschnecke anfangen sollte.

»Können wir die wieder wegpacken?«, fragte sie. »Ich glaube, ich kann sie jetzt doch nicht essen.«

»Okay.«

Er holte die Tüte wieder heraus, und sie steckte das Gebäck wieder zurück. Sie wischte sich die Finger mit einem Papiertaschentuch ab.

»Als wir uns das letzte Mal sahen, war doch alles gut. Was ist inzwischen nur passiert?«, wollte Ben wissen.

Eva zögerte noch, doch letztlich war klar, dass sie endlich offen mit ihm reden musste. Er hatte es wirklich nicht verdient, dass sie ihn weiter so hinhielt.

»Wie du ja inzwischen weißt, bin ich verheiratet«, begann sie. »Doch Johannes und ich … also, wir leben seit Jahren als Paar eigentlich nur noch nebeneinanderher. Wenn unsere Tochter nicht wäre, dann …« Sie sprach nicht weiter, aber Ben konnte sich gewiss selbst zusammenreimen, was sie meinte.

»Seit dem Unfall damals gehörte all meine Zeit und Energie meiner Tochter. Doch kurz bevor wir beide uns zum ersten Mal begegneten, zog Alisa ganz überraschend nach Berlin, um dort zu studieren. Das hat mich irgendwie … aus der Bahn geworfen. Meine Rolle als Mutter war mit einem Schlag beendet, es blieb nur noch die der Ehefrau, doch ich merkte, dass ich mich als solche schon längst nicht mehr sah.«

Ben hörte ihr aufmerksam zu.

»Als du und ich uns dann kennenlernten, da spürte ich nach langer Zeit endlich wieder andere Gefühle in mir. Prickelnde. Neugierige. Ich empfand mich endlich wieder wie eine Frau und nicht nur wie eine Mutter, die unter diesem sogenannten Empty-Nest-Symptom leidet und sich schwer damit tut, ihr Kind seine eigenen Wege gehen zu lassen … Das mit dir, das passierte einfach so, ohne dass ich es wollte oder forciert habe, Ben.« Sie sah ihn eindringlich an. »Ich bin gerne mit dir zusammen und genieße jeden Moment. Es ist nur …«

»Eva …«, unterbrach er sie, aber sie schüttelte den Kopf.

»Bitte lass mich ausreden. Ich fahre morgen mit Johannes nach Berlin und verbringe dort meinen Geburtstag mit ihm und meiner Tochter. Es ist ein Geschenk der beiden. Johannes – er weiß nichts von dir. Ich weiß aber im Moment auch ziemlich wenig über meinen Mann. Wir sehen uns kaum. Bitte lass mir ein wenig Zeit, damit ich herausfinden kann, ob er und ich tatsächlich nur noch Eltern sein können und uns ansonsten nichts mehr verbindet. Verstehst du, ich muss mir ganz sicher sein. Wir sind immerhin verheiratet.«

Er senkte kurz den Kopf, schien zu überlegen. Dann sah er sie an.

»Ich weiß, dein Mann ist ein erfolgreicher Unternehmer, ich bin nur ein Lehrer, und vielleicht möchte ja eine Schauspielerin wie du …«

Eva hob die Hand.

»Stopp! Das kannst du dir gleich sparen«, fuhr sie ihm ins Wort. »Dein Beruf hat überhaupt keine Relevanz in dieser

Sache. Ich bin mit einem Vater, der Lehrer war, aufgewachsen. Ich finde toll, was du machst. Aber vor allem finde ich den Menschen toll, der du bist. Alles andere spielt für mich keine Rolle.«

Er lächelte kurz, doch dann wurde sein Blick wieder ernst.

»Okay … Dann komme ich gleich zum Punkt. Ich habe mich in dich verliebt, Eva. Ernsthaft verliebt. Keine Ahnung, ob und wie das mit uns laufen könnte. Vor allem nicht, da ich gestern den Bescheid bekommen habe, dass ich ab September die Stelle in Regensburg antreten kann. Aber falls du ebenfalls etwas für mich empfindest, würden wir sicher dafür eine Lösung finden. Normalerweise bin ich kein Mann, der einem anderen Mann die Frau wegnehmen möchte. Aber so wie du es schilderst, ist da womöglich nicht mehr viel zwischen euch. Es gefällt mir nicht, dass du mit ihm nach Berlin fährst, aber ich kann es trotzdem verstehen. Und natürlich akzeptiere ich das auch. Ich möchte, dass du glücklich bist, Eva. Und ich denke, dass du es mit mir sein kannst. Dass ich es mit dir bin, das weiß ich schon.«

Eva war völlig überrumpelt von seinem Geständnis. Natürlich empfand auch sie etwas für ihn, sonst hätte sie gar nicht mit ihm ins Bett gehen können. Doch sie wusste nicht, ob es für eine mögliche Beziehung reichen könnte. Dafür kannten sie sich einfach noch nicht lange genug, egal, wie gut sie sich verstanden. Außerdem war sie nie auf eine neue Beziehung aus gewesen. Mit Ben hatte sie einfach nur im Hier und Heute leben und sich für kurze Zeit aus der Realität ausklinken wollen. Sie hatte momentan überhaupt keine Vorstellung davon, wie sich ihre Zukunft überhaupt entwickeln könnte.

»Bitte lass es uns herausfinden, Eva, ob wir zusammengehören«, fuhr er fort. Er griff nach ihrer Hand und drückte sie kurz.

»Ich kann dir jetzt nichts versprechen, Ben«, sagte sie leise.

»Das weiß ich«, erwiderte er ebenso leise. »Aber bitte gib dem Gedanken, dass aus uns vielleicht irgendwann mehr werden könnte, wenigstens eine Chance. Okay?«

»Okay …«, sagte sie, hin- und hergerissen von den verwirrenden Gefühlen, die sie seit Tagen sogar bis in den Schlaf verfolgten.

»Jetzt würde ich dich so gern küssen«, flüsterte er.

Sie lächelte.

»Das würde ich auch gern«, sagte sie offen. Sie fühlte sich unvermindert von ihm angezogen.

»Sollen wir nicht doch besser zu mir gehen?«, versuchte er, sie umzustimmen.

»Besser nicht, nein …«

Sie stand auf.

»Ich hab noch ein paar Sachen für morgen zu erledigen und sollte jetzt lieber gehen.«

Ben erhob sich ebenfalls.

»Okay. Ich hoffe sehr, wir sehen uns nächste Woche.«

»Ich melde mich bei dir«, versprach sie.

Unschlüssig standen sie sich gegenüber.

»Also dann«, sagte Ben schließlich. »Bis bald.«

Damit drehte er sich um und verschwand.

Langsam ging Eva durch den Park nach Hause. Tausend Gedanken jagten ihr durch den Kopf, und sie kämpfte mit verwirrenden Gefühlen. War sie auch verliebt in Ben? Und was bedeutete ihr Johannes noch? Wie hatte sie nur in diese Lage schlittern können?

Sie griff nach dem Handy und rief Ricarda an.

»Können wir uns sehen?«

»Wann?«

»Am besten jetzt gleich.«

Eine Dreiviertelstunde später servierte der junge Kellner im *Café Münchner Freiheit* den beiden Frauen ihren Kaffee.

»Ich habe leider nur eine Stunde Zeit, dann muss ich wieder in die Kanzlei«, erklärte Ricarda.

»Heute, am Samstag? Du bist ja schon fast so schlimm wie Johannes«, stichelte sie.

»Sicher nicht ganz so schlimm. Und normalerweise versuche ich es ja zu vermeiden, an den Wochenenden zu arbeiten, aber wir haben einen neuen und ziemlich großen Fall, der uns alle auf Trab hält.«

»Schon gut. Ich will dich auch gar nicht lange aufhalten. Es ist nur …« Eva zögerte kurz, suchte nach den passenden Worten.

»Frag nur, einfach raus damit! Nachdem du mich schon von deiner ohnehin nur kleinen Geburtstagsfeier wieder ausgeladen hast, kann mich nichts mehr schocken«, sagte Ricarda mit einer übertrieben beleidigten Miene.

Eva verdrehte, ebenso nicht ganz ernsthaft gemeint, die Augen.

»Jaja, reib es mir nur unter die Nase. Ich hab dir doch schon gesagt, dass wir das bald nachholen werden.«

Ricarda grinste nun, griff nach Evas Arm und drückte ihn kurz.

»Offen gesagt freut es mich sehr, dass du mit Johannes zu Alisa nach Berlin fährst. Dafür verzichte ich sogar gern auf das Geburtstagsessen. Vielleicht ist es nämlich genau das, was du momentan brauchst.«

»Siehst du – und genau deswegen wollte ich mit dir reden«, sagte Eva nun. »Ich werde aus Johannes im Moment überhaupt nicht schlau. Er verhält sich ziemlich sonderbar. Hat seine Geschäftsreise in Nairobi vorzeitig abgebrochen, ohne mir einen Grund zu nennen. Macht mir Komplimente und überrumpelt mich mit der Fahrt nach Berlin, nur um die Tage darauf noch mehr Stunden in der Arbeit zu verbringen als sonst. Ich rechne sogar schon damit, dass er mir morgen früh kurz vor der Abfahrt erklären wird, dass er nun doch keine Zeit hat und ich lieber alleine nach Berlin fahren soll.«

Ricarda schüttelte den Kopf.

»Das macht er bestimmt nicht.«

»Glaub mir, dafür habe ich schon zu viel erlebt, um das auszuschließen, Ricarda.«

»Hm …« Ricarda schob die Unterlippe nach vorn, wie sie es nur dann machte, wenn sie nach den richtigen Worten suchte, was eher selten der Fall war. Meistens hatte Ricarda sehr schnell eine Meinung zu allem. »Ich an deiner Stelle würde jetzt alles einfach mal auf mich zukommen lassen, Eva«, schlug sie vor. »Und ich kann es nur noch mal empfehlen: Wenn dir noch irgendwas an eurer Ehe liegt und ihr es alleine nicht schafft, wieder alles auf die Reihe zu kriegen, dann versucht es bitte mit einer Paartherapie.«

Sie sprach so eindringlich, dass die Leute am Nebentisch inzwischen neugierig zu ihnen herübersahen.

»Vielleicht könntest du noch ein wenig lauter reden, da hinten in der Ecke sitzt noch eine ältere Dame, die könnte sich womöglich auch für meine Ehe interessieren«, murmelte Eva und nahm einen Schluck Kaffee.

»Entschuldige«, sagte Ricarda leiser. »Aber du weißt, was ich meine.«

»Ja«, antwortete Eva, die jedoch keine Lust hatte, therapeutische Hilfe in Anspruch zu nehmen.

»Was ist denn jetzt eigentlich mit diesem anderen Mann? Triffst du dich noch mit ihm?«

»Ich habe ihn vorhin kurz gesehen, und wir haben geredet. Sonst nichts«, erklärte sie.

Am liebsten hätte Eva Ricarda erzählt, dass Ben sich inzwischen in sie verliebt hatte. Und wie überfordert sie sich davon fühlte. Sie wollte so gerne mit jemandem darüber reden, der vielleicht die richtigen Fragen kannte, damit Eva das, was in der letzten Zeit passiert war, reflektieren konnte. Aber dann müsste sie ihrer Freundin wirklich alles erzählen. Und damit wäre die Geschichte in die Welt gesetzt und konnte nicht mehr zurückgenommen werden. Bisher wussten nur sie und Ben von ihrer Affäre. Und womöglich ahnte Toni etwas. Aber sonst war das, was sie mit Ben erlebte, ein Geheimnis. Und Eva wollte unbedingt, dass es auch so blieb.

»Ihr habt nur geredet? Sonst nichts? Wirklich?«, hakte Ricarda nach.

»Ricarda, es geht jetzt nicht um Ben, sondern um Johannes«, betonte Eva, um den Fragen auszuweichen.

»Nein, meine Liebe. Es geht nur um dich. Und um die Frage, ob du deinen Mann überhaupt noch liebst und mit ihm weiterhin zusammen sein möchtest.«

Damit hatte Ricarda genau den wunden Punkt getroffen.

Beide schwiegen eine Weile, bis Ricarda sich kurz entschuldigte und auf die Toilette verschwand.

Eva rührte nachdenklich in ihrer Tasse, obwohl sie bereits zur Hälfte leer war. Sie konnte Ricardas Frage bezüglich ihrer Gefühle für Johannes nicht beantworten. Wenn sie versuchte, in sich hineinzulauschen, war da eine seltsame Leere. Eine Einöde. Und sie wusste nicht, ob und wie sie sie durchqueren konnte. Zumindest wusste sie es jetzt noch nicht.

Als Ricarda zurück war, plauderten sie nur noch kurz über Nebensächliches, bis Eva dem Kellner winkte, um zu zahlen.

Vor dem Café umarmte Ricarda ihre Freundin.

»Vielleicht solltest du dir einfach nicht so viele Gedanken machen«, gab sie ihr mit auf den Weg und löste sich von ihr.

»Meinst du?«

»Schau, in vielen Ehen gibt es solche Phasen, in denen es nicht so gut läuft. Und bei euch hat es in der letzten Zeit plötzlich große Änderungen gegeben. Da muss jeder sich auf einmal völlig neu sortieren. Konzentriere dich jetzt einfach darauf, deinen Geburtstag zu feiern, und freu dich vor allem, dass du Alisa wiedersiehst. Alles andere kannst du immer noch klären, wenn du wieder zurück bist. Oder nicht?«

»Ja, du hast wohl recht. Und ich freue mich wirklich unglaublich auf Alisa«, gestand Eva, die es kaum mehr erwarten konnte, ihre Tochter wieder in die Arme zu schließen.

»Dann genieß doch diese Zeit mit ihr. Und verschieb das andere einfach mal auf morgen.«

»Na gut.« Vielleicht war das im Moment wirklich der beste Rat.

»Und – Eva … egal, was kommt: Du weißt, dass ich immer für dich da bin, ja?«, meinte sie.

»Ich weiß. Danke, Ricarda.«

»Aber damit das im Falle eines Falles klar ist: Als Scheidungsanwältin werde ich dir nicht zur Verfügung stehen, falls du das irgendwie in Erwägung ziehen solltest. Dafür mag ich Johannes zu sehr.«

Eva schüttelte lächelnd den Kopf, dann verabschiedeten sie sich.

KAPITEL 18

Fahrt nach Berlin

Am Sonntag war Johannes ganz früh noch mal ins Büro gefahren. Nur kurz, hatte er Eva beteuert, um vor ihrer Abfahrt noch ein paar Sachen zu erledigen, die er gestern nicht mehr geschafft hatte und die nicht bis zu ihrer Rückkehr am Dienstagabend warten konnten. Um elf Uhr wollte er Eva spätestens abholen.

Wie Eva wusste, waren die Mitarbeiter, die in Nairobi den Messestand betreut hatten, inzwischen wieder zurück in München. Und damit auch Miriam Orlov. War er deswegen noch in die Firma gefahren – um sie zu treffen?

Während Eva den Käsekuchen aus dem Backofen holte, den sie Alisa und Mika mitbringen wollte, schoss ihr plötzlich ein anderer Gedanke durch den Kopf. War Johannes denn tatsächlich in die Firma gefahren? Sie hatte das bisher nie infrage gestellt. Vielleicht war das aber nur ein Vorwand, und er traf sich mit dieser Miriam oder einer anderen Frau bei ihr zu Hause? Oder galoppierten ihre Gedanken jetzt einfach wild umher, und sie bildete sich nur etwas ein? Vielleicht sogar als eine Art Rechtfertigung für ihre eigene Untreue, die ihr von Tag zu Tag mehr zu schaffen machte? Trotzdem. Ihre Antennen nahmen etwas wahr. Schon seit einiger Zeit. Es hatte kurz nach Alisas Auszug angefangen. Sie glaubte nicht, dass sie sich täuschte.

Nachdenklich räumte sie die Küche auf und ging dann duschen und sich umziehen. Als sie zurückkam, war es kurz vor zehn, und natürlich war Johannes noch nicht da. Das war auch nicht zu erwarten gewesen. Ihre Sachen standen bereits in der Diele für die Abfahrt bereit.

Sie griff nach ihrem Handy. Ben hatte in der Nacht geschrieben und ihr einmal mehr versichert, dass er sich ernsthaft in sie verliebt hatte und sie bat, ihnen beiden zumindest eine Chance zu geben. Sie hatte bisher noch nicht zurückgeschrieben. Was sollte sie tun? Was sollte sie ihm antworten? Sie seufzte. Alles war noch viel einfacher gewesen, als sie sich einfach nur zufällig im Park getroffen hatten. War es ein Fehler gewesen, zuzulassen, dass mehr daraus geworden war?

Schließlich schrieb sie ihm eine Nachricht, dass sie bald losfahren und sich bei ihm melden würde, wenn sie am Dienstagabend aus Berlin zurück war.

Seine Antwort kam umgehend.

Vielleicht kannst du ja auch zwischendurch mal schreiben oder besser noch anrufen. Ich würde dir gerne an deinem Geburtstag persönlich gratulieren, Eva.

Ich habe noch keine Ahnung, wie der Tag ablaufen wird, und kann nichts versprechen. Aber ich versuche es.

Okay. Gute Fahrt!

In diesem Moment hörte sie, wie die Haustür aufgesperrt wurde. Nanu! Es war noch nicht mal halb elf, und Johannes war schon aus dem Büro zurück! Eine echte Überraschung.

»Eva!«, rief er und kam dann in die Küche. »Wir könnten losfahren. Bist du schon so weit?«

»Ja. Mein Gepäck steht in der Diele. Ich muss nur noch den

Kuchen in einen Pappkarton packen. Dann können wir«, sagte sie.

»Schön. Ich räume schon mal deine Sachen in den Wagen.«

Zehn Minuten später stiegen sie ins Auto.

»Ich komme mir fast vor wie bei einem Schulausflug«, sagte Johannes lächelnd, als er die kleine Tasche mit Obst, Keksen und Getränken sah, die Eva auf den Rücksitz gestellt hatte. Proviant für die Fahrt. Sie hasste es, auf Rastplätzen etwas zu essen.

»Kann ich ans Steuer?«, fragte Eva plötzlich, als beide schon die Sicherheitsgurte angelegt hatten. »Ich bin in der letzten Zeit so selten mal eine längere Strecke gefahren.«

»Ja. Klar. Wenn du gerne möchtest«, antwortete er.

Sie stiegen wieder aus und tauschten die Plätze. Kurz darauf fuhren sie aus der Einfahrt.

»Du weißt aber schon noch, dass ich als Beifahrer immer total schnell müde werde und vermutlich einschlafe?«, erinnerte sie Johannes, als sie auf die A 9 fuhren.

»Das macht doch nichts«, sagte Eva. »Ich habe ja ein Navi, das mich leitet. Schlaf ruhig.«

»Irgendwie stecken mir die letzten langen Geschäftsreisen immer noch in den Knochen«, meinte er. »Früher hat mir das nie was ausgemacht, aber inzwischen strengt es mich viel mehr an, und ich brauche ewig, bis ich wieder in einen normalen Schlafrhythmus finde. Ich werde eben leider nicht jünger.«

»Ja. Du bist schon ein uralter Knacker«, neckte sie ihn lächelnd.

In diesem Moment klingelte Johannes' Handy über die Freisprechanlage. Es war Alisa, die wissen wollte, ob sie bereits unterwegs waren.

»Ja. Wir sind schon losgefahren«, erklärte er.

»Super! Mama, wieso gehst du eigentlich nicht an dein Handy?«, wollte Alisa wissen.

»Hast du denn angerufen?«

»Gerade vorhin.«

»Ich hab nichts gehört … oje, ich glaube, ich habe es daheim liegen lassen!«, rief sie plötzlich und erinnerte sich daran, dass sie es zuletzt in der Küche benutzt hatte, bevor sie den Kuchen verpackte. Dort lag es offenbar immer noch.

»Sollen wir noch mal umdrehen?«, fragte Johannes. »Sehr weit sind wir ja noch nicht gekommen.«

Eva überlegte einen Moment, doch dann schüttelte sie den Kopf.

»Nein. Drei Tage komme ich auch mal ohne Handy aus«, winkte sie ab. Und vielleicht war es ja auch nicht verkehrt, dass sie während ihres Aufenthalts in Berlin keine Sorge haben musste, dass Ben sie womöglich ausgerechnet in einem Moment anrief, wenn sie mit ihrer Familie zusammen war. Damit müsste sie sich keine Ausreden oder Erklärungen einfallen lassen. Er würde zwar auf einen Anruf oder Nachrichten von ihr warten, aber sie hatte ihn ja bereits vorgewarnt, dass sie nichts versprechen konnte. Hatte sie womöglich das Handy absichtlich »vergessen«?

»Die Leute, die dir an deinem Geburtstag gratulieren wollen, kennen ja meine Nummer«, unterbrach Johannes ihre Gedanken. »Wenn sie dich nicht selbst erreichen, versuchen sie es bestimmt bei mir.«

»Eben.«

Der Sonntagsverkehr ohne Lkws war angenehm, und sie kamen gut voran. Tatsächlich dauerte es nicht allzu lange, bis Johannes die Augen zufielen. Anfangs kämpft er noch darum, wach zu bleiben, um ihr Gesellschaft zu leisten, aber Eva beteuerte ihm, dass es ihr nichts ausmachte, und so war er bald eingeschlafen. Eva war sogar froh darüber, denn die fünf Stunden Fahrzeit, die das Navi noch anzeigte, boten reichlich Gelegenheit, Themen aufs Tapet zu bringen, über die sie jetzt nicht reden mochte. Immer wieder hatte sie das Gefühl, dass irgendwann eine Bombe platzen könnte. Oder war es einfach nur das eigene schlechte Gewissen?

Sie drehte das Radio ein klein wenig lauter, nur so viel, dass Johannes nicht wach wurde. Dann ließ sie sich von der Musik und den Beiträgen dazwischen ein wenig ablenken.

»Oh, wie weit sind wir denn schon?«, fragte Johannes sehr viel später verschlafen und setzte sich aufrecht hin.

»In fünfzehn Minuten etwa sind wir in Leipzig«, erklärte Eva.

»Ich kann doch nicht so lange geschlafen haben!?«

»Doch.« Sie lächelte. »Hast du aber.«

»Tut mir leid. Möchtest du eine Pause machen? Soll ich die restliche Strecke übernehmen?«, fragte er und streckte sich, soweit es in dem beengten Innenraum möglich war.

»Vielleicht ab dem nächsten Rastplatz?«, schlug sie vor.

»Klar.«

Eine Weile schwiegen sie.

»Ich freue mich schon total auf Alisa«, sagte Johannes plötzlich. »Sie hat mir in den letzten Wochen echt gefehlt.«

Eva warf einen kurzen Blick zu ihm hinüber. Es überraschte sie ein wenig, dass er das so freimütig eingestand.

»Ich kann es auch kaum mehr erwarten«, erwiderte Eva.

Sie setzte den Blinker und überholte einen Reisebus.

»Eva?«

»Ja?«

»Weißt du, was ganz schrecklich ist?«

»Was?«

War es jetzt so weit? Wollte er nun über ihre Beziehung sprechen?

»Dieser Käsekuchen da hinten – der duftet so furchtbar gut. Und ich weiß, dass er heil in Berlin ankommen muss. Aber das ist wie Folter, diesen Duft stundenlang auszuhalten.«

Eva sah ihn kurz von der Seite an, dann prustet sie laut los.

»So lustig finde ich das aber nicht«, protestierte er, jedoch mit einem Lächeln in den Augen. »Können wir Alisa und Mika nicht das Obst und die Kekse mitbringen, und wir futtern stattdessen den Kuchen?«, schlug er vor.

Wieder lachte Eva. Johannes liebte Süßes, genauso sehr wie seine Tochter. Früher hatte sie sogar die Weihnachtsplätzchen vor ihm verstecken müssen, sonst hätte er sie bis zum Heiligen Abend alle verputzt.

»Ich glaube, darüber wären Alisa und Mika nicht so begeistert. Aber ich bin mir sicher, dass die beiden dir ein großes Stück vom Kuchen abgeben, sobald wir bei ihnen sind.«

Johannes seufzte etwas übertrieben.

»Na gut …«

Sie fuhren an einem Schild vorbei, das einen Rastplatz in wenigen Kilometern anzeigte.

»Hast du zufällig ein Taschenmesser dabei?«, fragte Eva plötzlich.

»Im Handschuhfach, glaub ich«, sagte er und sah sie fragend an. »Wieso, was hast du denn vor?«

Eva lächelte.

Zehn Minuten später standen sie auf dem Parkplatz des Rasthofs vor der offenen Tür der Rückbank, und Eva schnitt ein Stück vom Käsekuchen ab. Auf dem Messer balancierte sie es zu Johannes.

Er sah sie mit funkelnden Augen an.

»Du weißt gar nicht, wie glücklich du mich in diesem Moment machst«, sagte er und nahm den Kuchen vorsichtig in die Hand.

Eva lächelte.

»Aber vergiss nicht, du musst es deiner Tochter und Mika erklären.«

»Versprochen. Es ist ja noch reichlich für die beiden übrig.«

Dann biss er genüsslich ein großes Stück ab.

»Hmm … ein Traum … Und du möchtest wirklich nichts?«, fragte er mit vollem Mund.

Eva schüttelte den Kopf und griff nach einem Apfel. Doch dann überlegte sie es sich anders und schnitt sich ebenfalls ein – allerdings etwas kleineres – Stück ab.

Johannes lachte, als sie in den Kuchen biss.

»Ich nehme alles auf mich«, bot er an und zwinkerte ihr zu.

In diesem Moment begann ihr Herz ein klein wenig schneller zu schlagen, was sie irritierte.

Überhaupt lief diese Fahrt so gänzlich anders, als sie gedacht hatte. Johannes war wie ausgewechselt, wirkte locker, und sie konnte sich nicht erinnern, wann sie das letzte Mal so viel Spaß mit ihm gehabt hatte, ohne dass Alisa dabei war.

»Sie nimmt es dir bestimmt ab, und ich bin fein raus«, sagte Eva.

»Das nehme ich gern in Kauf … Möchtest du hier in der Raststätte noch einen Kaffee trinken?«

»Nein, danke«, winkte Eva ab. »Du?«

»Ich muss auch keinen haben.«

Nachdem sie ihre Kuchenstücke aufgegessen hatten, vertraten sie sich noch kurz die Beine und fuhren dann weiter. Nun saß Johannes am Steuer, und Eva machte es sich auf dem Beifahrersitz bequem. Im Gegensatz zu Johannes konnte sie im Auto nicht schlafen, egal, wie müde sie war.

»Das letzte Mal, als wir beide alleine eine so lange Strecke gefahren sind, ging die Fahrt nach Verona in die Oper. Weißt du noch?«, fragte Johannes nach einer Weile.

»Natürlich … Turandot! Es war unser fünfter Hochzeitstag«, sagte Eva. »Deine Eltern und Judith haben damals auf Alisa aufgepasst.«

Er nickte.

Plötzlich erinnerte sie sich an diesen Tag, als wäre er gestern gewesen. Für Mitte Mai war es ziemlich kalt gewesen, und sie saßen in dicken Jacken und in Decken gehüllt auf ihren Plätzen in der Arena. Doch trotz der Kälte war es ein wunderbarer Abend geworden. Bei der Arie *Nessun dorma* hatte Eva sich eng an Johannes geschmiegt, und er hatte sie auf die Schläfe geküsst. Dann hatte er ihr etwas ins Ohr geflüstert, das sie in den letzten Jahren völlig vergessen, oder vielleicht eher verdrängt, hatte.

»Ich wünsche mir, dass wir auch noch in dreißig oder vierzig Jahren an unseren Hochzeitstagen so wunderbare Momente wie diesen erleben«, hatte er gesagt.

»Das wünsche ich mir auch, Johannes. Sehr!«, hatte sie leise erwidert.

Ein Jahr später verbrachten sie den Hochzeitstag vor der Intensivstation des Krankenhauses, in dem die Ärzte um Alisas Leben kämpften. Dieser eine Tag vor fünfzehn Jahren hatte alles verändert.

Offenbar gingen Johannes ähnliche Gedanken durch den Kopf. Eva bemerkte den traurigen Blick in seinen Augen, der sie berührte.

Zum ersten Mal wagte sie sich die Frage zu stellen, was aus ihnen als Paar geworden wäre, wenn es diesen verhängnisvollen

Unfall nicht gegeben hätte. Und ein Gefühl der Trauer erfasste sie – um das, was nie hatte sein können. Sie schluckte. Völlig unerwartet hatte sich das Tor zu der Einöde in ihr einen winzigen Spalt geöffnet.

In diesem Moment klingelte das Handy. Eva sah auf dem Display, dass Miriam Orlov die Anruferin war. Kannte diese Frau denn überhaupt kein Wochenende oder einen Feierabend? Johannes zögerte, das Gespräch anzunehmen.

»Mach ruhig«, sagte Eva, obwohl es ihr am liebsten gewesen wäre, er hätte den Anruf weggedrückt.

»Nur ganz kurz, ja?«

Sie nickte, und er nahm das Gespräch über die Freisprechanlage an.

»Hallo, Miriam.«

»Hallo, Johannes. Es tut mir leid, wenn ich störe«, sagte eine Stimme, die für Evas Ohren ein klein wenig zu hoch und nicht sonderlich wohlklingend war, was ihr beim letzten Mal, als sie in ihr Videogespräch mit Johannes geplatzt war, gar nicht aufgefallen war.

»Ich bin mit meiner Frau auf dem Weg nach Berlin. Was gibt es denn so Dringendes?«

»Es geht um den Auftrag für das neue Hochhaus in New York. Ich bin vorhin die geänderten Pläne des Architekturbüros durchgegangen. Aber da stimmt etwas mit den Abmessungen nicht, und ich fürchte, es könnte eventuell Probleme mit dem Einbau der Beleuchtung in den Treppenhäusern geben. Wir müssen das dringend abklären. Ich möchte für morgen Nachmittag zu einer Videokonferenz einladen. Passt vierzehn Uhr für dich?«

Eva wandte den Kopf zum Seitenfenster und verdrehte die Augen. Es war wie immer. Johannes würde morgen den ganzen Nachmittag am Telefon hängen.

»Du musst das Gespräch mit den Architekten ohne mich führen, Miriam«, wurde Eva jedoch von ihrem Mann überrascht.

»Aber …«, begann Miriam, doch Johannes unterbrach sie.

»Morgen möchte ich den ganzen Tag nicht gestört werden. Du kriegst das auch ohne mich hin, Miriam«, sagte er ruhig. »Aber falls du Unterstützung brauchst, kannst du Markus Müller anrufen. Er ist inzwischen aus der Reha zurück und hat schon angeboten, einzuspringen, obwohl er noch eine Woche krankgeschrieben ist.«

Am anderen Ende der Leitung herrschte kurz Stille. Offenbar hatte seine Mitarbeiterin damit nicht gerechnet.

»Das wird nicht nötig sein, denke ich. Ich schaffe das alleine, werde dir aber trotzdem das Gesprächsprotokoll weiterleiten«, sagte sie schließlich.

»Danke. Bitte gib es auch an Markus weiter, damit er langsam wieder auf dem Laufenden ist. Ich wünsche dir noch einen schönen Sonntag. Auf Wiederhören, Miriam!«

Dann legte er auf.

»Ach, ständig ist irgendwas. Aber ein Tag ohne mich muss ja echt mal möglich sein«, sagte Johannes und blickte zu Eva. »Oder?« Er lächelte.

»Das denke ich aber auch«, stimmte sie ihm zu.

Wirkte sein Lächeln bemüht?, fragte sich Eva. Noch immer war ihr nicht klar, welche Rolle die neue Mitarbeiterin für Johannes spielte. Wollte sie es überhaupt wissen?

»Miriam Orlov ist sehr engagiert«, sagte sie dennoch.

»Ja. Sie macht ihre Sache gut.«

»Möchte Markus denn wirklich noch arbeiten? Ich dachte, er wollte vorzeitig in Rente gehen?«

»Wollte er auch. Aber offenbar hat er in den letzten Wochen erkannt, wie sehr ihm die Arbeit doch fehlt. Wir haben vereinbart, dass er nach seiner Rückkehr nur noch zwei bis drei Tage die Woche arbeitet, die er je nach den Erfordernissen flexibel einteilen kann. Miriam wird trotzdem ab September ganz offiziell die technische Leitung übernehmen. Aber ich bin froh, wenn Markus ihr noch eine Weile unterstützend zur Seite steht. Das bedeutet auch für mich eine gewisse Arbeitserleichterung.«

»Das wäre gut«, sagte sie und überlegte, ob sie sich wegen Miriam Orlov doch nur etwas vorgemacht hatte.

Schweigend fuhren sie weiter.

»Noch gut eine Stunde, und wir sind da«, meinte Johannes ein paar Minuten später.

»Ich werde vielleicht noch ein wenig vor mich hin dösen«, erklärte Eva und schloss die Augen.

KAPITEL 19

Der Geburtstag

Es war ein so wunderbares Gefühl, ihre Tochter endlich wieder zu umarmen! Und auch Alisa war überglücklich, ihre Eltern nach mehreren Wochen wiederzusehen. Sie und Mika lachten, als Eva ihnen den angeschnittenen Kuchen überreichte, und Johannes wollte tatsächlich die Schuld auf sich nehmen. Doch Eva gestand, dass auch sie ein Stück vom Käsekuchen verputzt hatte.

»Als kleine Entschädigung haben wir euch nicht nur eine Kiste Wein mitgebracht, sondern ich habe auch noch was Spezielles für dich, Alisa«, sagte Johannes und holte aus seiner Jackentasche eine dunkelgrüne Schachtel.

»Ein Geschenk! Ich liebe Geschenke!«, rief Alisa begeistert und öffnete es sogleich. »Wow, das ist super schön«, sagte sie, als sie ein breites Lederarmband herausholte, das mit lauter winzig kleinen bunten Perlen besetzt war.

»Ein typischer Schmuck in Kenia. Man nennt ihn auch Massai-Schmuck. Das Armband ist handgefertigt.«

Alisa schob das Armband über ihr linkes Handgelenk und zurrte das Zugband fest.

»Es ist toll. Danke, Papa!«

Er ging in die Hocke, und sie umarmte ihn.

Wenig später saßen sie in Evas Zimmer, das den jungen Leuten offenbar auch als eine Art Wohnzimmer diente. Die Wohnung war größer, als sie in den Videogesprächen gewirkt hatte, und die beiden hatten inzwischen alles sehr gemütlich eingerichtet.

»Ich geh schon mal in die Küche und putze den Salat für später«, sagte Mika.

»Soll ich dir helfen?«, rief Alisa ihm hinterher.

»Das schaffe ich echt noch alleine«, meinte er. »Bleib du ruhig bei deinen Eltern. Du hast schließlich schon die Lasagne gemacht.«

Sie würden den Abend hier bei Alisa verbringen, die zusammen mit Mika eigens gekocht hatte, und um Mitternacht auf Evas Geburtstag anstoßen.

Johannes bot an, das Gepäck schon mal ins Hotel zu bringen und einzuchecken, dann hätten Eva und Alisa ein wenig Zeit für sich.

»Du siehst klasse aus, Mama«, sagte Alisa später. »Der neue Haarschnitt steht dir echt super.«

»Danke. Und was ist mit dir? Kommst du wirklich gut klar, mein Schatz?«

»Ja. Wirklich. Es war die richtige Entscheidung, nach Berlin zu gehen. Auch wenn ich irgendwann sicher wieder nach Bayern zurück möchte.«

»Bis dahin kannst du uns immer besuchen kommen. Aber das weißt du ja.«

Alisa nickte und sah ihre Mutter an.

»Ach, ist das schön, dass du da bist, Mama.«

Eva streichelte über das lockige Haar ihrer Tochter.

»Ja, ich bin so froh, dass du und dein Papa das ausgeheckt habt. Aber eigentlich hätte ich auch selbst darauf kommen können, meinen Geburtstag in Berlin zu verbringen.«

»Ich finde es witzig, dass wir es geschafft haben, dich zu überraschen. Wie läuft es denn überhaupt bei euch so, ohne mich?«, wollte Alisa wissen.

»Na ja. Dein Papa arbeitet wie immer viel, und natürlich vermissen wir dich, aber sonst ist alles gut«, erklärte Eva und hatte dabei ein schlechtes Gewissen. Sie log zwar nicht direkt, aber die Wahrheit erzählte sie auch nicht gerade.

»Super! Und was machst du dann den ganzen Tag, wenn wir nicht gerade miteinander telefonieren? Hast du inzwischen schon überlegt, ob du wieder in deinen Beruf zurückgehen willst?«, fragte Alisa. Ihre Tochter war offenbar der einzige Mensch, außer Ben, der ihr das zutraute. Eva überlegte kurz, ob sie Alisa einweihen sollte. Und entschied sich dann, es zu tun.

»Hör mal, mein Schatz, was ich dir jetzt erzähle, darfst du noch niemandem verraten.«

»Ein Geheimnis?« Alisas blaue Augen blitzten gespannt auf. Sie liebte Geheimnisse.

»Ja!«

»Ich sag nichts.« Eva wusste, dass sie sich auf Alisa verlassen konnte, die noch nie etwas ausgeplaudert hatte, wenn sie es nicht sollte.

»Okay. Hör zu: Valerie hat mich wieder in der Agentur aufgenommen. Ich starte einen neuen Versuch als Schauspielerin.«

»Echt? Das ist ja cool! Super, dass du das machst. Du hast lange genug meinetwegen darauf verzichtet.«

»Bitte, Alisa …«

»Aber es stimmt doch. Und ich bin dir total dankbar dafür, Mama. Aber jetzt bist du dran. Ja?«

»Okay. Danke, mein Liebling!«

Eva gab ihr einen Kuss auf die Wange.

»Aber sag mal – warum ist das eigentlich ein Geheimnis?«

»Wir wissen noch nicht, wie lange es dauern wird, bis ich vielleicht eine erste Rolle bekomme. Ich möchte nicht unter Druck stehen, sondern erst damit herausrücken, wenn es tatsächlich klappt.«

Alisa nickte.

»Verstehe ich. Und genau deswegen habe ich dir auch vorher nichts gesagt, als ich mich in Berlin an der Uni beworben habe.«

Sie grinste.

»Das war aber doch was anderes«, sagte Eva.

»Finde ich nicht.«

Es klingelte an der Wohnungstür. Johannes war zurück.

Sie plauderten noch eine Weile zu dritt, dann tischte Mika das Essen auf.

Der sympathische Blondschopf hatte genau wie Alisa ein Sabbatical hinter sich mit diversen Praktika und hatte sich um einen Studienplatz für Zahnheilkunde beworben.

»Und wenn das nicht hinhaut, dann mache ich Chemie.«

»Du kriegst den Studienplatz. Da bin ich mir ganz sicher, Mika. Jetzt bleib mal locker«, sagte Alisa.

»Tja. Wenn du das sagst, wird es wohl so sein«, meinte er und grinste amüsiert.

Eva fiel auf, dass sich im Verhalten Mikas und ihrer Tochter etwas geändert hatte. Sie nahm Schwingungen wahr, die sie früher bei den von klein auf besten Freunden nicht gespürt hatte.

»Läuft da vielleicht was zwischen Alisa und Mika?«, fragte Johannes leise, als die beiden in der Küche waren, um den Nachtisch vorzubereiten. »Oder sind sie noch immer nur *ziemlich beste Freunde?*«

Eva lächelte.

»Hey – ein Filmtitel.«

Er grinste.

»Stimmt. Und du hast es natürlich bemerkt.«

»Aber klar doch. Und was die beiden betrifft: Ich weiß es nicht. Alisa hat vorhin jedenfalls nichts gesagt. Denkst du echt, es hat sich was entwickelt zwischen den beiden?«

Johannes zuckte mit den Schultern.

»Wundern würde es mich nicht. Achtung, jetzt kommt gleich noch ein Musiktitel: *Tausendmal berührt, tausendmal ist nix passiert.*«

»*Tausend und eine Nacht, und es hat Zoom gemacht*«, fuhr Eva fort. »Das ist von der Klaus-Lage-Band.«

»Stimmt. Ich würde mich jedenfalls darüber freuen. Die beiden wären ein tolles Paar«, sagte Johannes.

Eva nickte.

»Vielleicht verhalten sie sich aber nur ein wenig anders, weil sie zusammenwohnen. Das verbindet sicher noch mal ein Stück mehr.«

»Das kann natürlich auch sein«, gab Johannes ihr recht.

»Was kann auch sein?«, fragte Alisa, die seine letzten Worte aufgeschnappt hatte, als sie mit ihrem Rollstuhl ins Wohnzimmer fuhr. Mika folgte ihr mit einem Tablett, auf dem vier Teller mit Nachspeise standen.

»Deine Mutter und ich haben nur festgestellt, dass hier in der Wohnung eine sehr schöne Atmosphäre herrscht. Und wir denken, es liegt sicher daran, dass ihr beiden euch schon so lange kennt«, erklärte Johannes diplomatisch.

»Natürlich liegt es daran«, sagte Alisa ein wenig zu schnell. Und Eva glaubte zu sehen, dass Mikas Wangen sich etwas gerötet hatten, als er die Nachspeise verteilte. Auf jeden Fall sagte er nichts dazu.

»Das sieht aber toll aus!«, rief Eva mit Blick auf ihren Teller.

»Und wie!«, bestätigte Johannes mit sichtlicher Vorfreude.

Es gab selbst gemachte Bayerische Creme auf einem Mango-Ingwer-Spiegel und dazu noch ein kleines Stück vom Käsekuchen.

»Ich platze gleich«, sagte Johannes etwas später. Und auch Eva hatte schon lange nicht mehr so viel gegessen wie an diesem Abend.

Es war eine lustige Runde, und es gab viel zu lachen.

Um Mitternacht brachten Johannes und Eva dann ein Tablett mit fünfzig brennenden Teelichtern herein, und sie stießen mit Champagner auf Evas Geburtstag an.

Schöner hätte sie sich diesen Moment nicht vorstellen können. Alisa gab ihrer Mutter einen dicken Kuss und drückte sie ganz fest.

»Alles Gute zum Geburtstag, Mami. Und ich fände es super, wenn das jetzt erst die Halbzeit bei dir ist und noch mal genau ein halbes Jahrhundert vor dir liegt!«

»Ich versuche mein Bestes«, versprach Eva vergnügt.

Auch Mika umarmte Eva und gratulierte ihr herzlich.

Dann drehte Eva sich zu Johannes, und plötzlich wurde sie nervös.

»Ich wünsche dir von Herzen alles Gute, Eva«, sagte er und umarmte sie. Das erste Mal seit längerer Zeit. Und es fühlte sich gut an und sehr vertraut. In diesem Moment öffnete sich die Tür zur Einöde um ein weiteres kleines Stück, und es fiel sogar ein wenig Licht herein.

»Danke, Johannes«, sagte sie leise und mit klopfendem Herzen, als sie sich wieder voneinander lösten.

»Möchtest du dein Geschenk jetzt schon oder erst, wenn wir uns zum Frühstück treffen?«, fragte Alisa.

»Natürlich jetzt schon! Was für eine Frage«, antwortete Eva trocken.

Alisa rollte zu einer Kommode und holte eine rote Schachtel mit einer weißen Schleife heraus, die etwa die Größe eines dicken Schmökers hatte.

»Bitte schön!«

Eva nahm die Schleife ab und hob den Deckel. Zum Vorschein kamen vier kleine Gemälde, die nicht größer waren als Zigarettenschachteln. Vorsichtig nahm Eva die kleinen Leinwände heraus und legte sie nebeneinander auf den Tisch.

Eva war so beeindruckt, dass sie im ersten Moment gar nicht wusste, was sie sagen sollte. Alisa hatte das Marionettentheater aus ihrer Kindheit gemalt und unterschiedliche Szenen dargestellt. Auf jedem der vier Bilder waren, winzig klein und detailgetreu gemalt, die Figuren aus einer von vier Geschichten zu sehen, die Eva für Alisa erfunden hatte:

Der verhexte Prinz und die stotternde Hexe in der Kulisse eines modernen Hexenhauses. Die Sonnenkönigin und der listige Teufel im Wolkenschloss. Die rosa Bärin und der müde Zauberlehrling auf dem Mond. Und schließlich Alisas Lieblingsgeschichte, die im Wald spielte: Die dunkelblaue Fee und der diebische Wassermann mit dem kleinen Drachen, den Eva damals zusätzlich in die Geschichte hatte einbauen müssen, weil Alisa ihn so liebte.

Die Bilder waren so lebendig gemalt, dass man fast darauf wartete, dass die Marionetten sich bewegten.

»Gefallen sie dir?«, fragte Alisa.

Eva schluckte und spürte, wie Tränen in ihren Augen brannten. Dieses besondere Geschenk beschwor so viele wunderbare Erinnerungen an die Kindheit ihrer Tochter herauf. Natürlich auch an den Tag des Unfalls und die schwere Zeit danach, als sie Alisa mit den Geschichten aufgemuntert und ihr Mut gemacht hatte. Und sie dachte auch daran, als sie selbst noch ein

Kind gewesen war und sich zu den Marionetten, die ihr Vater gebaut hatte, Abenteuer ausgedacht hatte.

»Du weißt gar nicht, was du mir damit für eine Freude machst«, sagte sie mit heiserer Stimme. »Vielen Dank, mein Liebling.«

»Das sind echte kleine Kunstwerke«, sagte Johannes beeindruckt. »Was habe ich nur für eine unglaublich talentierte Tochter.«

»Sie ist wirklich ziemlich gut«, meinte Mika zustimmend.

»Und du hast mir dabei geholfen«, sagte Alisa zu ihm. »Mika hat mich nämlich auf den Speicher getragen, als ich noch daheim war, damit ich alle Marionetten und die Kulissen fotografieren konnte.«

Eva schüttelte ungläubig den Kopf und lächelte.

»Da kann ich mit meinem Geschenk vermutlich nicht mithalten«, sagte Johannes.

»Aber du hast mir doch schon die Reise nach Berlin geschenkt«, protestierte Eva.

»Aber eine Kleinigkeit habe ich trotzdem noch, immerhin ist das heute ein besonderer Geburtstag«, erklärte er.

»Kleinigkeit ist gut!«, sagte Alisa und grinste.

»Ich hole das Geschenk mal«, bot Mika an und ging kurz hinaus.

»Jetzt bin ich aber gespannt«, meinte Eva, und da kam er auch schon wieder zurück. Er trug ein größeres flaches Paket.

»Das war doch heute nicht im Auto, oder?«, fragte Eva verwundert.

»Nein«, antwortete Johannes. »Ich habe es aus Amerika zu Alisa schicken lassen.«

»Ach … hast du mich deshalb nach ihrer Adresse gefragt, als du in Seattle warst?«

»Ertappt. Aber jetzt mach schon auf.«

Eva öffnete das Paket und staunte. In einem Glasbilderrahmen war ein Filmplakat des Klassikers *Die Reifeprüfung* mit den Autogrammen der Hauptdarsteller Dustin Hoffman und Anne Bancroft.

Eva sah völlig überrascht zu Johannes.

»Wo hast du denn das her?«

»Ich bin zufällig darauf gestoßen über einen Geschäftspartner in Seattle. Da ich weiß, dass das einer deiner Lieblingsfilme ist, musste ich einfach zuschlagen«, sagte er.

Einen kurzen Moment lang fragte Eva sich, ob dieses Geschenk eine Anspielung auf ihre Affäre mit einem jüngeren Mann sein könnte. So wie sich im Film der junge Benjamin Braddock in die ältere und verheiratete Mrs. Robinson verliebte. Doch sofort verwarf sie den Gedanken wieder. Das hier war nur ein ungewöhnlicher Zufall.

»Was für ein besonderes Geschenk. Vielen, vielen Dank, Johannes.« Sie ahnte, dass er für das original signierte Filmplakat eine Menge Geld ausgegeben hatte. Doch vor allem freute sie sich darüber, weil er ihr etwas schenkte, das ihr wirklich etwas bedeutete, und nicht teuren Schmuck oder sonstigen Schnickschnack, den sie gar nicht brauchte.

»Sehr gern geschehen.«

Auch Mika hatte ein Geschenk. Er und Eva hatten sich früher oft über Astronomie unterhalten, deswegen bekam sie von ihm einen hochwertigen Bildband mit spektakulären Aufnahmen von Sternenbildern, Nebeln und Galaxien.

»Ihr seid echt unglaublich!«

Sie stießen ein weiteres Mal an und unterhielten sich noch eine Weile. Dann beschlossen Johannes und Eva, ins Hotel aufzubrechen, und verabschiedeten sich.

»Sollen wir uns ein Taxi rufen?«, fragte Eva.

»Wir haben es nicht weit.«

»In welchem Hotel sind wir überhaupt untergebracht? Das hast du noch gar nicht erwähnt.«

»Lass dich überraschen«, antwortete Johannes lächelnd.

Tatsächlich waren sie nur etwa fünf Minuten unterwegs.

»Das *Savoy!*«, rief Eva erfreut. Sie liebte das geschichtsträchtige Hotel, das im Lauf der Zeit schon zahlreiche Berühmtheiten beherbergt hatte. Vor vielen Jahren war sie einmal hier zu Gast gewesen während der Berlinale.

»Eigentlich hatte ich ja vor, die ›Henry Miller Suite‹ für dich zu reservieren, aber die war leider schon besetzt.«

»Ach, das ist doch völlig egal!«

Sie fuhren mit dem Lift nach oben. Ihre Zimmer lagen nebeneinander.

»Vielen Dank, Johannes. Für die Geschenke und das Hotel hier … Es war ein ganz besonderer Tag.«

»Dabei hat dein Geburtstag doch gerade erst begonnen«, sagte Johannes und lächelte.

»Und ich freue mich schon auf … später.« Sie lächelte ebenfalls.

»Okay, dann gute Nacht, Eva. Bis morgen früh.«

»Bis morgen früh.«

Plötzlich veränderte sich sein Blick.

»Noch schöner wäre der kommende Morgen, wenn wir nicht in zwei verschiedenen Zimmern aufwachen«, sagte er leise.

Eva wusste nicht, was sie darauf sagen sollte. Sie war hin- und hergerissen. Auch wenn sie sich heute gut verstanden hatten, war noch so vieles ungesagt. Gleichzeitig fühlte sie sich ihm näher als seit Langem.

»Ich sehe es in deinen Augen, dass du nicht bereit bist …«, sagte er und hörte sich nicht enttäuscht, sondern eher ein wenig traurig an. »Aber das ist schon in Ordnung. Schlaf gut, Eva.«

Er wandte sich um und verschwand in sein Zimmer, noch bevor sie etwas sagen konnte.

Nachdenklich betrat Eva ihr Zimmer. Ihr Koffer stand neben dem Bett. Obwohl sie sich sehr erschöpft fühlte, räumte sie die Sachen in den Schrank und schlüpfte nach einer kurzen Dusche in ihr Nachthemd. Nachdenklich ging sie zum Fenster und schaute hinaus auf das nächtliche Berlin.

Nun war sie also fünfzig geworden. Im Gegensatz zu vielen anderen Menschen gab sie dieser Zahl kaum eine Bedeutung. Älter zu werden war eine Tatsache, die sich ohnehin nicht ändern ließ, außer mit dem Tod. Viel mehr beschäftigte sie das Gefühlschaos, in dem sie steckte. Beruflich passierten gerade aufregende Dinge. Und dass sie an ihrem Geburtstag in Berlin bei ihrer Tochter war, machte sie glücklich. Doch da gab es Ben, der Gefühle für sie hatte. Einerseits bereute sie das, was sie mit ihm erlebt hatte, nicht, doch andererseits hatte sie ein schlechtes Gewissen Johannes gegenüber, das sie von Stunde zu Stunde mehr belastete. Ihr Mann gab ihr im Moment die meisten Rätsel auf. Was mochte sein Verhalten bedeuten? Wollte er, dass sie wieder eine richtige Ehe führten? Ging das überhaupt noch? Plötzlich hatte sie genug von dem Gedankenkarussell in ihrem Kopf, das sie nicht weiterbrachte. Sie wollte einfach nur schlafen.

Eva schlüpfte ins Bett und versuchte, ein wenig Ruhe zu finden. Und überraschenderweise schlief sie tatsächlich bald ein.

Am nächsten Morgen war Johannes so gut gelaunt, als hätte es diesen Moment gestern vor der Zimmertür nicht gegeben. Eigentlich war geplant gewesen, sich zum Frühstück in einem

Café zu treffen. Doch Alisa schlug kurzfristig vor, in ihrer Wohnung zu frühstücken, da sie es dort gemütlicher hätten. Eva und Johannes hatten nichts dagegen. Auf dem Weg zu ihrer Tochter kauften sie Baguette und Croissants ein.

Der Tisch war hübsch gedeckt mit Blumen und vielen Kerzen und bog sich fast unter all den Leckerbissen, die Alisa und Mika aufgetischt hatten.

»Wenn wir davon nur einen Bruchteil essen, haben wir heute den ganzen Tag keinen Hunger mehr«, meinte Johannes amüsiert.

Sie hatten gerade angefangen, da klingelte es an der Wohnungstür. Johannes' jüngere Schwester Judith rauschte in ihrer überschwänglichen Art herein und begrüßte alle mit einer innigen Umarmung und mehrfachen Küsschen links und rechts.

Es war nicht zu übersehen, dass Judith und Johannes Geschwister waren. Auch sie hatte graue Augen und schwarzes, lockiges Haar, in dem schon einige silberne Strähnen schimmerten. Sie war fast so groß wie ihr Bruder, mit etwas kantigen Gesichtszügen, die fast maskulin anmuteten. Doch sie hatte das bezauberndste Lächeln der Welt, und in ihrer Gegenwart fühlte man sich immer wohl.

Judith gratulierte ihrer Schwägerin mit einer fünfzig Jahre alten Flasche Single-Malt-Whisky.

»Ihr Lieben, es tut mir so schrecklich leid. Ich muss gleich wieder los und kann auch heute Abend nicht mit euch zum Essen gehen.«

Sie schnappte sich ein Stück Käse und schob es in den Mund.

»In der Klinik gab es letzte Nacht einen schlimmen Vorfall, über den ich leider nicht sprechen darf«, fuhr sie mit vollem Mund fort. »Nur so viel: Ich habe heute mehrere schwierige Gespräche mit Angehörigen und einigen Patienten und der

Polizei. Und von dem ganzen Papierkram mag ich gar nicht erst reden. Ihr seid mir doch hoffentlich nicht böse?«

»Aber nein«, beteuerte Eva. »Ich freue mich sehr, dass ich dich zumindest kurz gesehen habe.«

»Ich mich auch. Wenn ihr nächstes Mal kommt, dann klappt es hoffentlich, dass wir mehr Zeit miteinander verbringen – und irgendwann musst du mir verraten, wie du es schaffst, immer noch so jung auszusehen, Eva. Das ist ja schon fast unheimlich.«

»Sobald ich es selbst rausgefunden habe, mache ich das sehr gern«, versprach Eva und schmunzelte.

Nachdem Judith weg war, saßen sie noch eine Weile zusammen. Mehrere Freunde und Bekannte riefen bei Johannes an, da sie Eva am Telefon nicht erreichen konnten, und wollten gratulieren. Auch Ricarda und Max meldeten sich und sangen fürchterlich falsch, aber voller lobenswertem Enthusiasmus ein Geburtstagsständchen.

»Sobald du zurück bist, wird auch hier gefeiert!«, kündigte Ricarda an.

»Ja, klar. Das machen wir!«

Nach dem ausgedehnten Frühstück unternahmen sie einen kleinen Spaziergang, bis Alisa zurückmusste, um sich für den Termin am Nachmittag zurechtzumachen. Johannes ließ es sich nicht nehmen, seine Tochter zu Universität zu fahren, und vertrieb sich die Zeit in einem Café, bis sie fertig war und er sie wieder in die Wohnung brachte. Eva war inzwischen ins Hotel gefahren, um sich für den Abend ein wenig auszuruhen.

Zur vereinbarten Zeit klopfte Johannes an ihre Zimmertür.

»Eva? Bist du so weit?«

»Moment!«, rief sie und schlüpfte in ihre Schuhe. Dann griff sie nach ihrer Handtasche und öffnete die Tür.

»Wow! Du siehst toll aus! Und schön, dass du das rote Kleid trägst«, sagte Johannes mit bewunderndem Blick.

»Danke. Du siehst auch nicht übel aus.«

»Freut mich, wenn ich dir gefalle.«

Tatsächlich hatte auch er sich in Schale geworfen und trug einen grauen Anzug über einem weißen Hemd. Auf eine Krawatte hatte er jedoch verzichtet.

Er hielt ihr den Arm hin.

»Na dann komm, Geburtstagskind.«

Johannes hatte einen Tisch in der *Paris Bar* reserviert. Als sie das Lokal betraten, war bereits ziemlich viel los. Mika und Alisa warteten schon auf die beiden.

»Ihr müsst deswegen nicht gleich ausflippen, wenn ich das sage, aber für euer Alter schaut ihr noch ziemlich gut aus«, sagte Alisa zu ihren Eltern.

Mika bestätigte das mit einem Kopfnicken.

»Freut mich sehr, das zu hören, Töchterchen«, erwiderte Johannes grinsend. »So, und jetzt lasst uns bestellen.«

Während sie auf die Vorspeise warteten, sah Alisa ihre Eltern mit einem plötzlich etwas ernsten Blick an.

»Mama … Papa … ich muss euch was sagen.«

»Was Schlimmes?«, fragte Eva sofort.

»Genau, Mama. Und das würde ich dir ausgerechnet an deinem Geburtstag beim Abendessen erzählen, oder wie?«

Alisa schüttelte den Kopf über ihre Mutter.

»Dann rück doch mal mit der Sprache raus und lass uns nicht lange zappeln«, forderte Johannes sie auf.

Alisa atmete einmal tief durch. Dann griff sie nach Mikas Hand.

»Mika und ich sind jetzt ein Paar«, erklärte sie.

»Siehst du, ich hab's dir gesagt«, meinte Johannes mit einem breiten Lächeln in Richtung Eva.

»Es war ja auch kaum zu übersehen«, sagte sie.

»Was? Ihr habt das gewusst?«, fragte Alisa ungläubig.

»Gewusst nicht, aber vermutet«, sagte Johannes.

»Echt?« Auch Mika sah sie fassungslos an. »Wir dachten, wir hätten das so gut verborgen.«

»Nicht ganz so gut, aber das ist ja völlig egal. Herzlichen Glückwunsch, ihr zwei. Ich freue mich sehr!«, sagte Eva.

»Ich mich auch!«, erklärte Johannes.

Sie stießen auf das junge Paar an, und gleich darauf gaben die beiden sich einen Kuss.

»Okay. Daran muss ich mich allerdings erst mal gewöhnen«, sagte Johannes. »Immerhin wart ihr vorher nur beste Freunde.«

»Na ja. Für uns ist das auch alles noch etwas neu«, gab Mika zu. »Aber dafür ist es schon ziemlich gut«, fügte er hinzu und grinste breit.

Der Ober kam und servierte das Essen.

»Und jetzt muss ich leider noch ein wenig der Spielverderber sein«, begann Johannes, nachdem er drei Stunden später die Rechnung bezahlt hatte.

»Warum, was ist denn?«, fragte Alisa, und auch Eva sah ihn fragend an.

»Wir wollten morgen doch erst am Nachmittag zurück nach München. Aber – leider mal wieder – gibt es in der Firma Probleme, und sie brauchen mich am Nachmittag für eine Besprechung, bei der einige wichtige Entscheidungen anstehen. Es tut mir wirklich leid!«

»Schon gut. Immerhin hattest du ja heute mal einen ganzen

Tag frei«, meinte Eva und nahm es mit Humor. Was vielleicht auch an den zwei Gläsern Pinot grigio lag, die ihr schon ein klein wenig zu Kopf gestiegen waren.

»Bedeutet das, dass wir uns morgen gar nicht mehr sehen?«, fragte Alisa und wirkte etwas enttäuscht.

»Doch, aber nur ganz kurz. Wir werden im Hotel frühstücken und dann Evas Geschenke bei euch abholen, danach aber gleich losfahren.«

»Wie schade. Wir wollten doch gemeinsam ins Pergamonmuseum gehen«, schmollte Alisa.

Eva griff nach der Hand ihrer Tochter.

»Ich verspreche dir, dass ich dich bald wieder besuchen komme, und dann holen wir das nach. Okay?«

»Na gut.«

»Ich danke euch sehr, für den schönen Geburtstag. Besser hätte ich ihn mir nicht vorstellen können«, sagte Eva abschließend. Sie verabschiedeten sich vor dem Lokal, dann spazierten Johannes und Eva in Richtung Hotel.

»Denkst du, dass das mit den beiden längerfristig gut geht?«, fragte Johannes. »Versteh mich nicht falsch, ich freue mich wirklich sehr für sie, aber Alisa hatte noch nie einen festen Freund, und Mika war bisher auch nur einmal mit einem anderen Mädchen zusammen, wenn ich mich nicht täusche.«

»Ich kann es schwer einschätzen«, meinte Eva. »Aber eine Garantie gibt es ja nie, wenn man sich auf eine Beziehung einlässt.«

»Da hast du natürlich recht.«

Schweigend gingen sie nebeneinanderher, jeder in seine eigenen Gedanken versunken.

»Eigentlich bin ich noch gar nicht müde«, sagte Eva, als sie vor dem Lift standen.

»Ich auch nicht … Es ist auch erst kurz vor elf, und du hast immerhin noch Geburtstag.«

»Wie wär's mit einem letzten Drink für heute? Ich lade dich ein«, sagte Eva.

»Schon überredet.«

KAPITEL 20

Im Strudel der Nacht – und am anderen Morgen

Wenige Minuten später saßen sie in bequemen ledernen Sesseln an einem kleinen Tisch in der *Times Bar*. Im Hintergrund spielte leise Musik. Ein Kellner kam an ihren Tisch.

»Wissen Sie schon, was ich Ihnen bringen darf, oder brauchen Sie die Karte?«, fragte er höflich.

»Wir wissen es«, sagten Eva und Johannes gleichzeitig und lachten dann los.

Der Kellner zog amüsiert die Augenbrauen hoch.

»Zwei Gin Tonic bitte«, bestellte Johannes.

»Gern. Mit Monkey-47-Gin?«

»Unbedingt«, sagte Eva.

»Wird gemacht.«

Ein paar Minuten später brachte der Kellner die Getränke an den Tisch.

Eva und Johannes hoben die Gläser.

»Auf deinen ganz besonderen Geburtstag, den man dir nicht ansieht«, sagte er.

»Danke, dass ihr ihn für mich so besonders gemacht habt, Johannes.«

»Es war mir eine Freude!«

Nachdem sie getrunken hatten, betrachtete Johannes versonnen das Glas.

»Der hier ist doch ein richtig guter Abschluss für diesen Tag«, sagte er.

»Ja. Ich hatte schon sehr lang keinen Gin Tonic mehr.«

»Ich ebenfalls nicht. Da ich ihn ausschließlich dann trinke, wenn du auch einen trinkst.«

Er lächelte, offenbar versunken in die Erinnerung an ihre erste Begegnung auf einer Feier, als Eva sich als Hilfskraft für einen Partyservice etwas Geld dazuverdient hatte, um zusätzliche private Schauspielstunden zu bezahlen.

Sie war an der provisorischen Bar eingeteilt, an der anfangs noch nicht viel los war. Also hatte sie die Zeit genutzt, um Servietten für das spätere Catering zu falten.

Er hatte einen Gin Tonic bestellt.

»Sofort. Ich bin gleich so weit«, hatte sie gesagt und noch schnell die Serviette fertig gemacht.

»Ich vergesse nie, wie du mich damals angelächelt hast«, sagte Johannes plötzlich. »Und dann hast du mir erklärt, dass du an diesem Tag schon über zweihundert Servietten gefaltet hattest, und mir gezeigt, wie das geht.«

»Ich glaube, es waren sogar noch viel mehr«, sagte Eva.

»Vielleicht, das kann sein. Jedenfalls haben mich das Funkeln deiner Augen und dein Lächeln dazu gebracht, viel länger auf dieser schrecklich langweiligen Party zu bleiben, als ich eigentlich vorgehabt hatte«, erinnerte er sich.

»Mein Aushilfsjob hat mir nie so viel Spaß gemacht wie an diesem Abend mit dir an der Theke.«

»Kein Wunder. Immerhin hast du dir heimlich auch einen Gin Tonic eingeschenkt. Allerdings in ein Wasserglas, damit es niemandem auffiel.«

»Ich konnte dich doch nicht alleine trinken lassen«, meinte sie schmunzelnd.

»Und irgendwann habe ich meinen ganzen Mut zusammengenommen, um dich zu fragen, ob du mit mir ausgehen möchtest«, sagte Johannes.

Eva lachte leise.

»Ich hatte damals schon Angst, du würdest dich verabschieden, ohne mich zu fragen.«

»Das hast du mir nie gesagt«, meinte er überrascht.

Sie zuckte mit den Schultern.

»Am Ende hast du es ja getan.«

»Und was, wenn ich es nicht getan hätte?«, fragte er neugierig.

»Dann hätte ich dich um deine Telefonnummer gebeten«, gab Eva freimütig zu. Der Alkohol hatte ihre Zunge gelöst. Und in der besonderen Atmosphäre der gemütlichen Hotelbar fühlte sie sich im Moment wie aus der Zeit gefallen. Die Erinnerungen an damals standen lebendig vor ihr.

»Du denkst also, es war irgendwie von der ersten Minute an beschlossene Sache, dass wir uns näher kennenlernen?«, überlegte er.

»Vielleicht …«

Sie nahm ihr Glas und nippte daran. Dann griff sie nach einer Serviette.

»Was machst du?«

»Es waren Blätter, die ich damals gefaltet habe, oder?«, fragte sie.

»Ja, es waren Blätter«, bestätigte er.

Sie versuchte sich daran zu erinnern, wie es funktionierte. Dann stellte sie die Gläser etwas zur Seite, damit sie die Serviette auf dem Tisch ausbreiten konnte. Und tatsächlich schaffte sie es, auch wenn sie ein paar Anläufe brauchte, daraus ein Blatt zu falten.

»Wow! Du kannst es noch.«

»Gelernt ist gelernt. Hier – für dich!«, sagte sie und reichte ihm das Blatt. So wie sie ihm damals eines der Serviettenblätter geschenkt hatte.

Er steckte es in seine Anzugtasche.

»Danke«, sagte er leise und sah sie aus seinen grauen Augen mit einem Blick an, den sie nicht deuten konnte.

Die Tür in die Einöde öffnete sich noch ein weiteres Stück, und sie erkannte, dass es darin noch Leben gab. Sie spürte ein Kribbeln in ihrem Bauch, und ihr Herz begann schneller zu schlagen.

»Eva, ich möchte mit dir tanzen«, sagte Johannes so leise, dass sie es mehr von seinen Lippen ablas, als dass sie es hörte.

»Hier?«

Er schüttelte den Kopf.

»Nein. Nicht hier.«

Sie schluckte. Es war klar, was er damit sagen wollte.

Plötzlich wurde sie von einem Sehnen erfasst, das ihr fast den Atem raubte. Sie wollte über nichts mehr nachdenken. Sich nicht fragen, ob es richtig oder falsch war. Das Einzige, das sie in diesem Moment wirklich wollte, war Johannes.

Sie sah ihn an, und in seinen Augen spiegelte sich ihr eigenes Verlangen.

Sie nickte.

»Lass uns tanzen.«

Zehn Minuten später waren sie in ihrem Zimmer. Während Eva sich kurz frisch machte, schenkte Johannes Champagner in zwei Gläser ein, den sie aus der Hotelbar mitgenommen hatten.

Evas Herz klopfte zum Zerspringen, als sie ins Zimmer kam und er am Fenster stand und auf sie wartete. Nur ein kleines Nachtlicht erhellte schwach den Raum.

Johannes hatte seine Jacke ausgezogen und über den Stuhl gelegt. Er war immer noch ein unglaublich attraktiver Mann.

»Möchtest du?«, fragte er und hielt ihr das Glas entgegen. Sie schüttelte den Kopf. »Jetzt nicht, danke«, sagte sie mit heiserer Stimme.

Er stellte die Gläser zur Seite. Dann nahm er kurz sein Handy und wählte ein Lied aus der Playlist aus.

Eva wusste, was kam, noch bevor der erste Ton erklang: *The Most Beautiful Girl In The World* von Prince.

Es war das Lied, zu dem sie damals das erste Mal getanzt hatten.

»Darf ich bitten?«, fragte er und reichte ihr die Hand. Sie griff danach, und er zog sie an sich. Ihr Herz schien fast zu zerspringen, und sie war vermutlich aufgeregter als damals vor vielen Jahren. Langsam bewegten sie sich zur Musik. Johannes fühlte sich so vertraut an, obwohl sie ihm lange Zeit schon nicht mehr so nahe gewesen war. Sein Duft stieg ihr in die Nase und betörte sie. Eva legte ihre Wange an seine Brust und spürte, wie wild auch sein Herz schlug. Offenbar war er genauso aufgeregt, wie sie es war.

Doch plötzlich war alles ganz einfach. Er blieb stehen, beugte sich zu ihr, und sie hob den Kopf. Sie sahen sich in die Augen. Erkannten sich wieder auf eine besondere Weise, die jede Scheu und jede Angst vertrieb. Ihre Lippen berührten sich, und sie versanken in einem Kuss, der sie alles vergessen ließ.

Obwohl beide es kaum mehr erwarten konnten, ließen sie sich damit Zeit, sich gegenseitig auszuziehen. Er nahm sie an der Hand und zog sie aufs Bett.

Sie brauchten keine Worte. Er ließ sie mit seinen Händen, seinen Lippen, seinen Blicken wissen, dass sie für ihn die schönste Frau der Welt war. Dafür ließ Eva ihn spüren, wie sehr sie ihn begehrte und wie viel Genuss er ihr schenkte. Sie wurden von einem Strudel der Leidenschaft fortgerissen, während die Welt um sie herum aufhörte, sich zu drehen. Eva ließ sich fallen, tief, und mit einem Vertrauen zu ihm, das man nur aus Liebe empfinden und schenken konnte und in dem Bewusstsein, dass der andere einen auffangen würde.

»Geht es dir gut?«, flüsterte er sehr viel später in ihr Ohr, als sie in der Dunkelheit in seinen Armen lag.

»Ja …«, sagte sie. »Und dir?«

»Unbeschreiblich gut«, murmelte er, und sie glaubte, ein Lächeln in seiner Stimme zu hören. Die Einöde war verschwunden.

Zärtlich strich sie mit dem Finger über seine Wangen, über die Nase und die Lippen über sein Kinn bis zu seinem Schlüsselbein.

Er streichelte durch ihr Haar. Küsste sie und entfachte erneut ihr Verlangen.

Als Eva erwachte, war es bereits hell draußen. Johannes schlief an ihrer Seite. Sein Arm lag wie beschützend über ihrem Bauch.

Vorsichtig, um ihn nicht zu wecken, griff sie nach ihrer Armbanduhr auf dem Nachttisch. Es war kurz vor halb sieben. Sie hatte das Gefühl, kaum eine Stunde geschlafen zu haben. Trotzdem fühlte sie sich ganz und gar wach. Sie hatte mit ihrem Mann eine der schönsten und aufregendsten Nächte ihres Lebens verbracht. Noch vor wenigen Tagen hätte sie sich das nicht vorstellen können.

Doch das rief ihr nun auch in Erinnerung, dass sie ihn erst vor Kurzem mit Ben betrogen hatte. Und sie wusste nicht, wie sie damit umgehen sollte. Konnte, durfte sie ihm das verschweigen? Im Rausch der Gefühle hatte sie die Tatsache, dass es einiges gab, das sie in ihrer Beziehung klären mussten, völlig ignoriert. Vielleicht war das auch richtig so gewesen, doch nun würde der Alltag sie bald einholen, und Eva hatte plötzlich Angst, dass das, war sie in der letzten Nacht Wunderbares erlebt hatte, nun bei Tageslicht nicht mehr bestehen konnte.

Johannes bewegte sich.

»Hey du …«, murmelte er mit vom Schlaf heiserer Stimme. »Es war also doch nicht der aufregendste und heißeste Traum, den ich je hatte. Du bist wirklich hier bei mir.«

Eva lächelte.

»Nein, du hast nicht geträumt«, bestätigte sie, obwohl sie selbst kaum glauben konnte, was in der letzten Nacht geschehen war.

Er zog sie an seine Brust und gab ihr einen Kuss auf die Stirn.

»Es ist schön, aufzuwachen, wenn du neben mir liegst«, sagte er.

»Ja … für mich auch.«

Eine Weile schwiegen beide.

»Eva, du hast mich bei meiner Rückkehr aus Nairobi gefragt, warum ich vorzeitig abgereist bin«, begann er dann. »Es war … es war deinetwegen. Du hast dieses Foto von dir im Badeanzug vor dem Pool geschickt, und als ich dich darauf lächeln sah und diesen Ausdruck in deinen Augen bemerkte, da spürte ich, wie sehr du mir fehlst.«

»Deswegen kamst du zurück?«, fragte Eva überrascht.

»Ja … Ich weiß, es lief einiges schief zwischen uns. Und natürlich müssen wir uns nichts vormachen – wir werden nicht von heute auf morgen wieder das Paar sein, das wir anfangs einmal waren. Aber wenn du es auch möchtest, dann können wir jetzt, nach all dem, was hinter uns liegt, das beste Paar sein, das möglich ist.«

Tränen brannten in ihren Augen bei seinen Worten. Am liebsten hätte sie sofort gesagt: *Ja! Lass es uns versuchen.* Aber konnte sie das wirklich? Er wusste so manches nicht von ihr. Ben. Der Vertrag mit der Agentur. Andererseits wusste auch sie sicher nicht alles von ihm. Sollten sie vielleicht einfach alles hinter sich lassen, mit dem heutigen Tag einen Schnitt machen und nur nach vorne schauen? Natürlich musste er bald von ihren beruflichen Plänen erfahren. Aber vielleicht war es nicht notwendig, über Ben zu reden. So wie Johannes ihr nichts über irgendwelche Frauen beichten musste, mit denen er womöglich in der Vergangenheit etwas angefangen hatte. Konnte das gut gehen?, fragte sie sich. Zumindest konnten sie es versuchen.

»Du sagst gar nichts dazu«, murmelte er.

»Ehrlich gesagt, bin ich noch völlig überrumpelt von heute Nacht«, sagte sie und lächelte.

»Das bin ich auch.« Er lächelte zurück.

»Ich finde deinen Vorschlag gut. Aber vielleicht sollten wir es langsam angehen«, schlug sie vor.

»Wir können machen, was immer wir wollen, Eva. Nur eines möchte ich auf Dauer nicht mehr – getrennte Schlafzimmer!«

Nun wurde sein Blick ernst.

»Ich möchte nicht länger verheiratet sein und trotzdem jede Nacht alleine einschlafen und am Morgen alleine aufwachen. Verstehst du?«

»Damit kann ich leben«, sagte sie. Sie griff nach seiner Hand und spielte mit seinen Fingern.

»Jetzt hast du aber überraschend schnell eingelenkt«, meinte er.

»Tja. Du hattest eben überzeugende Argumente. Und ich denke, wir haben jetzt genügend Zeit damit verschwendet, uns aus dem Weg zu gehen.«

»Ja … Und deshalb wird es auch eine weitere Änderung geben.«

»Ach ja? Welche denn?«

»Ich möchte, dass die Firma nicht mehr mein ganzes Privatleben frisst. Für wen denn auch? Alisa wird die Firma, so wie es aussieht, nicht übernehmen. Deswegen habe ich vor, einen Geschäftsführer einzustellen. Auch wenn ich natürlich weiterhin noch Chef bleiben und alle wichtigen Entscheidungen treffen werde. Aber ich möchte einige Aufgabengebiete delegieren. Damit werden auch viele Geschäftsreisen wegfallen.«

Eva war so überrascht, dass sie sich im Bett aufsetzte.

»Du willst das wirklich tun?«, fragte sie.

Er richtete sich ebenfalls auf.

»Ja. Das möchte ich. Wobei die Umstellung sicher eine Weile in Anspruch nehmen wird. Dafür bitte ich dich jetzt schon um Geduld.«

Eva nickte.

»Klar. Du hast mich damit jetzt aber sehr überrascht, Johannes.«

»Genau das hatte ich vor. Aber du brauchst auch keine Sorge zu haben, ich wäre dann bald so viel daheim, dass ich dir auf die Nerven gehe«, sagte er mit einem vergnügten Zwinkern. »Es bleibt gewiss noch genug für mich zu tun in der Firma.«

Jetzt war auch für Eva der Zeitpunkt gekommen, um ihm von ihren beruflichen Plänen zu erzählen.

»Ich finde es gut, dass du das machst, Johannes«, begann sie. »Und es gibt da auch etwas, das ich dir erzählen möchte. Ich werde …«

In diesem Moment klingelte sein Handy auf dem Nachttisch.

»Lass mich raten«, sagte Eva. »Miriam Orlov …«

Er nahm das Handy und nickte.

»Geh ruhig ran«, sagte Eva. »Wir können uns später bei der Autofahrt darüber unterhalten. Ich gehe inzwischen schon mal duschen.«

Er warf ihr dankbar einen angedeuteten Kuss zu und nahm den Anruf an.

Eva verschwand ins Badezimmer.

Während sie unter der Dusche stand, dachte sie plötzlich an Ben. Sie mochte ihn, und es tat ihr leid, dass sie ihn würde enttäuschen müssen. Er hatte sie in einer Zeit aufgefangen, in der sie nicht wusste, wie sie die einzelnen Tage überstehen sollte. Er hatte ihr Mut gemacht, ihre Ziele zu verfolgen und sich nicht davon abbringen zu lassen, auch wenn andere sich skeptisch zeigten. Ben hatte ihr wirklich gutgetan. Doch das allein reichte nicht, um eine funktionierende Beziehung zu führen. Ben war ein feiner Kerl und würde es hoffentlich verstehen, dass sie ihrer Ehe noch mal eine Chance geben wollte.

Sie trocknete sich gerade ab, als Johannes ins Badezimmer kam. Seinem Gesichtsausdruck nach würde ihr nicht gefallen, was er ihr gleich zu sagen hatte.

»Spuck es schon aus«, forderte sie ihn auf. »Egal, was es ist, heute verzeihe ich dir alles.«

Er lächelte.

»Versprich nichts, was du womöglich nicht halten kannst«, warnte er.

»Jetzt sag schon, was los ist.«

»Na gut. Würde es dir etwas ausmachen, heute alleine mit dem Auto zurückzufahren?«, fragte er.

»Du willst noch hierbleiben?«, fragte sie überrascht.

»Nein. Ich werde gleich mit dem Taxi zum Flughafen fahren und nach Mailand fliegen. Es geht um die Anfrage für einen Auftrag über die komplette Lichtausstattung in einem neuen

Luxushotel in Montreal. Aber dafür benötigen wir für die Herstellung diverser Teile einige neue Fertigungsanlagen beziehungsweise müssten die bestehenden Anlagen umrüsten. Ich muss das persönlich mit dem Betriebsleiter in unserem Werk in Mailand besprechen, bevor wir überhaupt kalkulieren und einen Kostenvoranschlag machen können.«

»Aber ich dachte, du hast heute Nachmittag eine wichtige Besprechung im Büro in München?«

»Zu der muss ich mich nun doch per Videokonferenz zuschalten. Es geht einfach nicht anders. Es tut mir …«

»Schon gut«, unterbrach sie ihn. »Ich habe versprochen, dass ich dir heute alles verzeihen werde.«

»Danke! Aber ich bin morgen Nachmittag zurück, und bitte nimm dir nichts für den Abend vor.«

»Ach ja? Wieso denn nicht?«

»Das verrate ich dir morgen.«

Eine halbe Stunde später verabschiedeten sie sich vor dem Hotel. Johannes küsste sie, bevor er ins Taxi stieg, das ihn zum Flughafen brachte.

Eva machte noch einen kleinen Abstecher zu Alisa, um die Sachen abzuholen. Und da sie es nun nicht mehr eilig hatte, nahmen sie sich die Zeit für ein gemeinsames Frühstück.

»Sag mal: Was ist los mit dir, Mama?«, fragte Alisa plötzlich, während Eva einen Apfel viertelte.

»Wieso?«

»Du strahlst heute total.«

»Echt?« Eva biss in den Apfel.

»Ja, total echt. Jetzt sag schon, hast du ein Rollenangebot bekommen, oder was?«

»Nein … nein, hab ich nicht. Aber ich denke, dass es zwischen deinem Papa und mir … na ja, ich glaube, bei uns läuft es gerade ziemlich gut.«

Alisa tat so, als ob sie sich die Ohren zuhielt.

»Lalalala. Das wollte ich jetzt aber gar nicht hören«, sagte sie, lächelte jedoch, als sie die Finger wieder von den Ohren nahm. »Aber trotzdem freue ich mich für euch. Es wurde aber auch Zeit. Ihr beide habt echt eine sehr eigenartige Beziehung zueinander. Aber Hauptsache, ihr seid glücklich.«

»Danke, mein Schatz. So, und jetzt mache ich mich mal langsam auf den Weg.«

Eva packte ihre Geschenke in den Wagen. Dann lief sie noch einmal hoch und verabschiedete sich von ihrer Tochter.

»In sieben Wochen feiern Mikas Großeltern goldene Hochzeit, und wir fahren übers Wochenende nach München. Ich kann doch in mein Zimmer, oder?«

»Aber natürlich, mein Schatz! Ach, ich freue mich sehr, wenn ihr kommt. Da fällt der Abschied jetzt auch gleich viel leichter. Bis bald, Alisa!«

»Bis bald, Mama!«, rief Alisa ihr von der Wohnungstür hinterher. »Und ruf mich an, wenn du daheim angekommen bist.«

»Mache ich!« Eva winkte lachend zurück. Endlich schien wirklich alles prima zu laufen.

KAPITEL 21

Abschied und ein Fest

Nachdem es auf der A 9 nach einem Unfall einen längeren Stau gegeben hatte, war es Abend geworden, bis Eva endlich völlig erschöpft in München ankam. Ihr Handy quoll fast über von Nachrichten und verpassten Anrufen. Viele davon hatten sich bereits erledigt, weil die Leute am Tag zuvor schon auf Johannes' Handy angerufen hatten, um Eva zu gratulieren. Als Erstes meldete Eva sich bei Alisa, die sich schon Sorgen gemacht hatte.

»Das ist ja echt ätzend, wenn man dich nicht erreichen kann. Vergiss ja nie wieder dein Handy«, ermahnte Alisa sie, als wäre Eva ihre Tochter.

»Versprochen«, sagte Eva und schenkte sich nebenbei ein Glas Wasser ein.

Als Nächstes rief sie Johannes an, der ebenfalls schon auf ihren Anruf gewartet hatte.

Er entschuldigte sich noch mal dafür, dass er sie alleine hatte zurückfahren lassen.

»Bitte geh früh schlafen«, bat er.

»Du meinst, damit ich morgen Abend fit bin, weil du etwas mit mir vorhast?«

»Ganz genau«, sagte er. »Und – Eva?«

»Ja?«

»Sollen wir morgen in meinem oder in deinem Zimmer schlafen?«

Eva lachte.

»Das können wir uns ja ganz spontan überlegen, wenn es so weit ist«, sagte sie.

»Ich freu mich!«

»Ich mich auch!«

»Gute Nacht, Eva.«

»Gute Nacht, Johannes.«

Die Nachrichten und Anrufe von Ben hatte sie sich bis zum Schluss aufgehoben. Er hatte mehrmals geschrieben und Eva gebeten, sich doch bitte bei ihm zu melden. Nachdem er nichts von ihr gehört hatte, hatte er an ihrem Geburtstag drei Mal versucht, sie anzurufen. Und schließlich hatte er eine Sprachnachricht geschickt, in der er ihr herzlich zum Geburtstag gratulierte, allerdings auch seine Enttäuschung nicht verbarg, dass sie sich nicht bei ihm meldete.

Eva hatte ein schlechtes Gewissen. Doch sie war viel zu erschöpft, um jetzt mit ihm zu telefonieren. Außerdem wollte sie nicht mit ihm am Telefon über alles reden, sondern sich mit ihm treffen. Das war sie ihm auf jeden Fall schuldig.

Fürs Erste schickte sie ihm nur eine Sprachnachricht, in der sie die Sache mit dem vergessenen Handy erklärte und warum sie sich deswegen nicht hatte melden können. Sie bedankte sich für seine Geburtstagsgrüße und schlug ihm vor, sich morgen Mittag gleich nach dem Unterricht an »ihrem Platz« im Park zu treffen.

Fast umgehend schrieb er zurück, dass er sich auf das Treffen am nächsten Tag freute.

Eva seufzte. Es tat ihr leid, wie es mit ihr und Ben inzwischen lief.

In dieser Nacht schlief sie tief und fest und wachte am nächsten Tag erst kurz vor neun Uhr auf. Sie hatte fast elf Stunden geschlafen. Eine Weile blieb sie noch im Bett liegen und dachte über alles nach, was in den letzten Tagen passiert war. Auch wenn ihr die Sache mit Ben im Magen lag, schien ihr Leben nun endlich wieder in den richtigen Bahnen zu verlaufen. Sie schlug die Bettdecke zurück und setzte sich auf, um in ihre Hausschuhe zu schlüpfen. Dabei fiel ihr Blick auf den Gedichtband, den Johannes ihr geschenkt hatte. Lächelnd strich sie über den Einband.

Der Vormittag verging wie im Flug. Eva versuchte, Ricarda zu erreichen, um ihr die guten Neuigkeiten zu erzählen, doch ihre Freundin war den ganzen Tag in Besprechungen. Am Mittag rief Johannes an. Er war schon unterwegs zum Flughafen und würde etwa gegen fünfzehn Uhr zu Hause sein, falls es keine Verspätung gab. Sie versuchte herauszufinden, was er heute Abend vorhatte, aber er wollte es ihr nicht verraten.

»Lass dich einfach überraschen«, sagte er erneut.

Schließlich war es Zeit, sich auf den Weg zum Englischen Garten zu machen. Während sie sich bisher jedes Mal darauf gefreut hatte, Ben zu sehen, ging sie heute schweren Herzens durch den Park und hatte ein klein wenig Angst vor dem Gespräch.

Ben war noch nicht da, und sie hatte vergessen, eine Decke mitzunehmen, auf die sie sich hätte setzen können. Daher ging sie ans Ufer der Isar und schaute versonnen aufs Wasser. Sie hoffte sehr, dass Ben es einigermaßen gut aufnehmen würde.

»Eva?«

Sie drehte sich zu ihm um. Als sie den Blick in seinen Augen sah, wusste sie, dass er sich keine Hoffnungen mehr machte.

Was das Gespräch für sie womöglich erleichterte, auch wenn es ihr trotzdem noch schwer genug fiel.

»Hallo, Ben«, sagte sie.

Er stellte sich neben sie.

»Ich habe ein Geburtstagsgeschenk für dich«, sagte er. »Aber ich denke, dass es nicht mehr angebracht ist, es dir zu geben.«

»Ben … es tut mir wirklich leid!«

»Schon klar. Du bleibst also bei ihm.« Es war keine Frage, sondern eine Feststellung.

»Ja.«

»Also ein Happy End für das Ehepaar. Das passt doch zu einer Schauspielerin.«

Es tat ihr weh, die Bitterkeit in seinen Worten zu hören.

»Denkst du denn, wir hätten eine Chance gehabt, wenn es mit deinem Mann nicht mehr geklappt hätte?«, fragte Ben.

»Ich weiß es nicht … wirklich nicht. Die Frage, ob wir ein festes Paar werden könnten, habe ich mir nie gestellt, Ben. Aber ich weiß, dass du mein Leben auf eine ganz besondere Weise bereichert hast. Du hast in einer Zeit meinen Weg gekreuzt, als ich fast in eine Depression geschlittert wäre. Doch mit dir war die Welt auf einmal wieder aufregend und bunt, und ich fühle mich jetzt irgendwie schuldig, wenn ich sehe, wie enttäuscht du bist«, sagte sie ganz offen.

»Du musst dich nicht schuldig fühlen und schon gar kein Mitleid mit mir haben, Eva«, erklärte Ben und versuchte ein Lächeln. »Letztlich haben wir uns nie etwas versprochen. Und du kannst ja nichts dafür, dass ich mich in dich verliebt habe.«

»Ich mag dich sehr, Ben. Und in deiner Nähe fühle ich mich immer wohl.«

»Aber es ist keine Verliebtheit.«

»Nein, leider nicht. Auch wenn ich zwischendurch mal dachte, es könnte so sein.«

»Tja … man kann Gefühle nicht erzwingen«, sagte er.

»Nein.«

Er bückte sich, hob einen Stein auf und warf ihn weit ins Wasser.

»Das Timing ist sogar ganz vorteilhaft. Bald beginnen die Sommerferien, und ich werde nach Regensburg umziehen.«

Er nahm ihre Hand und sah sie aus seinen faszinierend grünen Augen traurig an.

»Und das ist auch gut so. Sonst müsste ich zukünftig den Englischen Garten meiden. Denn ich würde immer Ausschau nach dir halten. Du bist für mich die Frau im Park, die mich von der ersten Begegnung an fasziniert hat. Und es fiele mir sicher ziemlich schwer, dich nicht anzusprechen, wenn ich dich träfe«, gestand er.

Tränen brannten in Evas Augen.

»Wenn ich jetzt sage, dass du ein wunderbarer Mann bist, dann tue ich das nicht, weil ich dich irgendwie trösten möchte, um es dir oder mir leichter zu machen. Ich sage es, weil ich es tatsächlich so empfinde. Und ich danke dir, dass ich dich kennenlernen durfte, Ben. Pass gut auf dich auf, bitte!«

»Und du auch auf dich, Eva.«

Er nahm sie in den Arm und drückte sie kurz an sich. Dann drehte er sich um und ging davon.

Nun ließ Eva endlich den Tränen freien Lauf. Eine Weile noch stand sie am Ufer und beobachtete das Wasser. Das Weinen hatte eine tröstende Wirkung. Ben würde seinen Weg gehen und hoffentlich mit einer anderen Frau glücklich werden.

Als sie sich auf den Heimweg machte, war es schon später als gedacht. Johannes wartete schon, als sie nach Hause kaum.

»Entschuldige, ich bin im Englischen Garten spazieren gegangen und habe irgendwie die Zeit vergessen«, sagte sie.

»Macht doch nichts.«

Er zog sie an sich und gab ihr einen Kuss. Es war unglaublich, wie sich ihre Beziehung innerhalb der kurzen Zeit verändert hatte. Und für einen Moment ging ihr durch den Kopf, ob nicht alles zu schnell, zu einfach ging.

»Möchtest du etwas essen?«, fragte sie. »Ich könnte uns etwas bestellen.«

»Nein danke, ich habe eine Kleinigkeit am Flughafen gegessen. Außerdem müssen wir uns den Appetit für heute Abend aufheben.«

»Wir gehen also aus?«, fragte sie.

»Mach dich auf jeden Fall für etwa neunzehn Uhr ausgehfertig«, sagte er.

»Na gut. Ich bin schon neugierig … Und du musst heute gar nicht mehr ins Büro?«

»Nein. Das, was ich noch zu erledigen habe, kann ich auch auf dem Laptop von hier aus machen. Es dauert vielleicht zwei Stunden.«

»Gut. Dann halte ich dich jetzt nicht mehr länger auf«, versprach sie.

»Eigentlich würde ich mich gern von dir aufhalten lassen«, meinte er und küsste sie noch einmal, bevor er nach oben ging.

Während Johannes in seinem Zimmer arbeitete, telefonierte Eva zuerst mit Valerie, die ihr nachträglich herzlich zum Geburtstag gratulierte und noch einige Informationen von ihr brauchte.

»Hast du im August und September irgendwelche Sperrtage,

die ich bei einer Anfrage berücksichtigen müsste?«, fragte die Agentin.

»Nein. Ich bin jederzeit einsatzbereit«, antwortete Eva, nachdem sie kurz im Kalender nachgesehen hatte.

»Sehr schön! Ich bin schon an der Arbeit und hoffe, dass ich dich bald irgendwo unterbringe.«

»Danke, Valerie.«

Und dann erreichte sie endlich auch Ricarda.

»Ich habe jetzt leider nur ganz kurz Zeit«, sagte die Anwältin, »aber ich vermute, du hast mir etwas Wichtiges zu sagen, das du mir nicht als Kurznachricht schicken möchtest. Sonst hättest du nicht schon mehrfach versucht, mich am Telefon zu erreichen.«

Eva platzte sofort mit der guten Nachricht heraus.

»Ich wollte dir nur sagen, dass Johannes und ich keine Paartherapie brauchen. So wie es momentan aussieht, kriegen wir das auch alleine auf die Reihe.«

»Echt?«, fragte Ricarda erfreut.

»Echt!«

»Ich hab's ja geahnt, dass die Berlinfahrt etwas Gutes für dich bewirken würde.«

»Und du hattest recht. Und, Ricarda, wegen des Geburtstagsessens …«

»Du, dafür hab ich jetzt leider keine Zeit. Das machen wir in den nächsten Tagen mal aus. Bis dann!«, würgte Ricarda das Gespräch ab und legte auf.

Kurz vor neunzehn Uhr stand Eva in einem schicken anthrazitfarbenen Hosenanzug aus Leinen in der Diele und wartete auf ihren Mann. Johannes war noch mal rasch in sein Zimmer verschwunden, um sich umzuziehen.

Gerade als er die Treppe wieder herunterkam, klingelte es an der Haustür.

»Wer kommt denn jetzt noch?«, wunderte Eva sich.

»Am besten siehst du nach.«

Eva öffnete die Haustür.

»Ricarda! Max! Was macht ihr denn hier?«, fragte sie verwundert.

»Alles Gute noch mal nachträglich zum Geburtstag«, rief Ricarda und umarmte ihre Freundin herzlich.

Max hielt einen riesigen Blumenstrauß in der Hand.

»Auch von mir alles Gute, Eva. Der ist für dich.«

»Und von mir bekommst du einen gemeinsamen Wellnesstag spendiert. Ich bin nur nicht dazu gekommen, einen Gutschein zu besorgen. Aber das gilt auch so, nicht wahr?«

»Ja, natürlich, ich danke euch. Aber ihr hättet es mir sagen sollen, dass ihr kommt. Johannes und ich sind gerade auf dem Weg zum …«

»Auf dem Weg ins Esszimmer«, fiel Johannes ihr ins Wort. »Denn dort werden wir heute mit unseren Gästen deinen Geburtstag nachfeiern«, erklärte Johannes.

»Wir gehen gar nicht weg?«

»Nein. Wir feiern hier!«, sagte Ricarda und grinste breit. »Eine winzig kleine Überraschungsparty für dich. Auch wenn wir alle wissen, dass du nicht sonderlich auf Überraschungspartys stehst. Aber da musst du jetzt durch, meine Liebe.«

»Aber ich habe überhaupt nichts vorbereitet.«

»Das musst du auch nicht«, meinte ihr Mann. »Genau deswegen ist es ja eine Überraschungsparty.«

In diesem Moment klingelte es erneut an der Haustür. Diesmal öffnete Johannes. Draußen stand ein junger Mann, der für einen indischen Lieferservice arbeitete, bei dem sie manchmal bestellten. Johannes nahm die Warmhaltebox entgegen und drückte dem Fahrer hundert Euro in die Hand.

»Der Rest ist Trinkgeld«, sagte er.

»Cool! Danke! Die Box nehme ich bei der nächsten Lieferung dann wieder mit.«

»So machen wir das.«

»Schönen Abend noch!«

»Ebenfalls, danke.«

Der junge Mann verschwand zu seinem Wagen vor der Einfahrt.

Eva sah kopfschüttelnd zwischen ihrem Mann und den Freunden hin und her.

»Das hättet ihr mir echt auch sagen können.«

»Aber dann wäre es ja keine Überraschung gewesen«, sagte Ricarda vergnügt.

»Nimmt mir mal jemand die Blumen ab?«, bat Max.

Das machte Eva, während Johannes die Box mit dem Menü ins Esszimmer trug.

Ricarda holte inzwischen Geschirr und Besteck und deckte den Tisch.

Johannes hatte eine große Auswahl an Gerichten bestellt, und für jeden war etwas Köstliches dabei.

»Ricarda und ich dachten uns, dass es hier bei uns vielleicht gemütlicher ist als in einem Restaurant«, sagte Johannes, während er eine Flasche Bordeaux öffnete und allen einschenkte.

Inzwischen fand auch Eva es toll, dass die Freunde gekommen waren. Es wurde ein sehr unterhaltsamer Abend.

Eva und Johannes warfen sich immer wieder Blicke zu.

»Wenn wir gehen sollen, sagt bitte Bescheid«, meinte Ricarda, die den Blickkontakt der beiden natürlich bemerkt hatte.

»Ihr könnt gerne noch bleiben«, erwiderte Johannes vergnügt. »Wir reißen uns auch zusammen. Versprochen! Nicht wahr, Eva?«

Eva nickte und spürte, wie sie leicht errötete. Ihr Leben hatte sich tatsächlich innerhalb kürzester Zeit total gedreht.

Als Ricarda mit Eva später das Geschirr in die Küche gebracht hatte, umarmte die Anwältin ihre Freundin.

»Man sieht es euch an, dass es euch gut geht«, sagte sie. »Ich freue mich ja so für dich. Ihr beide wart für mich immer das absolute Traumpaar. Und so wie es aussieht, seid ihr das jetzt endlich wieder.«

»Na ja … wir stehen erst ganz am Anfang und lernen uns auf einer anderen Ebene fast wieder neu kennen.«

»Das ist doch das Beste überhaupt. Sich nach so vielen Jahren wieder zu entdecken.«

Eva stimmte ihr glücklich zu.

»Aber sag mal, was ist mit diesem anderen Mann?«, fragte Ricarda leise.

»Wir werden uns nicht mehr sehen«, erklärte Eva.

»Gute Entscheidung.«

Der Abend wurde immer ausgelassener, und Johannes öffnete bereits die dritte Flasche Rotwein.

»Ach, übrigens, Eva, eine Kollegin hat mich heute angesprochen, dass sie dich kürzlich auf der Bühne gesehen hat. In dieser Kneipe. *Osterhald* heißt sie, nicht wahr?«, sagte Max wie aus heiterem Himmel. »Ich wusste gar nicht, dass du wieder spielst.«

Eva rutschte mit einem Satz das Herz in die Hose.

»Du hattest einen Auftritt?«, fragten Ricarda und Johannes fast unisono und sahen Eva verblüfft an.

»Das kam irgendwie ganz spontan. Im *Osterhald* gibt es eine Impro-Bühne. Das war nichts Großartiges«, versuchte Eva die Sache kleinzureden.

»Aber sie meinte, du warst ziemlich gut und die Zuschauer waren begeistert«, ließ Max nicht locker, bevor er einen Schluck Wein trank.

»Wann war das denn? Und mit wem warst du dort?«, fragte Johannes.

»Ich weiß gar nicht mehr so genau. Vor zwei oder drei Wochen vielleicht. Das war ein Abend, da fiel mir daheim wieder mal die Decke auf den Kopf. Ich wusste von einer Bekannten, dass diese Impro-Auftritte immer sehr unterhaltsam sind. Deswegen war ich dort.«

Dass es ausgerechnet der Abend war, an dem sie vorher zum ersten Mal mit Ben geschlafen hatte, versuchte sie zu verdrängen.

Ricarda warf ihr einen eigenartigen Blick zu. So, als ob sie ahnte, dass der Auftritt irgendwie mit dem Mann zusammenhing, den Eva kennengelernt hatte.

Am besten wäre es, das Gespräch wieder auf ein anderes Thema zu lenken, doch Max verhinderte das hartnäckig.

»Es wär doch toll, wenn du wieder in deinen Beruf einsteigst, Eva«, sagte er.

»Rede ihr doch nicht so einen Unsinn ein«, fuhr Ricarda ihren Mann an. »In Evas Alter ist das so gut wie unmöglich, wieder ins Geschäft zu kommen. Ich kenne genügend Leute aus der Film- und Theaterbranche, die davon ein Lied singen können. Und vor allem sind das die Frauen.«

Eva spürte, wie plötzlich wieder dieser Ärger in ihr hochbrodelte.

»Echt? Ist das so schwierig?«, frage Max unbedarft. »Aber in den Fernsehfilmen werden die Darsteller gefühlt immer älter. Da muss es doch genügend Rollen geben.«

»Die richtig guten Rollen werden immer von denselben bekannten Darstellern gespielt«, sagte Ricarda. »Und eine kleine Rolle in irgendeiner minderwertigen Seifenoper hat Eva echt nicht nötig.«

Eva meinte gleich zu platzen.

»Du denkst also, dass ich entweder gar keine Rolle oder, wenn doch, nur eine ...«, Eva setzte das nächste Wort in Anführungsstriche, »minderwertige Rolle ergattern könnte?«, fragte sie bemüht gelassen.

Johannes hob beschwichtigend die Hände.

»Ich denke, dass Ricarda einfach nur sagen möchte, wie schwierig es für eine fünfzigjährige Schauspielerin ist, in diesem Geschäft wieder Fuß zu fassen«, kam er Ricarda zu Hilfe.

Eva sah ihren Mann betroffen an.

»Du denkst also auch, dass ich keine Chance hätte?«, fragte sie schärfer als beabsichtigt.

»Du weißt doch selbst, dass es ein schwieriges Geschäft ist, Eva«, antwortete er ruhig.

»Dann sage ich euch jetzt mal was. Ich habe durchaus vor, wieder in meinem Beruf zu arbeiten. Meine Agentin vertritt mich wieder, und sie ist ziemlich optimistisch, dass sie mich in der nächsten Zeit schon zumindest in kleinen Rollen unterbringen kann.«

So, jetzt war die Neuigkeit raus, die sie Johannes eigentlich auf eine andere, schonendere Art und Weise hatte erzählen wollen.

»Du bist wieder bei Valerie?«, fragte Johannes entgeistert.

»Ja. Ich habe auch schon Fotos und ein Casting-Video. Und dieser Auftritt im *Osterhald*, das war ein kleines Programm, das ich selbst geschrieben habe. Und es ist bei den Leuten wirklich gut angekommen.«

»Warum hast du mir das denn noch nicht erzählt?«, fragte Johannes und hörte sich etwas enttäuscht an.

»Das wollte ich dir gestern eigentlich bei der Rückfahrt erzählen. Aber das hat ja nicht geklappt.«

»Ich verstehe echt nicht, warum du dir das antun willst, Eva«, kommentierte Ricarda. »Glaub mir, du wirst bald äußerst frustriert sein. Ich will's ja nur gesagt haben.«

Eva nahm einen großen Schluck Wein. Sie war inzwischen richtig sauer.

»Da vertraue ich meiner Agentin doch ein wenig mehr als dir, Ricarda«, entgegnete sie und verschwieg dabei, dass auch Valerie ihr nichts hatte versprechen können. Doch Eva wusste, dass die Agentin sie niemals aufgenommen hätte, wenn sie überhaupt keine Chancen für Eva gesehen hätte. Dafür war sie viel zu sehr Geschäftsfrau.

»Ich verstehe überhaupt nicht, was ihr habt«, mischte sich Max wieder ein. »Lasst doch Eva einfach machen, wenn ihr danach ist.«

Wenigstens einer am Tisch, der sie verstand, dachte Eva.

»Ich finde ja, dass Eva am besten ein kleines, feines Restaurant eröffnen sollte. Die Leute würden ihr die Bude einrennen. Das wäre ein Geschäftsmodell, das sicher funktionieren würde!«

»Wieso kannst oder willst du einfach nicht verstehen, dass ich absolut keine Lust habe auf ein Lokal, Ricarda? Ich möchte in meinem Beruf arbeiten, den ich mir damals ausgesucht habe, weil ich ihn liebe! Ich habe eine gute Ausbildung, und auch wenn ihr denkt, dass ich momentan nur in den Tag hineinlebe, habe ich in der letzten Zeit schon einiges für meine berufliche

Zukunft angestoßen. Meine Arbeit funktioniert völlig anders als eure. Trotzdem ist sie kein Hobby!«

»Ist ja schon gut, Eva. Reg dich ab. Du musst ja kein Lokal eröffnen, wenn du nicht möchtest«, beteuerte Ricarda und wirkte leicht verschnupft.

»Es ist wohl besser, wir reden über ein anderes Thema«, beendete Johannes nun endgültig die Diskussion und erzählte, dass Alisa und Mika inzwischen ein Paar waren.

Sie unterhielten sich noch eine Weile, doch die Stimmung war gekippt. Da ohnehin alle, bis auf Eva, am nächsten Tag früh zur Arbeit aufstehen mussten, verabschiedeten sich Ricarda und Max bald darauf und machten sich auf den Heimweg.

Eva räumte das restliche Geschirr in die Küche. Sie war noch immer aufgewühlt. Johannes kam zu ihr und trug ein hübsch verpacktes Paket in der Hand.

»Ich habe hier noch ein letztes Geschenk für dich«, sagte er. »Das wollte ich nicht extra mit nach Berlin nehmen, sondern es dir hier geben.«

Doch Eva war im Moment nicht in der Stimmung dafür.

»Ich würde lieber noch mal mit dir über meine Arbeit sprechen, Johannes.«

»Okay. Wenn du meinst. Lass uns doch ins Wohnzimmer gehen«, schlug er vor.

»Ich habe der Familie zuliebe die ganzen Jahre zurückgesteckt«, sagte Eva wenig später so ruhig wie möglich. »Und das habe ich auch gern getan. Aber meinen Traum habe ich nie ganz aufgegeben. Und wenn überhaupt, dann habe ich nur noch jetzt die Chance, es noch einmal anzupacken. Und da wüsste ich gerne, ob ich dafür auch deine Unterstützung habe, Johannes.«

»Ja. Selbstverständlich hast du meine Unterstützung!«, antwortete er sofort.

»Gut. Danke.«

»Sei nur einfach nicht zu enttäuscht, wenn es nicht so klappt, wie du dir das vorstellst. Aber versuchen kannst du es natürlich immer, wenn dir so viel daran liegt. Finanziell bist du ja auf jeden Fall abgesichert.«

In diesem Moment verlor Eva jede Farbe im Gesicht. Sie wurde schneeweiß. So ähnlich hatte er diesen Satz auch an dem Tag gesagt, als Alisa und sie den Unfall hatten.

»Und wieder reibst du mir unter die Nase, dass du es bist, der das Geld verdient, von dem ich lebe. Du nimmst mich einfach nicht ernst. Hast es auch damals nicht getan!«, rief sie, und plötzlich packte sie eine unbändige Wut. »Immer war ich für die Familie da, und immer habe ich auf deine Arbeit Rücksicht genommen. Keine Ahnung, wie oft du zu spät nach Hause kamst oder an den Wochenenden gearbeitet hast. Oder wie viele Feiertage du im Büro verbracht hast. Ich habe alles hingenommen. Du hingegen gibst mir das Gefühl, die Schauspielerei wäre irgend so eine fixe Idee von mir. Und so ein wenig könne ich sie ja als Hobby betreiben, du würdest das schon mitfinanzieren. Das ist für mich wie eine Ohrfeige!«

Er sah sie betroffen an.

»Eva, das stimmt doch gar nicht! Ich habe dich und deinen Beruf von Anfang an ernst genommen.«

»Aber nur, solange wir noch kein Kind hatten.«

»Du wolltest doch bei Alisa bleiben und dich um sie kümmern.«

»Aber doch nicht für immer!«

»Das hab ich auch nie verlangt.«

Ihr Streit wurde immer heftiger.

»Damals, als man mir die Hauptrolle für die Serie angeboten hat, da hättest du wenigstens ein einziges Mal sagen können, dass wir gemeinsam darüber nachdenken, ob es eine Lösung gäbe. Aber du hast es sofort abgetan und mir vorgeworfen, ich wäre eine schlechte Mutter, wenn ich das Angebot annähme.«

»Das habe ich nie gesagt, Eva! Und wieso kommst du jetzt überhaupt damit an? Das hat doch mit der aktuellen Situation gar nichts zu tun.«

»Doch. Weil es immer das Gleiche ist! Wenn du mich damals nur ein wenig ernst genommen hättest, dann wäre …«

Eva sprach nicht weiter.

Johannes sah sie mit einem Ausdruck an, den sie noch nie an ihm gesehen hatte.

»Sprich es ruhig aus. Ich weiß doch, dass du mir die Schuld an dem Unfall gibst. Und du hast ja auch recht! Wenn wir nicht gestritten hätten, dann wäre ich mit Alisa zum Pferdehof gefahren und nicht du. Und wir wären zu einer völlig anderen Zeit an dieser Kreuzung angekommen, wo diese Frau den Herzinfarkt am Steuer hatte.«

Eva sah ihn geschockt an.

»Ich habe nie gesagt, dass du die Schuld an dem Unfall trägst«, sagte sie leise.

»Du hast es auch nie aussprechen müssen, weil ich es in deinen Augen gesehen habe.«

»Nein! Ich habe *mir* die Schuld gegeben, denn bei unserem Streit damals, da dachte ich eine Sekunde lang …«, sie schluckte, »nur eine Sekunde lang, dass es beruflich viel einfacher wäre, wenn ich kein Kind hätte.« Tränen rannen nun über ihre Wangen, die sie trotzig wegwischte. »Und fast wäre sie tatsächlich gestorben. Ich hätte es mir nie verziehen. Dass ich das gedacht habe, nur für einen winzigen Augenblick, das verfolgt mich noch heute manchmal bis in den Schlaf.«

Sie hatte es ausgesprochen. Zum ersten Mal in ihrem Leben. Es nagte schon so lange an ihr.

Johannes schaute sie an, ebenfalls mit Tränen in den Augen, und sein Schmerz kam dem ihren ganz nah.

»Du warst immer die beste Mutter für sie. Und solche Gedanken, die meint man nicht ernst. Ich habe nur gesehen, wie du dich um sie gekümmert hast, Tag und Nacht. Eine bessere Mutter hätte Alisa nicht haben können. Deswegen habe ich es auch akzeptiert, dass wir mehr oder weniger getrennte Leben geführt haben. Mir war nur wichtig, dass es Alisa und dir gut geht. Und dass ich trotz meiner vielen Arbeit ein guter Vater für sie sein konnte.«

»Das bist du ja auch. Sie liebt dich.«

»Aber ihr habt mich nie ganz nah an euch herangelassen. Und das habe ich auch immer respektiert. Oft hatte ich sogar das Gefühl, dass es dir ganz gelegen kam, wenn ich selten zu Hause war, weil ihr zwei dann euer eigenes Ding machen konntet.«

»Das ist unfair, Johannes.«

»Ich habe mir im Lauf der Jahre oft genug vorgeworfen, dass ich damals nicht wenigstens versucht habe, eine Lösung zu finden. Das kannst du mir glauben oder auch nicht. Denn deine Arbeit war mir immer wichtig.«

»Und warum führen wir diese Diskussion dann jetzt wieder? Warum kannst du nicht einfach sagen: Hey, wie toll, Eva, dass du es versuchst. Du bist gut, und du schaffst das! Und ich unterstütze dich, wo immer ich nur kann …«

»Ich habe doch nur Angst, dass du tatsächlich enttäuscht sein könntest, wenn es nicht klappt. Himmel noch mal! Meinst du, ich habe nicht mitbekommen, wie schlecht es dir ging, als Alisa auszog? Und ich konnte nichts für dich tun, weil du mich gar nicht an dich herangelassen hast. Jetzt haben wir endlich wieder zusammengefunden, und es geht dir scheinbar besser. Ich mache mir einfach Sorgen um dich.«

»Aber das ist doch nicht das, was mir hilft, Johannes. Ich brauche deine Zuversicht und deinen Optimismus. Nach Alisas Auszug wusste ich überhaupt nicht mehr, wer ich bin. Wenn ich in meine Zukunft blickte, sah ich nur eine große Leere. Ricarda hat mir ständig gesagt, dass ich schon zu alt bin für einen Neustart, und du hast mich auch nicht bestärkt, es einfach zu versuchen. Schließlich glaubte ich schon selbst, dass es unmöglich ist, bis ich …« Fast hätte sie ihm von der Begegnung mit Ben erzählt.

»Bis was? Was hat dich umgestimmt?«, fragte er. Offenbar ahnte er, dass hier mehr dahintersteckte.

Vielleicht war es tatsächlich an der Zeit, die Karten offen auf den Tisch zu legen. Weil sie damals nie darüber gesprochen hatten, was sie eigentlich belastete, hatten sie sich so weit voneinander entfernt. Und in letzter Konsequenz war es deswegen zu diesem Ausbruch heute gekommen. Sie hätten schon viel früher darüber reden müssen, vor allem über ihre Ängste und ihre Schuldgefühle. Falls sie tatsächlich als Paar eine echte Chance haben wollten, musste sie offen zu ihm sein. Und das bedeutete auch, dass sie ihm von Ben erzählen musste.

»Ich bin jeden Tag stundenlang durch den Englischen Garten gelaufen und habe versucht, einen Weg für mich zu finden, damit es mir wieder besser geht. Ich überlegte, was ich mit meiner Zukunft anstellen könnte, und war dabei gleichzeitig auf den Spuren der Vergangenheit unterwegs. Früher haben du und ich dort viel Zeit miteinander verbracht. Im Sommer lagen wir an der Isar, trafen uns dort mit Freunden zum Grillen. Kannst du dich noch an unsere langen Spaziergänge an den Sonntagen mit dem Kinderwagen erinnern?«

Er nickte.

»Natürlich kann ich das.«

»Ich ging den Weg entlang, an dem unsere Kleine ihre ersten Schritte machte. Habe nach den alten Bänken im Park gesucht, bei denen Alisa und ich immer Picknicks gemacht haben. Wir haben jede Bank mit einer Kerbe versehen, damit wir nicht zwei Mal hintereinander auf derselben Bank saßen … Ich war fast jeden Tag dort. Und da … da habe ich einen Mann kennengelernt.«

»Einen Mann?«

»Ja. Er heißt Ben. Ein Sportlehrer, der dort mit seinen Schülern unterwegs war. Tage später sah ich ihn wieder, als er trainierte. Schließlich kamen wir ins Gespräch. Wir gingen viel spazieren und haben geredet. Er wusste gar nicht, wer ich bin, und kannte nur meinen Vornamen. Aber er hat sich dafür interessiert, wie ich lebe und was ich mir wünsche. Und er hat mich ermutigt, meine Ziele zu verfolgen und Neues auszuprobieren und nicht ständig in der Vergangenheit zu verharren. Verstehst du? Plötzlich habe ich mich getraut, meine Agentin zu kontaktieren, ein Video zu drehen, Fotos machen zu lassen. Und es hat so gutgetan, endlich etwas dafür zu unternehmen, was mir beruflich wichtig ist. Natürlich kann es immer noch passieren, dass es am Ende doch nicht klappt. Aber ich lasse mich nicht davon abhalten, es zu versuchen.«

»Hast du mit diesem Mann geschlafen?«, fragte Johannes leise, und sie sah in seinen Augen die Furcht vor ihrer Antwort.

»Ja.«

Ein paar Sekunden lang herrschte Stille im Raum, die so laut war, dass es wehtat.

»Verdammt noch mal, Eva!«, fuhr er sie plötzlich an, und sie erschrak. »Du hast mit einem anderen Mann geschlafen?«

»Ich habe es heute beendet, Johannes. Nein – eigentlich habe ich es schon beendet, nachdem du vorzeitig aus Nairobi zurückkamst und mir von der Reise nach Berlin erzähltest.«

»Wie konntest du mich nur betrügen?«, fragte er und sah sie voller Zorn an.

»Es tut mir leid, dass ich es getan habe. Aber du warst ja ohnehin nicht mehr da!«, rief sie aufgebracht. »Ich war ganz allein in diesem Haus. Und spiel jetzt bitte nicht das Unschuldslamm. Denn du wirst mir doch wohl nicht erzählen wollen, dass zwischen dir und dieser Miri nichts gelaufen ist. Und vermutlich hattest du auch vorher schon Frauen, von denen ich nichts weiß!«, stieß sie hervor.

Sie merkte an seinem Blick, dass sie einen wunden Punkt getroffen hatte.

»Ich habe nie mit einer anderen Frau geschlafen«, sagte er so überzeugend, dass sie ihm das abnahm. Aber es war nicht die ganze Wahrheit, das spürte sie.

»Zwischen dir und der tüchtigen Frau Doktor Orlov war also alles immer nur beruflich?«, fragte sie spöttisch.

Er zögerte kurz.

»Miriam hat sich in mich verliebt, ja«, gab er schließlich zu. »Und ja, es war schmeichelhaft für mich, denn meine Frau interessierte sich längst nicht mehr für mich. Es gab Tage, da fühlte ich mich als verheirateter Mann einsamer als jeder Single auf dieser Welt. Und … ich kam tatsächlich in Versuchung … und in Nairobi haben wir uns geküsst.«

Ihr Instinkt hatte sie also nicht getrogen. Es tat erstaunlich weh, es nun aus seinem Mund zu hören.

»Nur geküsst?«

»Wir lagen schon im Bett. Und sie war mehr als bereit. Aber ich konnte nicht mit ihr schlafen, Eva. Es war der Tag, an dem du das Foto geschickt hast. Verstehst du? Ich wollte nicht Miriam. Oder irgendeine andere Frau. Ich wollte immer nur dich. Sie war nur ein Lückenbüßer, weil du und ich nicht mehr …« Er brach ab.

Plötzlich sah er Jahre älter aus.

Eva wusste nicht, was sie sagen sollte. Sein Geständnis hatte sie buchstäblich sprachlos gemacht. Er sah sie wieder an. Keine Spur mehr von Zorn in seinen Augen, nur noch Trauer und Schmerz.

»Ich wollte einfach nur nach Hause zu dir«, sagte er. »Und habe den nächstmöglichen Flug gebucht.«

Eva schluckte.

»Ich glaube, Ben war auch nur ein Lückenbüßer«, gestand sie leise.

»Aber anders als du konnte ich nicht mit der Lückenbüßerin schlafen.«

Er stand auf und ging zur Tür.

»Wo gehst du hin?«, fragte sie.

»Ich fahre ins Büro und schlafe dort auf dem Sofa. Eva, ich möchte dich vorerst nicht mehr sehen.«

KAPITEL 22

Getrennte Wege

Nach einer Nacht, in der sie kaum ein Auge zubekommen hatte, packte Eva am nächsten Tag ein bisschen Kleidung für die nächsten Tage und ging in eine kleine Pension. Sie hatte kurz überlegt, in das Gartenhaus zu ziehen, das Johannes' Großvater bewohnte, wenn er zu Besuch in München war. Doch das wäre zu nah gewesen, deswegen verwarf sie den Gedanken wieder.

Johannes würde ihr den Seitensprung nicht verzeihen. Sie brauchte jetzt erst einmal Ruhe, um über alles nachzudenken. Ricarda war geschockt, als sie davon erfuhr, und gab sich eine Mitschuld daran, dass es so weit gekommen war. Sie war sofort zu Eva in die Pension geeilt.

»Hätte ich mich doch nur nicht eingemischt wegen deines Jobs!«, sagte sie zerknirscht. »Dann wäre es an diesem Abend gar nicht zu eurem Streit gekommen.«

»Ich wäre auf die Dauer ohnehin nicht damit klargekommen, ihm die Affäre mit Ben zu verschweigen.«

»Trotzdem. Vielleicht hätte sich eure Beziehung bis dahin schon mehr gefestigt.«

»Es hilft nichts, jetzt darüber zu spekulieren. Es ist nun mal so, wie es ist.«

»Ach, Eva. Du bist echt tapfer. Sag mir, wenn ich was für dich tun kann. Auch wenn wir nicht immer in allem einer Meinung sind, so bist und bleibst du doch meine beste Freundin.«

»Ja, du kannst tatsächlich etwas für mich tun. Falls du von einem günstigen Apartment oder einer kleinen Wohnung hörst, die frei werden, sag es mir bitte. Auf Dauer ist das nichts für mich in einer Pension.«

»Aber Eva! Du kannst doch nicht ausziehen! Ihr müsst miteinander reden.«

»Ich glaube nicht, dass das jetzt viel Sinn ergibt. Er ist wütend auf mich und verletzt. Und das kann ich ihm nicht vorwerfen.«

»Aber du hast doch gesagt, dass sich mit dieser Miriam auch was getan hat.«

»Aber er hat nicht mit ihr geschlafen.«

»Meine Güte, ob küssen oder miteinander schlafen – das ist doch alles ein Austausch von Intimitäten.«

»Ganz so einfach ist es nicht«, gab Eva zu bedenken, die fair genug war, den größeren Teil der Schuld bei sich zu sehen.

»Okay. Ich werde mich umhören«, versprach Ricarda.

»Danke. Aber wirklich nur, wenn es so günstig wie möglich ist.«

Ricarda setzte alle Hebel in Bewegung, und schon drei Tage später rief sie Eva an und berichtete, dass sie ein Apartment für sie aufgetrieben hatte.

»Es hat nur dreißig Quadratmeter und ist nicht sonderlich chic, aber die Miete ist erschwinglich, und es ist möbliert, du kannst also praktisch sofort einziehen.«

»Vielen Dank, Ricarda.«

»Was sagt eigentlich Alisa? Weiß sie inzwischen, was los ist?«

»Sie weiß nur, dass wir einen riesigen Streit hatten und uns erst einmal eine Auszeit genommen haben. Aber sie weiß weder von Ben noch von Miriam. Sie nimmt es erstaunlich locker und geht davon aus, dass schon wieder alles in Ordnung kommen wird, wenn jeder von uns lange genug geschmollt hat.«

Ricarda lachte.

»Alisa ist eine unverbesserliche Optimistin. Aber vielleicht hat sie ja auch recht.«

»Ich habe keine Ahnung, was in Johannes zurzeit vor sich geht.«

Eva holte ein paar weitere Kleidungsstücke und Schuhe sowie ein paar Kochtöpfe und etwas Geschirr aus dem Haus, das im Apartment fehlte, während Johannes tagsüber in der Firma war.

Das Apartment war tatsächlich sehr einfach und die Möbel eher von bescheidener Qualität, aber Eva hoffte, dass sie nicht allzu lange hierbleiben musste, und sah deshalb darüber hinweg.

Gerade als sie das Geschirr in die Schränke räumte, bekam sie einen Anruf von Valerie.

»Hallo, Eva, es gibt Neuigkeiten. Es ist keine große Rolle, nur zwei Drehtage, aber ein spannendes Projekt«, platzte sie gleich heraus. »Und immerhin ging es schneller, als ich dachte.«

»Danke, Valerie, deine Nachricht kommt keine Minute zu früh.«

»Was ist denn los? Hast du Probleme?«, hakte Valerie sofort nach.

Schon eine Stunde später trafen sie sich in einem Café in der Nähe der Agentur, und Valerie bohrte so lange nach, bis Eva ihr alles erzählte.

»Ach je. Was ist das denn für eine verfahrene Situation?«, fragte sie. »Dabei mag ich deinen Ehemann.«

»Mein Ehemann wird er vermutlich nicht mehr allzu lange bleiben«, sagte Eva fatalistisch.

»Dann muss ich also noch mehr Dampf machen, um lukrative Rollen für dich zu bekommen«, sagte die Agentin und strich sich nachdenklich über die linke Augenbraue.

»Ja, bitte. Ich nehme notfalls auch Jobs als Komparse an, wenn damit ein wenig Geld hereinkommt.«

»Ich sehe zu, was ich machen kann. Immerhin haben wir jetzt schon mal einen Job, und das ganz ohne Casting. In den nächsten Tagen schicke ich dir Einladungen zu Veranstaltungen, auf die du mich begleiten wirst. Es wird schon alles werden.«

Valerie schaffte es immerhin, sie für kurze Zeit ein wenig aufzumuntern. Doch kaum war sie wieder in ihrem kleinen Apartment, fing sie an zu grübeln.

Das, was sie mit Johannes in ihrer Geburtstagsnacht erlebt hatte, war unglaublich schön gewesen. Umso tiefer war der Absturz zwei Tage später. Er hatte sich seither nicht mehr bei ihr gemeldet. Und auch Eva hatte ihm nur einmal eine kurze Nachricht geschickt, dass sie ein paar Sachen aus dem Haus holen würde, was er ohne Kommentar zur Kenntnis genommen hatte.

Um sich abzulenken, begann Eva, als Übung für das Drehbuch, das sie entwickeln wollte, kleine lustige Szenen für eine Person zu schreiben. Was ihr erstaunlich leichtfiel und zusehends mehr Spaß machte.

Zweimal stand sie als Komparsin an einem Set, und auch wenn sie nur eine Art Taschengeld bekam, war es besser als nichts.

Eva telefonierte mehrmals täglich mit Alisa. Dabei betrachtete sie meist die vier kleinen Gemälde, die ihre Tochter ihr geschenkt hatte und die nun einen besonderen Platz auf der Kommode bekommen hatten.

Langsam dämmerte es Alisa, dass die Ehe ihrer Eltern vielleicht doch in einer größeren Krise steckte, als sie dachte.

»Ihr müsst miteinander reden!«, forderte sie ihre Mutter auf. »Ich sage es Papa auch ständig. Er hört sich überhaupt nicht gut an. Du musst unbedingt wieder zu ihm nach Hause«, drängte Alisa.

»Ach, Schatz. Ich weiß wirklich nicht, wie es weitergeht … Aber drück mir bitte die Daumen. Morgen und übermorgen habe ich Drehtage für einen *Tatort*. Die Rolle ist zwar klein, aber ich habe immerhin ein paar Sätze zu sprechen in schönen Szenen.«

»Toi, toi, toi, Mama. Du machst das schon.«

Die Dreharbeiten waren sehr anspruchsvoll und bereiteten Eva unglaublich viel Freude. Endlich war sie wieder in ihrem Element und konnte sich mit Kollegen und dem Team am Set austauschen. Die Regisseurin war sehr mit ihr zufrieden und versprach Eva, sie weiterhin auf dem Schirm zu behalten für die Besetzung zukünftiger Projekte. Sie tauschten ihre Nummern aus und wollten sich nach Abschluss des Projekts auf einen Kaffee treffen.

Zufrieden ging Eva in ihr neues Zuhause und besorgte sich unterwegs eine Flasche Wein. Sie würde sich heute ein schönes Essen kochen, ein Glas Wein dazu trinken und dann weiter an ihrem Drehbuch schreiben.

Doch nachdem sie gegessen hatte, sehnte sie sich plötzlich nach der Gesellschaft von anderen Menschen. Inzwischen war das Schuljahr zu Ende und Ben vermutlich schon nach Regensburg umgezogen. Sie vermisste ihn, nicht als Liebhaber, aber als jemanden, mit dem sie sich gut verstanden hatte.

Plötzlich kam ihr ein Gedanke. Sie ließ das Drehbuch Drehbuch sein und schlüpfte in legere Sachen.

Eine Stunde später stand sie vor dem *Osterhald*. Ein Schild kündigte die offene Impro-Bühne für den heutigen Abend an. Im Lokal herrschte ziemlich viel Betrieb. Sie drängte sich an die Theke durch und ergatterte tatsächlich einen freien Platz.

Als Toni sie entdeckte, wirkte er überrascht.

»Falls du Ben suchst, der ist inzwischen in Regensburg«, sagte er kühl. »Und zwar mit einem gebrochenen Herzen, wenn ich das mal so sagen darf.«

»Ich bin nicht wegen Ben hier … und dass es ihm nicht gut geht, das tut mir wirklich leid, Toni. Ben ist ein toller Mann, und ich mag ihn sehr, aber …«

Er winkte ab.

»Ja. Ich weiß es doch selbst, dass ihr beide nicht zusammengepasst habt«, sagte er schließlich und brachte dann doch ein Lächeln zustande. »Was möchtest du denn trinken?«

»Ein Pils, bitte.«

»Kommt sofort.«

Ein paar Minuten später servierte er ihr das Getränk.

»Gleich beginnt übrigens der dritte Auftritt für heute«, sagte Toni.

»Wie waren denn die ersten beiden?«

»So lala.«

»Ist noch was frei heute?«

»Eigentlich haben sich schon sechs Leute eingetragen. Aber falls du Lust hast, mache ich heute mal eine Ausnahme, und du kannst auch auf die Bühne.«

Genau dafür war sie hergekommen.

»Wenn das okay ist?«

»Ist es.«

Die Darbietungen der nächsten vier Kandidaten waren sehr unterschiedlich und ziemlich durchwachsen. Interessant fand Eva nur eine Romanautorin, die zwei Kapitel aus ihrem Krimi vorlas, der bisher noch unveröffentlicht war.

Einige Gäste waren in der Zwischenzeit gegangen.

»Ich hoffe, du kannst das noch ein bisschen rausreißen, Eva«, sagte Toni.

»Ich versuche mein Bestes.«

Schließlich war es so weit, und Eva ging auf die Bühne. Sie war mindestens genauso nervös wie beim letzten Mal.

Heute ließ sie die unterschiedlichen Figuren aus den kurzen Szenen auftreten, die sie geschrieben hatte. Und es gelang ihr, die Leute gut zu unterhalten und sie zum Lachen zu bringen. Am Ende erntete sie wieder begeisterten Applaus.

»Als Comedian bist du auch nicht übel«, lobte Toni sie mit einem Augenzwinkern.

»Danke. Es macht auch richtig Spaß.«

»Das sieht man dir an … Ben hat erzählt, du hast dich entschieden, bei deinem Mann zu bleiben.«

Sie nickte nur. Ben und Toni waren Freunde, auch wenn der Lehrer jetzt in Regensburg lebte, und sie wollte nicht, dass Ben erfuhr, dass Johannes und sie sich getrennt hatten.

»Sag mal, Toni, denkst du, ich könnte bei dir irgendwann mal ein etwas längeres Programm spielen? Nicht nur während der Impro-Bühne?«

»Na klar. Darüber kann man durchaus reden. Bei Auftritten bekommen die Künstler immer die kompletten Eintrittsgelder ausbezahlt, die sie verlangen. Wie hoch der Eintritt sein soll, das kann jeder selbst bestimmen.«

Zufrieden ging sie in dieser Nacht nach Hause. Vielleicht würde sie ja tatsächlich ein Soloprogramm auf die Beine stellen. Lust hätte sie jedenfalls darauf.

Inzwischen waren fast vier Wochen vergangen, seitdem sie ausgezogen war. Mit Johannes hatte sie immer noch nicht gesprochen. Von Alisa wusste sie, dass er für ein paar Tage geschäftlich unterwegs war und erst am nächsten Tag wieder zurückkommen würde. Eva brauchte noch dringend einige ihrer Sachen. Da er ohnehin nicht auf ihre Nachrichten reagierte, lieh sie sich von Ricarda das Auto und fuhr zum Haus.

Es fühlte sich eigenartig an, die Räume zu betreten. Fast so, als wäre sie eine Einbrecherin.

Das Haus war von Gerti ordentlich aufgeräumt und geputzt worden, aber es wirkte eigenartig verlassen. Sie holte aus der Küche ein paar Backutensilien, die Johannes sicherlich niemals benutzen würde. Dann ging sie nach oben in ihr Schlafzimmer, um Kleidung und Schuhe einzupacken. Als sie alles in die Tasche gelegt hatte, strich sie mit der Hand noch einmal über die Bettdecke und sah sich um. Ob sie jemals zurückkommen würde? Inzwischen sah es nicht mehr danach aus. Aber wollte sie es überhaupt? Sie wusste es nicht.

An der Wand lehnte das gerahmte Filmplakat, das Johannes ihr geschenkt hatte. War das wirklich erst wenige Wochen her? Sie überlegte kurz, es mitzunehmen, ließ es jedoch stehen und trug die Tasche nach unten.

Als sie an der offenen Wohnzimmertür vorbeiging, sah sie, dass auf der großen ledernen Couch Kissen und Decken lagen. Schlief Johannes denn hier? Sie trat ins Zimmer und ging zum Sofa. Als sie die Decke erkannte, schluckte sie. Eva hatte sie in ihrer ersten eigenen Wohnung aus lauter bunten Wollresten gehäkelt. Sie war so riesig, dass sie locker für zwei Leute reichte. Johannes hatte die Decke immer geliebt.

Auf dem Boden neben dem Sofa stand das Geschenkpaket, das er ihr in der Nacht ihres Zerwürfnisses hatte schenken wollen. Eva fragte sich, was es enthielt. Eigentlich gehörte es ihr ja. Sollte sie es öffnen?

Ohne noch länger darüber nachzudenken, stellte sie das Paket auf den Tisch und öffnete den Deckel. Darin befand sich ein

Sammelsurium von Erinnerungsstücken, die Eva nach und nach herausholte.

Die gefaltete Serviette von ihrer ersten Begegnung und dazu noch die Servietten, die sie kürzlich in der *Times Bar* im *Savoy* in Berlin zu einem Blatt gefaltet hatte.

Zwei leere kleine Schnapsflaschen aus der Minibar des Hotels, in dem sie ihren ersten Urlaub verbracht hatten. Ein Bierdeckel, auf dem Johannes und sie Stichpunkte für einen Songtext geschrieben hatten, auch wenn das Lied natürlich nie das Licht der Welt erblickt hatte.

Einzelne Tränen kullerten über ihre Wangen, als sie immer mehr Dinge zutage beförderte: abgerissene Kinokarten aller Filme, die sie gemeinsam besucht hatten, eine selbst gebrannte CD mit ausgewählten Liedern, die Eva ihm vor vielen Jahren zu seinem Dreißigsten geschenkt hatte, Theaterprogramme von jedem Stück, in dem Eva gespielt hatte, ein altes Computerspiel, das sie kurz nach ihrem Kennenlernen oft gezockt hatten, seine Hochzeitskrawatte, eine von Alisas Babyrasseln, ein von der Tochter vor dem Unfall gemaltes Bild, auf dem Vater, Mutter und Kind als lustige Strichmännchen zu sehen waren, und weitere besondere Andenken an vergangene Zeiten. Ganz unten in der Schachtel war ein kleines Album mit ausgewählten Fotos von der Zeit ihres Kennenlernens bis zum gemeinsamen Essen mit ihrer Tochter, als sie kürzlich in Berlin waren. Auch der Schnappschuss, den Johannes von Eva und Alisa an dem Tag gemacht hatte, als das Mädchen ausgezogen war. Die ganze Schachtel war angefüllt mit liebevollen und kostbaren, teils auch sexy Erinnerungen aus ihrem gemeinsamen Leben. Er hatte das alles aufbewahrt, ohne dass sie es je bemerkt hatte.

»Ach, Johannes …«, flüsterte sie mit erstickter Stimme.

Sie begann laut zu schluchzen. In diesem Moment vermisste sie ihn so sehr, dass es wehtat. Wie hatte es nur so weit kommen können, dass zwei Menschen, die sich einmal so geliebt hatten, an diesem Punkt angelangt waren?

Verzweifelt wickelte Eva sich in die Decke. Sie roch nach Johannes und tröstete sie ein wenig.

Vielleicht durfte sie nicht einfach aufgeben. Auch wenn sie ihre Freundschaft mit Ben nach wie vor nicht bereute, so hatte sie doch einen großen Fehler begangen, als sie mit ihm geschlafen hatte. Aber musste dieser Fehler wirklich das Aus für ihre Ehe bedeuten? Sollte sie nicht zumindest noch eine Chance bekommen, mit Johannes darüber zu reden? Wenn sie all diese Dinge hier auf dem Tisch betrachtete – es verband sie doch so viel mehr! Sie musste es einfach versuchen, sonst würde sie es bis ans Ende ihres Lebens bereuen. Bei diesem Gedanken lächelte sie wehmütig. Ben hatte ihr damit eine Art von Orientierungshilfe mitgegeben. Immer wenn sie unsicher war, ob sie etwas tun oder lassen sollte, fragte sie sich inzwischen, ob sie es womöglich am Ende ihres Lebens bereuen würde, es nicht getan zu haben. Wenn die Antwort *ja* war, bedeutete das, dass es sich lohnte, es zumindest zu versuchen.

Schließlich stand sie auf, räumte die Sachen wieder in die Schachtel und stellte sie an ihren Platz neben dem Sofa zurück. Er würde bemerken, dass sie hier gewesen war und die Schachtel geöffnet hatte. Und das sollte er auch.

Eva ging in die Küche, holte eine rote Papierserviette, faltete sie zu einem Blatt und legte sie auf die Decke.

Noch einmal ging sie durch das ganze Haus, betrachtete wehmütig jedes Zimmer.

Schließlich packte sie ihre Sachen in Ricardas Wagen und machte sich auf den Weg zu ihrem neuen Zuhause.

In der Nacht lag sie schlaflos in ihrem Bett und drehte sich von einer Seite auf die andere. Mehrmals griff sie nach dem Handy und war versucht, Johannes anzurufen oder ihm eine Nachricht zu schicken. Doch instinktiv wusste sie, dass es nun an ihm war, den nächsten Schritt zu machen. Es blieb ihr nichts anderes, als abzuwarten und sich zu gedulden. Auch wenn es ihr noch so schwerfiel. Doch inzwischen hatte sie wieder ein wenig Hoffnung geschöpft. Johannes schien ebenfalls nicht so einfach über ihre Trennung hinwegzukommen. Und vielleicht war das ja ein gutes Zeichen.

KAPITEL 23

Blätter

Die Tage vergingen, und sie hatte immer noch nichts von Johannes gehört.

Inzwischen hatte sie wieder angefangen, täglich im Park spazieren zu gehen. Hier konnte sie am besten nachdenken und in Erinnerungen schwelgen. Manchmal sah sie sich um, so, als ob sie erwartete, Ben in seinen grünen Laufschuhen auf einem der Wege auf sie zukommen zu sehen. Er war für sie da gewesen, als es ihr nicht gut ging. Doch das, was sie mit Ben erlebt hatte, war endgültig vorbei.

Valerie hielt Wort und kümmerte sich intensiv um ihren Schützling. Eva begleitete sie zu zwei Filmpremieren und einem Branchenfrühstück. Sie lernte einige wichtige Leute kennen. Das bescherte ihr natürlich nicht sofort eine Rolle, aber sie brachte sich immerhin wieder in Erinnerung. Um Evas Möglichkeiten so weit wie möglich auszuschöpfen, nahm Valerie auch Kontakt zu einem Studio auf, das Hörbücher produzierte. Und hier hatten sie Glück. Nachdem Eva mehrere Audiodateien mit Leseproben an das Studio geschickt hatte, engagierte man sie für das Einlesen eines Gesundheitsratgebers.

Es passierte beruflich noch nichts Großes, und doch ging es mit langsamen Schritten voran, und sie verdiente immerhin ein wenig Geld.

Es war Sonntagabend, und sie war gerade von einem Treffen mit Ricarda in ihr Apartment zurückgekehrt. Eva brühte eine Kanne Tee auf und setzte sich an den kleinen Tisch, um weiter an dem Drehbuch zu schreiben. Plötzlich meldete das Handy eine neue Nachricht. Als Eva sah, dass sie von Johannes kam, schlug ihr Herz plötzlich schneller. Die Vorschau zeigte an, dass es ein Foto war. Mit zitternden Fingern öffnete sie es. Auf dem Bild war die zu einem Blatt gefaltete rote Serviette auf der Patchworkdecke zu sehen, die sie ihm hingelegt hatte, als sie ihre Sachen aus dem Haus holte. Er hatte nichts dazu geschrieben, nur dieses Foto geschickt.

Eva wusste nicht, was sie davon halten oder wie sie darauf reagieren sollte. Sie betrachtete das Foto sehr lange. Gab es darauf noch etwas von Bedeutung zu sehen? Einen Hinweis, den sie übersah? Die halbe Nacht lang zerbrach sie sich den Kopf, war jedoch auch am nächsten Morgen nicht schlauer. Sie stand früh auf und ging in den Englischen Garten. Das Wetter war windig, und es sah nach Regen aus. Aber die frische Luft tat ihr gut, und sie konnte endlich klarer denken.

Vielleicht ging es bei dem Foto gar nicht darum, was Johannes ihr sagen wollte. Dass er sich überhaupt gemeldet hatte, das war entscheidend. Johannes war offensichtlich einen Schritt auf sie zugegangen, doch sie hatte keine Ahnung, wie sie nun reagieren sollte.

Eine Weile machte sie Rast auf einer Bank, nicht weit entfernt vom Chinesischen Turm. Sie schien ganz neu zu sein, offenbar hatte man sie erst kürzlich gegen die alte Bank ausgetauscht.

Die Bank stand neben einigen jungen Buchen, deren Zweige sich im Wind wiegten. Die Blätter erinnerten Eva an die gefaltete Serviette. Und plötzlich hatte sie eine Idee.

Sie stand auf und fotografierte mit dem Handy ein Buchenblatt. Und schickte Johannes das Foto ohne Kommentar.

Sie war aufgeregt. Wie würde er darauf reagieren? Würde er es überhaupt tun?

Es war schon Mittag, als er sich endlich meldete. Offenbar war er im Büro. Er hatte das Blatt eines Gummibaums fotografiert, der, wie sie wusste, neben seinem Schreibtisch stand.

Eva lächelte und überlegte, welches Foto sie ihm nun als Nächstes schicken konnte, während sie sich eine Tasse Kaffee zubereitete. Da fiel ihr Blick auf den bunten Blumenstrauß am Fensterbrett, den Ricarda ihr vor ein paar Tagen zur Aufmunterung geschenkt hatte. Darunter waren auch rosa Rosen. Sie zupfte einige Rosenblätter ab und suchte das schönste aus. Dann drapierte sie das zarte rosa Blatt auf einen runden Handspiegel und fotografierte es.

Nachdem sie es Johannes geschickt hatte, versuchte sie sich wieder auf das Drehbuch zu konzentrieren. Doch ihre Gedanken schweiften immer wieder ab. Ständig warf sie einen Blick auf ihr Handy. Und endlich, am späten Nachmittag, kam ein neues Foto. Johannes hatte ein Ahornblatt auf einen gelben Post-it-Haftzettel gezeichnet.

Eva lachte laut auf. Doch gleich darauf schossen ihr ganz unvermutet Tränen in die Augen. Plötzlich schien sich eine Schleuse in ihr zu öffnen, und weitere Erinnerungen überrollten sie, die sie schon längst vergessen hatte.

Von ihrer ersten Begegnung an hatte Johannes sie immer wieder überrascht und mit seinen Ideen oft zum Lachen gebracht.

Sie waren damals erst seit Kurzem ein Paar gewesen, als sie früh am Morgen in die Küche kam und er gerade dabei war, mit einem Löffel alle Rosinen aus einer Packung Müsli zu fischen.

»Was machst du denn da?«, hatte sie verwundert gefragt.

»Du hast gestern gesagt, dass du keine Rosinen magst. Und ich habe leider vor ein paar Tagen das falsche Müsli gekauft. Ich wollte uns gerade Frühstück machen …«

Weiter war er nicht gekommen, denn Eva hatte ihn geküsst und ihn wieder ins Schlafzimmer gezogen. Und auch später hatte er immer die Rosinen aus ihrem Essen geholt, wenn sie irgendwo eingeladen waren.

Als er einmal eine Kinopremiere versäumt hatte, in der Eva eine kleine Nebenrolle spielte, weil er auf einer Geschäftsreise war, hatte er für sie Tage später ein Plastikei in der Kaffeedose versteckt, in dem zwei Kinokarten waren. Er hatte es möglich gemacht, das Kino für eine Spätvorstellung nur für sie beide zu reservieren, samt Bier, Tacos und Popcorn.

Immer mehr solcher Begebenheiten fielen ihr nun wieder ein. Die kleinen Nachrichten und Geschenke, die er für sie in ihren Jackentaschen hinterlassen hatte, wenn er länger unterwegs gewesen war. Und immer hatte er ihr und später dann auch Alisa etwas von seinen Reisen mitgebracht.

Auch wenn sie in den letzten Jahren als Ehepaar nur nebeneinanderher gelebt hatten, so war es ihm immer wichtig gewesen, dass Eva und Alisa glücklich waren und sie immerhin als Familie gut funktionierten.

Und nicht nur dafür liebte sie ihn. Ja – sie liebte Johannes. Hatte es schon immer getan, auch wenn sie es längere Zeit nicht hatte spüren können.

Es tat ihr weh, dass es erst so weit hatte kommen müssen, um es endlich deutlich vor sich zu sehen. Doch sie wusste, warum alles so geschehen war. Beide hatten sich seit dem Unfall mit großen Schuldgefühlen herumgeschlagen. Doch nie hatten sie darüber gesprochen, vermutlich aus Angst, dass damit noch mehr kaputt gehen könnte. Und so hatten beide das getan, was sie gut konnten. Eva hatte ihre Tochter umsorgt und sich weitgehend nur auf sie konzentriert, und Johannes hatte den Rahmen geboten, das alles zu ermöglichen.

Evas Magen begann plötzlich vernehmlich zu knurren. Erst jetzt wurde ihr bewusst, dass sie seit dem Frühstück nichts mehr gegessen hatte. Sie ging in die Küche und bereitete sich einen Salat zu. Als sie die Blätter des Salatkopfs einzeln abzupfte, lächelte sie. Rasch schoss sie ein Foto und schickte es Johannes.

Kurz darauf schickte er das Foto eines Blätterteig-Teeblatts, von dem er offensichtlich gerade abgebissen hatte.

Sie lachte wieder und überlegte, welches Blatt sie ihm noch schicken könnte. Da fiel ihr ein, dass man Spielkarten auch als Blatt bezeichnete. Da sie keine Karten im Apartment hatte, fotografierte sie einen Herz-König aus dem Internet ab und schickte ihm das Bild.

Ihr Handy klingelte, und sie hoffte, er würde es sein. Doch es war Alisa, die ihre Mutter anrief, um mit ihr zu plaudern.

An diesem Abend hörte sie nichts mehr von ihm, dafür entdeckte sie am nächsten Morgen das Foto eines Notenblatts für das Lied *What's Up* von den 4 Non Blondes auf ihrem Handy.

»Ach, Johannes«, murmelte sie.

Es war das Lied von ihrem Hochzeitstanz. Evas Kehle wurde eng. In diesem Moment sehnte sie sich so sehr nach Johannes, dass ihr das Herz wehtat.

Plötzlich wusste sie, dass sie etwas unternehmen musste. Das war es, was er mit seinen Nachrichten erreichen wollte.

Sie griff nach der Jacke, verließ das Haus und machte sich auf den Weg in den Park zu der neuen Bank, die sie kürzlich entdeckt hatte. Sie fotografierte die Bank so, dass man einen Teil des Hintergrunds erkennen konnte, auf dem das oberste

Pagodendach des Chinesischen Turms zu sehen war. Dann schickte sie das Bild an Johannes. Er hatte ihr mit seinen Nachrichten die Hand gereicht. Doch da sie es war, die ihn mit Ben betrogen hatte, wollte sie ihm letztlich die Wahl lassen.

Eva setzte sich und wartete. Sie spürte eine eigenartige Ruhe in sich, während sie den Leuten zusah, die an ihr vorbeigingen, und die Vögel beobachtete, die sich in den Bäumen und in der Luft tummelten.

Mehr als eine Stunde war bereits vergangen, doch Eva hatte gar nicht mehr das Gefühl zu warten, sondern vielmehr, bereits angekommen zu sein.

Und da sah sie ihn. Er war etwa dreißig Meter entfernt und schaute sich suchend um. Bis er sie schließlich auf der Bank entdeckte. Offenbar kam er direkt aus dem Büro, denn unter dem leichten Sommermantel trug er eine Anzughose und ein hellgraues Hemd.

Evas Herz klopfte plötzlich schneller, als er auf sie zuging. Sie fragte sich plötzlich, ob es wirklich eine gute Idee gewesen war, Johannes ausgerechnet in den Park zu lotsen, in dem sie Ben kennengelernt hatte. Doch der Englische Garten bedeutete so viel mehr für sie und für ihre Familie. Sie hoffte einfach, dass es der richtige Platz war.

Als er näher kam, bemerkte sie, dass er abgenommen hatte. Sein attraktives Gesicht wirkte kantiger, und er trug die dunklen gelockten Haare länger als in den letzten Jahren.

Ohne etwas zu sagen, setzte er sich neben sie.

Eva wusste nicht, was sie tun oder sagen sollte. Plötzlich hatte sie Angst, dass jedes Wort und jede Geste falsch sein könnten. Die Gelassenheit von vorhin war wie weggeblasen.

»Danke, dass auf dem Hintergrund des Fotos der Chinesische Turm noch zu sehen war. So hatte ich zumindest einen

Anhaltspunkt und musste nicht den ganzen Park ablaufen, um dich auf dieser Bank zu finden«, sagte er plötzlich, den Blick in die Ferne gerichtet.

Eva lächelte.

»Vielleicht habe ich es dir ja ein wenig zu einfach gemacht, mich zu finden?«

Nun sah er sie an. Er lächelte nicht.

»Glaub mir, du hast es mir alles andere als einfach gemacht, dich zu finden«, erwiderte er leise.

»Aber jetzt bist du da«, murmelte sie.

»Ja. Jetzt bin ich da.«

Sie griff nach seiner Hand. Ihre Finger verschränkten sich ineinander, und es sah aus, als ob sie sich gegenseitig festhielten.

EPILOG

Zwischen den Jahren

Nervös lief Eva im Wohnzimmer auf und ab und schaute immer wieder auf die Uhr. Wo blieb er nur?

Sie ging zum Fenster und sah hinaus in den Garten, der tief verschneit in der Dunkelheit lag.

»Mama! Ich bin sicher, dass er heute ganz gewiss nicht zu spät kommen wird!«, sagte Alisa.

Eva drehte sich zu ihr um. Ihre Tochter saß im Rollstuhl neben dem riesigen Christbaum. Sie hatte einen Zeichenblock in der Hand und versuchte, ihre eigene Spiegelung in einer goldenen Weihnachtskugel zu skizzieren. Alisa hatte Weihnachten bei ihrer Familie verbracht und würde auch über Silvester in München bleiben, bevor sie mit Mika wieder zurück nach Berlin fuhr.

Eva hatte die Zeit mit ihrer Familie genossen. Für sie war es eines der schönsten Weihnachtsfeste, das sie je erlebt hatte. Auch Johannes' Großvater Michael hatte die Feiertage mit seiner Frau hier verbracht und war erst heute Vormittag wieder abgereist.

Nachdem Johannes und Eva sich auf der Bank im Park getroffen hatten, waren noch einige intensive und teilweise auch schmerzhafte Gespräche nötig gewesen, bis Eva wieder zurück zu Johannes ins Haus gezogen war. Doch nachdem sie endlich alles offengelegt hatten, entdeckten sie nach und nach auch wieder die Leichtigkeit und die Freude, die für eine gut funktionierende Ehe so entscheidend waren.

Eva war inzwischen nach über fünfzehn Jahren wieder zu Johannes in ihr früheres gemeinsames Schlafzimmer gezogen. Doch sie hatten sich darauf geeinigt, Evas Zimmer noch nicht ganz aufzugeben. Man konnte ja nie wissen, ob man es nicht ab und zu noch mal benötigte … Doch bisher war es noch nicht der Fall gewesen.

Johannes hatte sein Versprechen gehalten und inzwischen einen Geschäftsführer eingestellt, der ihm einiges abnehmen würde, sobald er richtig eingearbeitet war. Auch die vielen Geschäftsreisen würden sich dadurch deutlich reduzieren. Doch Eva hatte bereits angekündigt, dass sie ihn gerne ab und zu begleiten wollte, soweit es ihre eigene Arbeit zuließ. Miriam Orlov war inzwischen zur technischen Leiterin in der Firma ernannt worden und traf sich seit einiger Zeit mit einem Zahnarzt aus Starnberg.

Eva freute sich, dass sie vor Kurzem für eine größere Nebenrolle angefragt worden war. Im Januar war sie zum Casting eingeladen, und Valerie malte sich schon jetzt große Chancen für ihren Schützling aus.

Inzwischen hatten sie sogar Familienzuwachs bekommen. Johannes und Eva hatten aus dem Tierheim ein sehr ungewöhnliches, schon etwas älteres Paar zu sich geholt. Der dreibeinige Kater Tommy und die verschmuste Havaneser-Dame Bella stammten aus dem Besitz eines Rentners, der kürzlich verstorben war. Die beiden waren ein Herz und eine Seele.

Da die meisten Menschen entweder eine Katze oder einen Hund haben wollten, waren Tommy und Bella schwer zu vermitteln gewesen, denn man wollte sie nicht trennen.

Johannes und Eva hatten sich angesehen und beschlossen, die beiden bei sich aufzunehmen und ihnen ein gutes Zuhause zu geben. Platz war genügend vorhanden. Nun lagen die Fellnasen zusammengekuschelt auf einer Decke und schliefen.

Eva sah erneut auf die Uhr.

»Das darf doch nicht wahr sein«, murmelte sie. »Wenn er nicht bald da ist, müssen wir mit dem Taxi fahren.«

»Notfalls kann uns auch Mika abholen«, sagte Alisa. Genau in diesem Moment hörten sie, dass draußen die Haustür aufgesperrt wurde.

»Endlich!«, sagte Eva.

»Siehst du, ich hab doch gesagt, dass er rechtzeitig da ist.«

Johannes kam ins Wohnzimmer und trug noch Mantel und Schal.

»Tut mir leid«, sagte er bedauernd. »Aber es gab in der Firma noch ein …«

»Jaja, schon gut«, winkte Alisa ab. »Ist ja nichts Neues!«

Johannes ging zu Eva und gab ihr einen Kuss auf die Wange.

»Bist du schon sehr aufgeregt?«, fragte er.

»Es geht«, antwortete sie, dabei war ihr vor Nervosität ganz übel.

»Okay, dann macht euch fertig. In zehn Minuten fahren wir los.«

Zweieinhalb Stunden später verbeugte Eva sich vor dem begeistert applaudierenden Publikum auf der kleinen Bühne im *Osterhald.* Offensichtlich kam ihr erstes Soloprogramm bei den Zuschauern bestens an. An einem Tisch ganz vorn saßen Johannes, Alisa und Mika, Ricarda und Max sowie Valerie. Eva warf ihnen eine Kusshand zu.

»Vielen Dank, lieber Toni«, sagte sie, »dass ich heute hier auftreten durfte.«

Der Wirt nickte ihr von der Theke grinsend zu.

»Jederzeit gern wieder!«, rief er, und einige Leute klatschten zustimmend.

Eva verbeugte sich noch einmal kurz, dann ging sie von der Bühne zum Tisch ihrer Lieben, die sie nacheinander umarmten.

»Ich habe ja gewusst, warum ich dich wieder in der Agentur aufgenommen habe«, sagte Valerie. »Wir werden in Zukunft sicher noch viele Erfolge mit dir feiern. Und sobald du endlich dein Drehbuch fertig hast, möchte ich es lesen!«

»Natürlich. Danke, Valerie.«

Ricarda drückte ihre beste Freundin fest an sich.

»Tut mir leid, dass ich nicht von Anfang an daran geglaubt habe, dass du in deinem Alter noch mal eine Chance hast.«

»Schon gut. Ich finde es ja schön, wenn du auch mal falschliegst, meine liebe Frau Anwältin«, sagte Eva grinsend.

Max und Mika gratulierten ihr ebenfalls.

Dann ging Eva in die Hocke und umarmte ihre Tochter.

»Wahnsinn, Mama. Du bist soooo gut! Ich bin total stolz auf dich! Aber das wusste ich damals schon, als du dir für mich die Stücke für die Marionetten ausgedacht hast.«

»Ich hab dich lieb, meine Süße«, flüsterte sie Alisa ins Ohr.

»Bin ich jetzt tatsächlich das Schlusslicht, das dir gratulieren darf?«, fragte Johannes.

»Dafür hast du das letzte Wort«, erwiderte Eva augenzwinkernd und spielte damit auf den Titel einer deutschen Serie an, die sie sich zusammen mit ihrem Mann erst kürzlich angesehen hatte.

Er verstand die Anspielung sofort und grinste.

Dann zog er sie an sich.

»Du bist wirklich dafür geboren, auf der Bühne zu stehen, mein Liebling«, flüsterte er ihr ins Ohr.

»Danke, Johannes.«

»Aber …«

»Aber was?«

Sie löste sich von ihm und sah ihren Mann fragend an.

»Aber wenn nach einem Auftritt der Vorhang gefallen ist und bei Dreharbeiten die letzte Klappe geschlagen wurde, bleibt hoffentlich noch genügend Zeit, die wir damit verbringen, uns immer wieder neu zu entdecken«, sagte er leise.

Eva nickte mit einem Lächeln.

»Dafür werde ich sorgen.«

DANKSAGUNG

Ganz herzlich bedanken möchte ich mich bei der Verlagsgruppe Droemer Knaur, stellvertretend vor allem bei meiner Lektorin Christine Steffen-Reimann für die schöne und vertrauensvolle Zusammenarbeit sowie bei meiner Außenlektorin Silvia Kuttny-Walser, die meiner Geschichte auf so einfühlsame Weise den besonderen Schliff gegeben hat. Es hat sehr viel Spaß gemacht!

Ein großer Dank geht auch an meine beiden wunderbaren Agentinnen Franka Zastrow und Christina Gattys sowie an meinen Kollegen Christian Lex, der immer mit Rat und Tat zur Seite steht.

Nicht nur – aber besonders – in Zeiten wie diesen ist das größte Geschenk eine Familie, auf deren Zuverlässigkeit und Unterstützung man immer zählen kann. Ich danke euch sehr, meine Lieben!

Ein zauberhafter Roman über die Liebe,
was sie mit uns anstellt und wie wir sie finden

Claire Stihlé

Wie uns die Liebe fand

Roman

Bois-de-Val am Fuß des Sonnenbergs im Elsass: Madame Nanon, 92 Jahre alt und von allen liebevoll Madame Nan genannt, hat so manches erlebt in dem kleinen Dorf mit der guten Luft. Frankreich, Deutschland, Frankreich – schon immer war ihre Region Spielball politischer Interessen und Machtansprüche. Dann kehrt endlich Ruhe ein – bis Madame Nans älteste Tochter Marie eine Erfindung macht, die der Familie nicht nur Ansehen und Geld, sondern den Dorfbewohnern auch jede Menge Liebestaumel beschert. Das Glück scheint perfekt zu sein, gäbe es da nicht die Geschichte mit Monsieur Boberschram, Madame Nans Nachbarn, in den sie sich verliebt, ohne zu wissen, dass sie eine gemeinsame Vergangenheit haben, die alles andere als verbindet.

DROEMER

Über die Autorin:

Ella Janek lebt mit ihrer Familie in einem idyllischen Städtchen in Bayern. Unter ihrem Klarnamen schreibt sie erfolgreich heitere Frauenromane. Als Drehbuchautorin für Kino und TV wurde sie unter anderem mit dem Grimme-Preis und dem Deutschen Fernsehpreis ausgezeichnet. Sie liebt das Meer und lässt sich dort gern zu neuen Geschichten inspirieren.

KNAUR